HARRIET TYCE

Krwawa pomarańcza

Z angielskiego przełożył
JAN KRAŚKO

Świat Książki
wydawnictwo

Tytuł oryginału
BLOOD ORANGE

Wydawca
Urszula Ruzik-Kulińska

Redaktor prowadzący
Beata Kołodziejska

Redakcja
Katarzyna Bielawska-Drzewek

Korekta
Ewa Grabowska

Wydawnictwo Świat Książki
02-103 Warszawa, ul. Hankiewicza 2

Warszawa 2019

Księgarnia internetowa: swiatksiazki.pl

Skład i łamanie
Akces, Warszawa

Druk i oprawa
DRUK-INTRO S.A.

Dystrybucja
Firma Księgarska Olesiejuk sp. z o.o.
05-850 Ożarów Mazowiecki, ul. Poznańska 91
e-mail: hurt@olesiejuk.pl, tel. 22 733 50 10
www.olesiejuk.pl

ISBN 978-83-8031-981-3
Nr 90090384

Mojej rodzinie

Prolog

Najpierw zapalasz papierosa, patrząc, jak smużka dymu zwija się w spiralę i ucieka pod sufit. Zaciągasz się pierwszy raz, a wtedy dym chwyta cię za gardło, spływa do płuc i z lekkim ukłuciem przenika do krwiobiegu. Odkładasz papierosa do popielniczki i zaczynasz przygotowywać aranżację. Klękasz na oparciu sofy i nie zważając na dym, który zasnuwa ci twarz i szczypie w oczy, przywiązujesz sznur do półek.

Następnie owijasz pętlę jedwabną apaszką, żeby nie była chropowata, a potem raz i drugi ciągniesz za sznur, żeby sprawdzić, czy dobrze trzyma. Robisz to nie pierwszy raz. Wszystko sprawdziłeś, przetestowałeś. Szczegółowo dopracowałeś. Tylko dotąd, do tego miejsca, ani centymetra dalej. To krótki sznur. Śmierć ma jedynie zajrzeć ci w oczy.

Telewizor jest włączony, film czeka.

Jeszcze tylko ostatni szlif, pomarańcza, którą położyłeś na talerzyku. Bierzesz nóż, ostry, stalowoszary, z drewnianym uchwytem, i wbijasz go w owoc. Połówka, ćwiartka. Ósemka. Pomarańczowa skórka, białe włókna, krwawiący na obrzeżach miąższ. Spektrum kolorów jak podczas zachodu słońca.

To wystarczy, nie potrzebujesz żadnych innych bodźców. Szczypiący w oczy dym, tańczące na ekranie postacie. Miękki jedwab na szorstkim sznurze. Dudnienie krwi w uszach, gdy dochodzisz, gwałtowna eksplozja goryczkowatej słodkości na języku, która ściągnie cię stamtąd, zanim przekroczysz nieodwracalną granicę.

Działa za każdym razem. Wiesz, że nic ci nie grozi, choć jesteś sam.

Tylko ty, zamknięte na klucz drzwi i cudowny szczyt, który zaraz osiągniesz.

Dzieli cię od niego jedynie kilka uderzeń serca.

1

Wiszące nade mną październikowe niebo jest szare, a torba na kółkach ciężka, mimo to czekam na autobus, ciesząc się tym, co mam. Już po procesie. Skończył się po pierwszym gwizdku, bo oskarżeniu zabrakło dowodów. Zawsze miło jest dokopać prokuraturze i sprawić przyjemność klientowi. Ale największym plusem tego wszystkiego jest to, że dziś piątek. Weekend. Dom i rodzina. Czekałam na tę chwilę i dzisiaj będzie zupełnie inaczej. Tylko jeden kieliszek, najwyżej dwa, i wyjdę. Nadjeżdża autobus i wkrótce znów widzę w dole Tamizę.

Izba adwokacka – idę prosto do kancelarii i czekam, aż zauważą mnie pośród warkotu kserokopiarek i natarczywego dzwonienia telefonów. Mark podnosi w końcu wzrok.

– Dobry wieczór, pani mecenas. Prowadzący dzwonił. Cieszy się, że załatwiła pani ten rozbój.

– Dzięki – mówię. – Mieli marne dowody. Najważniejsze, że już po wszystkim.

– Punkt dla pani. Na poniedziałek nic nie mam, ale coś do pani przyszło. – Mark wskazuje leżący na biurku cienki plik dokumentów przewiązany różową tasiemką. Nie wygląda zbyt imponująco.

– Super, dziękuję. Co to?

– Morderstwo. Pod pani osobistym nadzorem. – Podaje mi papiery i puszcza do mnie oko. – Gratuluję.

Wychodzi, zanim zdążę odpowiedzieć. Jest piątek, więc kłębią się wokół mnie kanceliści i aplikanci, a ja stoję przed kontuarem jak słup soli. Morderstwo. Pierwsze samodzielne. Coś, na co tyle lat pracowałam.

– Alison. Alison!

Z trudem skupiam wzrok.

– Idziesz na kielicha? My idziemy. – Sankar i Robert, a za nimi szpaler aplikantów. – Do Docka, na spotkanie z Patrickiem.

Dopiero teraz coś do mnie dociera.

– Z Patrickiem? Którym? Bryarsem?

– Nie, Saundersem. Oblewa z Eddiem sprawę, to tasiemcowate oszustwo.

– Dobrze, tylko to odłożę. Zaraz przyjdę.

Ściskam mocniej dokumenty i ze spuszczoną głową wychodzę z biura. Szyję mam w czerwonych plamach i nie chcę, żeby ktoś to zauważył.

Bezpieczna w swoim pokoju, zamykam drzwi i zerkam do lusterka. Szminka i odrobina pudru. Kredkę do oczu odpuszczam, bo za bardzo trzęsą mi się ręce, ale szczotkuję włosy i spryskuję się perfumami. Nie chcę, żeby ciągnął się za mną zaduch więziennych cel.

Przesuwam papiery na brzeg biurka i poprawiam oprawione w ramkę zdjęcie. Piątkowy wypad na drinka. Ale tym razem tylko na jednego.

Tak, dzisiaj wszystko pójdzie zgodnie z planem.

• • •

Nasza grupa wypełnia pół baru, obskurnej piwnicznej speluny, ulubionej knajpy okolicznych adwokatów i kancelistów. Schodząc na dół, widzę, że Robert macha do mnie szklanką, więc siadam obok niego.

– Wina? – pyta.

– Zdecydowanie. Ale tylko jeden kieliszek. Chcę wcześniej wrócić do domu.

Nikt tego nie komentuje. Patrick nawet się ze mną nie przywitał. Z kieliszkiem czerwonego wina w ręku siedzi po drugiej stronie stołu, pogrążony w rozmowie z Alexią, tą aplikantką. Jak zwykle dystyngowany i przystojny. Z trudem uciekam wzrokiem w bok.

– Ładnie wyglądasz. Ścięłaś włosy? – Sankar jest w dobrym nastroju. – Nie uważacie, że Alison dobrze wygląda? Robert? Patrick? Patrick! – prawie krzyczy. Patrick nie podnosi wzroku. Robert, który rozmawia z jakimś urzędnikiem, odwraca się, kiwa głową i podnosi szklankę jak do toastu.

– Pierwsze morderstwo, gratuluję! Jeszcze trochę i zasiądziesz w Tajnej Radzie Jej Majestatu! A nie mówiłem? Mówiłem już w zeszłym roku, zaraz po tym, jak dałaś czadu na apelacyjnym.

– Nie przesadzajmy, ale dzięki. Widzę, że jesteś w dobrym humorze. – Mam wesoły głos. Nie wiem, czy Patrick zauważył, że przyszłam, ale mi to wisi.

– Jest piątek, a jutro wyjeżdżam na tydzień do Suffolk. Ty też powinnaś wziąć kiedyś urlop.

Uśmiecham się i przytakuję. Jasne, że powinnam. Tydzień nad morzem, byłoby miło. Wyobrażam sobie, że przemykam między falami – jak na tych śmiesznych obrazach, które widuje się w niektórych domach wypoczynkowych; szczelnie opatulona kocem, jem rybę z frytkami na plaży omiatanej chłodnym październikowym wiatrem znad Morza Północnego, a potem wrzucam do pieca polana w elegancko urządzonym domku. Nagle przypominają mi się leżące na biurku akta. Odpada, nie teraz.

Robert dolewa mi wina. Piję. Rozmowy omywają mnie jak woda. Robert krzyczy coś do Sankara, Patricka i do mnie, padają lepsze i gorsze dowcipy, wybucha coraz głośniejszy śmiech. Znów wino, kolejny kieliszek. Dołączają do nas inni adwokaci, ktoś macha paczką papierosów. Palimy na zewnątrz. Nie, nie, teraz ja kupię, ciągle ci podkradam – szukam drobnych, potykając się, idę na górę i staję przed ladą. Marlboro lights wyszły, są tylko camele, ale co to za różnica? I tak, napijmy się jeszcze, jeden kieliszek, drugi, a potem kilka luf czegoś lepkiego i ciemnego.

Ściany, rozmowy, żarty, wesołe historyjki – wszystko wiruje coraz szybciej i szybciej.

– Mówiłaś, że chcesz wcześniej wyjść.

Teraz się skup. To Patrick. Stoi tuż przede mną. Pod pewnym kątem wygląda jak posrebrzony Clive Owen. Szukając najlepszego, przekrzywiam głowę to w lewo, to w prawo.

– Chryste, znowu się urżnęłaś.

Chcę go wziąć za rękę, lecz cofa się gwałtownie i rozgląda. Siadam prosto i odgarniam włosy z twarzy. Pozostali już wyszli. Jak to możliwe, że nie zauważyłam kiedy?

– Gdzie są wszyscy?

– W klubie. W Swish. Masz ochotę pójść?

– Przecież jesteś z Alexią.

– Więc jednak mnie zauważyłaś. Myślałem, że...

– To ty mnie ignorowałeś. Nawet się ze mną nie przywitałeś. – Na próżno próbuję ukryć oburzenie.

– Hej, po co się tak spinasz? Udzielałem jej tylko rad.

– Jasne, czysto zawodowych! – Już za późno, wylewa się ze mnie cała zazdrość. Dlaczego zawsze mi to robi?

• • •

Idziemy do klubu. Parę razy próbuję wziąć go pod rękę, lecz wyrywa się, wpycha mnie do ciemnego zaułka między dwoma biurowcami i chwyta za twarz.

– Kiedy tam będziemy, trzymaj łapy przy sobie! – syczy.

– Nigdy się do ciebie nie dobieram.

– Nie chrzań, dobra? Kiedy byliśmy tu ostatni raz, dobierałaś się do mnie tak nachalnie, że wszyscy to widzieli. Próbuję cię tylko chronić.

– Mnie? Raczej siebie. Nie chcesz, żeby cię ze mną widziano. Jestem za stara i... – mówię coraz ciszej, w końcu milknę.

– Jeśli zamierzasz tak ze mną rozmawiać, lepiej wracaj do domu. Chodzi o twoją reputację. Tam są wszyscy twoi koledzy.

– Chcesz przelecieć Alexię, po prostu usuwasz mnie z drogi... – Z oczu płyną mi łzy, całą godność szlag trafił.

– Tylko nie rób mi scen, dobra? – mówi cicho z ustami tuż przy moim uchu. – Jeśli znów narozrabiasz, już nigdy się do ciebie nie odezwę. A teraz zmiataj.

Odpycha mnie i znika za rogiem. Jestem w szpilkach. Potykam się i opieram o ścianę, lecz zamiast chropowatego cementu i cegły, czuję pod palcami coś lepkiego. Prostuję się, wącham rękę i zbiera mi się na wymioty. Gówno. Jakiś żartowniś wysmarował gównem całą ścianę. Smród otrzeźwia mnie bardziej niż to, co wysyczał mi do ucha Patrick.

Czy to znak, że powinnam sobie odpuścić? Chrzanić to! Nie ma mowy, żebym pozostawiła go samemu sobie, nie z tymi wygłodniałymi aplikantkami gotowymi zrobić wszystko, żeby tylko zaimponować najważniejszemu doradcy w zespole. Pocieram dłonią o czysty kawałek ściany, zeskrobuję najgorszy syf i uśmiechając się do wykidajły, w miarę pewnym krokiem wchodzę do klubu. Jeśli dobrze umyję ręce, nikt nic nie poczuje. Nikt się nie dowie.

• • •

Jeszcze tequili? Jasne! Kolejna lufa, już trzecia. Dudni muzyka. Podryguję z Robertem i Sankarem, pląsam z aplikantami, pokazując im, jak się tańczy: uśmiecham się, biorę ich za ręce, kręcę się, wiruję na wstecznym biegu, tańczę solo z rękami nad głową i włosy opadają mi na oczy. Znów mam dwadzieścia lat i nie ciążą mi żadne troski, więc dalej, kolejny łyk, tym razem dżinu z tonikiem, z odchyloną głową i włosami na twarzy, w rytm muzyki.

Patrick też gdzieś tu jest, ale wszystko mi jedno. Nie wypatruję go i nie obchodzi mnie, że tańczy brzuch w brzuch z Alexią z uśmiechem, który powinien zachować tylko dla mnie. Umiem grać w tę grę. Kręcąc biodrami, podchodzę do baru. Wyglądam jak marzenie. Mam prawie czterdzieści lat, ale ze sprytnie ułożonymi ciemnymi włosami

mogę śmiało stawać w szranki z każdą obecną tu dwu-
dziestolatką. Nawet z Alexią. Zwłaszcza z Alexią. Patrick
przejrzy na oczy. O tak, pożałuje, cholernie pożałuje, że
stracił szansę i wszystko spieprzył.

Grają nową piosenkę, coś w cięższym rytmie, i popycha
mnie dwóch facetów wychodzących na parkiet. Chwieję
się, tracę równowagę, przewracam się i z kieszeni wypada
mi telefon. Potrącam jakąś kobietę z kieliszkiem w ręku
i czerwone wino chlusta na jej żółtą sukienkę i moje buty.
Kobieta patrzy na mnie z odrazą i odwraca się. Z mokrymi kolanami klęczę w kałuży wina, próbuję się trochę pozbierać.

– Wstawaj.

Podnoszę i opuszczam głowę.

– Zostaw mnie.

– Jesteś w takim stanie, że nie mogę. No, rusz się.

Patrick. Chce mi się płakać.

– Przestań się ze mnie naśmiewać.

– Z nikogo się nie naśmiewam. Chcę tylko, żebyś wstała i wyszła. Na dziś wystarczy.

– Dlaczego mi pomagasz?

– Ktoś musi. Twoi znajomi znaleźli wolny stolik i piją
prosecco. Nie zauważą, że wychodzimy.

– My? Idziesz ze mną?

– Jeśli dasz radę. – Wyciąga rękę i pomaga mi wstać. –
Idź. Spotkamy się przed klubem.

– Mój telefon… – Rozglądam się po podłodze.

– Co twój telefon?

– Wypadł mi z kieszeni. – Leży pod stolikiem na skraju
parkietu. Ekran jest pęknięty i lepki od piwa. Wycieram
go w spódnicę i wychodzę.

• • •

Nie dotyka mnie w drodze do kancelarii. Milczymy, nie
rozmawiamy, a już na pewno nie o tym. Wkładam klucz
do zamka, otwieram drzwi i wprowadzam kod, żeby

wyłączyć alarm. Udaje mi się dopiero za trzecim razem. Patrick wchodzi do biura, bez choćby jednego pocałunku zrywa ze mnie ubranie i popycha na biurko. Wyrywam się i odwracam.

– Nie powinniśmy tego robić.

– Mówisz to za każdym razem.

– Poważnie.

– To też brzmi znajomo. – Śmieje się, przyciąga mnie do siebie i całuje. Odwracam głowę, ale chwyta mnie za twarz. Moje usta stawiają opór, lecz już po chwili ulegam, czując jego zapach i smak.

Mocniej. Szybciej. Dźga mnie od tyłu, a ja z głuchym stukotem walę głową w leżące na biurku teczki. Patrick nieruchomieje i przesuwa się wyżej.

– Nie, nie chcę, nie…

Znów wybucha śmiechem i mówi: Ciii. Jedną ręką chwyta mnie za włosy, drugą dociska do biurka, a ja z cichym szlochem tłumię krzyk bólu. Znów walę głową w biurko i spadające teczki pociągają za sobą zdjęcie. Roztrzaskuje się szkło i mam tego dosyć, lecz nie mogę go powstrzymać, nie mogę, nie chcę i chcę, chcę i nie chcę, nie chcę i chcę. Przestań, nie, nie przestawaj, przestań, nie, i tak w kółko, aż słyszę jego jęk, aż nieruchomieje, wychodzi ze mnie, wyciera się i prostuje.

– Patrick, musimy z tym skończyć. – Podnoszę się, podciągam majtki i rajstopy, poprawiam i wygładzam spódnicę. On podciąga spodnie i wkłada do nich koszulę. Próbuję zapiąć bluzkę.

– Wyrwałeś mi guzik. – Drżą mi palce.

– Przyszyjesz.

– Tu nie mogę.

– Nikt nie zauważy. Nikogo tu nie ma. Wszyscy śpią. Jest trzecia rano.

Rozglądam się i znajduję guzik. Wciskam stopy do butów, potykam się i wpadam na biurko. Pokój wiruje, w głowie mam mętlik.

– Poważnie. Musimy przestać. – Chce mi się płakać.

– Ciągle to powtarzasz. – Nie patrzy na mnie. Wkłada marynarkę.

– Mam dość. Nie mogę tak dłużej. – Płaczę już na całego.

Podchodzi do mnie i ujmuje w dłonie moją twarz.

– Alison, jesteś pijana. I zmęczona. Nie chcesz z tym skończyć i dobrze o tym wiesz. Ja też nie chcę.

– Tym razem mówię serio. – Cofam się i próbuję przybrać stanowczą minę.

– Zobaczymy. – Nachyla się i całuje mnie w czoło. – Idę. Pogadamy po weekendzie.

Wychodzi, zanim zdążam cokolwiek dodać. Opadam na fotel w kącie pokoju. Gdybym tylko tak się nie upiła. Wycieram rękawem smarki i łzy, głowa opada mi na ramię i odpływam w niebyt.

2

– Mamusiu, mamusiu, mamusiu!

Z zamkniętymi oczami leżę w ciepłym łóżku i jak to cudownie, że Matylda przyszła się przywitać.

– Mamusiu, spałaś w fotelu! Dlaczego spałaś w fotelu? W fotelu. Nie w łóżku. W fotelu.

– Otwórz oczy. Przywitaj się ze mną i z tatusiem.

Nie, to nie sen. Otwieram jedno oko i szybko je zamykam.

– Za jasno… Jest za jasno. Zgaś światło.

– Aleś ty niemądra. To nie światło, już rano!

Otwieram oczy. Jestem w kancelarii, w moim miejscu pracy, pokoju pełnym akt, kodeksów, przepisów, regulaminów i pozostałości po wczorajszym wieczorze. Córka nie powinna stać przede mną z rączką na moim kolanie. Powinna leżeć w łóżku albo siedzieć przy kuchennym stole i jeść śniadanie. Ale jest tutaj. Przykrywam jej dłoń swoją i próbuję się pozbierać.

Siedzę bokiem i prostując się, stwierdzam, że moja lewa stopa wciąż śpi. Poruszam nogami i krzywię się z bólu, gdy krew powoli wraca do kończyn. Ale to nie nogi najbardziej mnie bolą. W głowie rozbłyskują nocne wspomnienia i kiedy Matylda się do mnie przytula, nad jej głową widzę biurko, cień wbijającego się we mnie Patricka. Obejmuję ją, wdycham zapach jej włosów i moje walące serce trochę zwalnia. Nie ma się czym martwić. Po prostu za dużo wypiłam i zasnęłam, to wszystko. Do niczego więcej nie doszło. No i skończyłam z Patrickiem. Wszystko będzie dobrze. Oby.

W końcu zbieram siły i patrzę na Carla. Opiera się o futrynę drzwi, w każdym calu zawiedziony, ze stężałą twarzą i zaciśniętymi ustami. Jest jak zwykle w dżinsach i bluzie z kapturem, ale srebrzyste włosy i surowa twarz nadają mu wygląd kogoś znacznie ode mnie starszego.

Zaschło mi w ustach. Odchrząkuję i szukam słów, które mogłyby to jakoś naprawić.

– Wróciłam z klubu po akta nowej sprawy. Przysiadłam na chwilę i zanim się spostrzegłam…

– Tak myślałem – mówi bez uśmiechu.

– Przepraszam. Naprawdę chciałam wrócić wcześniej do domu.

– Przestań, dobrze wiem, jaka jesteś. Ale miałem nadzieję, że tym razem zachowasz się jak dorosła.

– Przepraszam. Nie zamierzałam…

– Pomyślałem, że tu będziesz, więc przyjechaliśmy.

Matylda chodzi po pokoju. Zanim zdaję sobie sprawę z tego, co się dzieje, wpełza pod biurko. Nagły krzyk, mała szybko wstaje i biegnie prosto do mnie.

– Mamusiu, mamusiu, moja ręka, boli mnie ręka… – urywa i zanosi się szlochem.

Carl przepycha się obok fotela, ogląda jej rączkę, wyciera ją i pokazuje mi chusteczkę. Jest zakrwawiona. Pociesza Matyldę, lecz ma spięty głos.

– Szkło? Skąd tu szkło? – pyta z wyrzutem.

Powoli wstaję, wchodzę pod biurko i wymacuję rozbite zdjęcie. Zza pękniętego szkła uśmiecha się do mnie Tilly.

– To moje zdjęcie. – Córka szlocha jeszcze głośniej. – Dlaczego było na podłodze?

– Musiało spaść. Przepraszam, skarbie.

– Powinnaś bardziej uważać. – Carl jest zły.

– Nie wiedziałam, że przyjedziecie.

Kręci głową.

– Czy to znaczy, że nie mogę przyprowadzać jej tu bez uprzedzenia? – Robi pauzę. – Nie, właściwie nie w tym rzecz. To nie my powinniśmy tu przychodzić. To ty powinnaś wrócić do domu. Jak porządna matka.

Nic nie mówię, bo co mogę powiedzieć? Zbieram rozbite szkło, zawijam je w starą gazetę i wrzucam do kosza na śmieci. Zdjęcie jest nieuszkodzone, więc wyjmuję je z ramki i opieram o komputer. Wkładam bluzkę do spódnicy. Carl ma wściekłą minę i zmarszczone brwi, lecz furia powoli ustępuje miejsca głębokiemu smutkowi. Ściska mnie w gardle, cierpkie poczucie winy i żalu, silne na tyle, żeby zabić kwaśny smak kaca.

– Przepraszam. Nie zrobiłam tego celowo.

Carl długo milczy. Widać, że leci z nóg.

– Jesteś zmęczony, tak mi przykro.

– Tak, jestem. Czekałem na ciebie całą noc. Powinienem być mądrzejszy i wiedzieć, że nie zamierzasz wracać.

– Dlaczego nie zadzwoniłeś?

– Dzwoniłem. Nie odbierałaś.

Dotknięta tonem jego głosu wyjmuję komórkę z torebki. Dwanaście nieodebranych połączeń. Piętnaście SMS-ów. Wszystkie kasuję. Za dużo tego, za późno.

– Przepraszam. To się już nie powtórzy.

Carl bierze głęboki oddech.

– Nie kłóćmy się przy Tilly. Najważniejsze, że już jesteś. Że jesteśmy razem. – Pochodzi bliżej, kładzie rękę na moim ramieniu, a kiedy przykrywam ją dłonią, zaciska palce, potrząsa mną i dodaje: – Czas wracać do domu.

Zerka na mój telefon. Bierze go i ogląda pęknięty ekran.

– Chryste, Alison. Dopiero co był w naprawie, parę miesięcy temu. – Ciężko wzdycha. – Będę musiał znów tam pojechać.

Nic nie mówię, tylko potulnie wychodzę z nimi na korytarz.

• • •

Samochody i autobusy śmigają pustymi ulicami, więc dojazd do Archway trwa krótko. Opieram głowę o szybę, patrząc na nocne pobojowisko. Papierki po hamburgerach, butelki, tu i tam małe śmieciarki z wirującymi szczotami, zacierające ślady piątkowego wieczoru.

Grey's Inn Road. Ogrodzenia z kutego żelaza zasłaniające widok na rozległe trawniki. Rosebery Avenue, Sadler's Wells – przypominają mi się książki, które kiedyś czytałam. *No Castanets at the Wells*, *Veronica at the Wells*... A ta trzecia? *Masquerade at the Wells*. Maskarada. Tak, dobrze się na tym znam, na dwulicowości i tych wszystkich maskach. Zaciskam pięści tak mocno, że bieleją mi kłykcie. Staram się nie myśleć o tym, jak Patrick spędził resztę nocy. Powiedziałam, że to koniec – czy mi uwierzył? Pojechał do domu czy wrócił do klubu, żeby poszukać kogoś na moje miejsce? Carl dotyka mojej ręki.

– Jesteś spięta. Zaraz będziemy w domu.

– Nie, jest mi tylko przykro. I umieram ze zmęczenia. Wiem, wszyscy jesteśmy zmęczeni.

Odsuwam się od niego, próbując odpędzić wyrzuty sumienia i wciąż patrząc w okno. Stacja metra Angel, ciąg restauracji, dobrych na Upper Street, potem coraz gorszych, typu Wetherspoon na Highbury Corner, i zupełnie fatalnych. Wiszące kosze kwiatów na Holloway Road, studenckie mieszkanka nad restauracjami z curry i rzędem sklepów z ubraniami z lateksu, w których gustuje pewnie Patrick i jemu podobni.

– Jak proces? – Carl przerywa ciszę.

Wjeżdżamy już na wzgórze i zaskakuje mnie ton jego głosu, bo jest bardziej przyjazny niż przedtem. Może mu przeszło?

– Proces?

– Ten z tego tygodnia, ten... rozbój?

– Sąd oddalił zarzuty. – Mam ciężką głowę i moje słowa płyną z daleka, jak z głębokiej wody.

– Więc masz wolny tydzień? Byłoby miło, gdybyś spędziła z Tilly trochę czasu.

Woda momentalnie znika, bo ktoś gwałtownie wyciąga mnie na powierzchnię. Kaszlę i prycham, próbując złapać oddech. Nie, wcale mu nie przeszło.

– To jakaś aluzja?

– Ostatnio byłaś bardzo zajęta.

– Wiesz, jakie to dla mnie ważne. Ważne dla nas. Proszę, nie zaczynaj.

– Nie zaczynam. Mówię tylko, że byłoby miło, to wszystko.

Przed Archway, na szczycie wzgórza, ruch zwalnia. Jesteśmy na miejscu. Tam, gdzie moje serce. Wymacuję telefon w kieszeni, ale nie, nie sprawdzam, czy Patrick coś do mnie napisał. Wysiadam z samochodu i patrzę z uśmiechem na Matyldę. Córka bierze mnie za rękę i wchodzimy do domu.

● ● ●

Biorę prysznic, żeby zeskrobać z ciała ślady Patricka. Staram się nie myśleć o walącej w biurko głowie, tych natarczywych pchnięciach, które rozorały moje delikatne wnętrze. Carl zostawił mi na blacie stężałą kanapkę z bekonem, więc ją jem, nasłuchując głosiku bawiącej się w ogrodzie Matyldy. Kopie liście, biega po trawniku tu i tam, tu i tam – jest jak wahadełko, które przenosi mnie z jednej rzeczywistości w inną, tę, która wciąż milczy, mimo że wbrew swoim postanowieniom ciągle sprawdzam i sprawdzam telefon. Otwieram teczkę sprawy o morderstwo i ją zamykam. Pokusa, żeby ukryć się w aktach, w zeznaniach i podsumowaniu, jest ogromna. Tak, schować się, uciec od prawdziwego życia, tego usypanego przeze mnie śmietnika, nie denerwować już Carla i Tilly, ale wiem, że jeśli to zrobię i zacznę pracować, będzie jeszcze gorzej. Dlatego nie, nie teraz. Później.

Lunch i znajomi, Carl gotuje. Przyjaźnią się od studiów, więc podaje same smakołyki. W piekarniku skwierczy udziec jagnięcy, w powietrzu unosi się intensywny zapach rozmarynu. Idealnie wysprzątana kuchnia wygląda jak czekające na ramkę zdjęcie. Sztywne, pięknie złożone serwetki, obok talerze, widelce, noże – stół jest już nakryty. Ze stojącej w kącie tablicy zniknęły ślady wydarzeń minionego tygodnia i zamiast zwykłej litanii przypomnień – basen, zakupy, godziny spotkań grupy Carla – widnieją tam tylko dwa słowa wykaligrafowane przez Matyldę: Kochamy weekendy! Jest i rysunek, dwa trzymające się za ręce patykowate ludki, jeden większy, drugi mniejszy.

Blaty są wymyte, szafki pozamykane, więc mam przed sobą ścianę bieli. Próbuję poukładać białe lilie, które Carl wstawił do wazonu, lecz na stole ląduje kilka grudek żółtego pyłku. Wycieram obrus rękawem i szybko odchodzę.

Idę do ogrodu i podziwiam z Matyldą pajęczynę na krzaku czarnej porzeczki, a potem kupkę gałązek na ostrokrzewie, gniazdo jakiegoś ptaka.

– Mamusiu, przecież sama widzisz. Może to rudzik tu mieszka?

Może.

– Musimy przynieść jedzenie. Dla ptaszka, żeby mógł nakarmić dzieci.

– Dobrze, kochanie. Kupimy fistaszki.

– Nie, nie fistaszki. Pani mówiła nam w szkole. Ptaszki lubią kulki z tłuszczu, w które wtyka się różne rzeczy.

– Okropne. Jakie rzeczy?

– Nie wiem, nasionka, a może robaki?

– Spytamy tatusia, dobrze? Może on będzie wiedział. Albo sprawdzimy w internecie.

Woła nas Carl. Goście już są, więc wyjmuje udziec z piekarnika. Chwalę go, otwieram lodówkę, wyjmuję butelki i bez trudu wchodzimy w role, które odgrywamy, ilekroć odwiedzają nas Dave i Louisa. Mamy to we krwi, bo zaczęliśmy się spotykać jeszcze przed narodzinami dzieci, w dniach, kiedy napchawszy się przygotowanym przez Carla jedzeniem, siedzieliśmy do nocy, pijąc butelkę za butelką. Podaję szklankę soku Florze, ich córce, i otwieram wino.

– Dave prowadzi, ale ja się napiję. – Louisa sięga po kieliszek.

– Pijesz, Alison? – Carl przykrywa jagnięcinę folią i wsypuje do miski chipsy.

– Czemu nie? Jest sobota.

– Myślałem, że po wczorajszej nocy… – Nie musi kończyć zdania.

– Co po wczorajszej nocy?

– Będziesz miała dość. Ale to tylko niewinna myśl, nie przejmuj się.

– Wcale się nie przejmuję. – Nalewam sobie więcej, niż chciałam i sauvignon blanc ochlapuje brzegi kieliszka.

Zaintrygowana Louisa przekrzywia głowę.

– A co się wczoraj stało?

Patrzę na nią z nadzieją, że tylko wyobrażam sobie napięcie w jej głosie.

– Nic. Był piątek i…

– Mamusia była tak zmęczona, że zasnęła w fotelu w biurze! – przerywa mi piskliwie Matylda. – Musieliśmy ją dzisiaj odebrać. Tatuś mówi, że trzeba się nią zająć.

Ukrywam twarz w dłoniach i pocieram oczy.

– Mamusia zasnęła w biurze? – powtarza Louisa. – Musiała być bardzo zmęczona. A teraz zanieś trochę chipsów Florze. Na pewno jest głodna. – Wtyka miskę w ręce Tilly i popycha ją w stronę drzwi.

Tak, jestem zmęczona, to wszystko. Lecę z nóg.

• • •

– Więc dali ci w końcu morderstwo? To wspaniale. Musiałaś oddać nie lada przysługę temu twojemu kanceliście. – Dave posyła mi szyderczy uśmiech.

– Dorobiła się tego ciężką pracą. Jestem pewna, że na to zasłużyła. – Louisa piorunuje go spojrzeniem, patrzy na mnie i podnosi kieliszek jak do toastu.

– Jatka? Bardzo krwawa? No mów, zdradź trochę pikantnych szczegółów.

– Dave, nie przy dzieciach – hamuje go Louisa.

– Szczerze mówiąc, nie zdążyłam jeszcze zajrzeć do akt. Zacznę jutro i spróbuję się z tym jakoś uporać. – Spoglądam na nią, też podnoszę kieliszek i piję do dna.

Carl pochmurnieje.

– Mieliśmy jutro wyjść. Tilly, obiecałem, że jutro spędzimy razem cały dzień, prawda?

– Tak i chcę zobaczyć zamek, ten z labiryntem. Tatuś obiecał... – Perspektywa wycieczki się rozmywa i Matylda żałośnie wydyma dolną wargę.

– Szkoda, że najpierw mnie nie spytałeś... – Połykam słowa. Przecież mogę popracować po powrocie, kiedy mała pójdzie spać. Będzie dobra zabawa. Biegiem po labiryncie, to w lewo, to w prawo, aż się zgubimy i pękając ze śmiechu, będziemy musiały wołać o pomoc. – Tak, kochanie, oczywiście, że pójdziemy na zamek. – Im częściej będziemy udawali szczęśliwą rodzinę, tym lepiej dla nas.

• • •

Praca Dave'a. Praca Louisy. Pacjenci Carla – oczywiście bez nazwisk, tylko mgliste szczegóły, coś o nowej grupie mężczyzn uzależnionych od seksu. Dave i Lou nerwowo chichoczą. Słucham ich jednym uchem; broniłam tylu przestępców seksualnych, że mało mnie to interesuje. Przynajmniej nie wypytują mnie już o to morderstwo. Biorę kieliszek za nóżkę i piję, jeden, potem drugi, z nadzieją, że wino zagłuszy głosy, które mamroczą mi do ucha coś o procesie, pytając, jak długo potrwa. W końcu rzucam:

– Zrobimy karaoke?

– Zjedzmy trochę sera. Kupiłem porto. – To znowu Carl, gospodarz nad gospodarzami. Prowadzi dom tak, że się do niego nie umywam.

– Brie? – Biorę nóż i odkrawam kawałek.

– Coś ty zrobiła? – mówi Carl. – Obcięłaś nosek.

Patrzę na deskę, potem na nóż i znów ściska mnie w gardle. Kładę nosek na desce i próbuję go przykleić.

Carl wzdycha, ale jestem zbyt zmęczona, żeby zawracać sobie tym głowę.

– Serio – powtarzam. – Zrobimy karaoke? Śpiew poprawi mi humor. Odstawię Adele.

– Zaraz wychodzimy – mówi Dave. – Nie za wcześnie na karaoke?

– Boże, zawsze jesteście tacy rozsądni. No to idźcie. Sama zaśpiewam.

– Nie denerwuj się, ale już prawie siódma – mówi Louisa. – Siedzimy tu od Bóg wie kiedy.

Prawie siódma? Straciłam poczucie czasu. Nie pamiętam połowy naszych rozmów. Wstaję i dopijam resztkę wina. Odchylam głowę tak mocno, że dwa czerwone węże uciekają mi z kącików ust i spływają na biały top. Odstawiam z trzaskiem kieliszek i chwiejnie ruszam do drzwi.

– W każdym razie ja zrobię karaoke. A wy się sobie ponudźcie. Jest weekend, do cholery!

Jestem dzisiaj w formie. Kiedy jako Kate Bush wyciągam najwyższe dźwięki w *Wuthering Heights*, dzieci wytrzeszczają oczy z podziwu. Są zafascynowane. Heathcliff na pewno by mnie wpuścił. Potem zakochuję się głęboko wraz z Adele, jadę na przejażdżkę małą czerwoną corvettą Prince'a i osiągam swój muzyczny szczyt w *There is a Light That Never Goes Out*. Ktoś powiedział, że śpiewam to spektakularnie i piosenka ta jest moim największym przebojem. *My Way*? Odpada, to nie dla mnie. Zawsze kończę występ Morrisseyem, bijąc go przy tym na głowę. Chyba. Wyciągam ostatnią nutę, trzymam do utraty tchu i wykończona padam na sofę. Jestem przekonana, że Carl, David i Louisa słuchali mnie uważnie i są zachwyceni, dlatego dziwię się, że nikt nie klaszcze.

– Jak ty z nią wytrzymujesz?

Głos Louisy. Muzyka milknie i wyraźnie go słyszę. Jej głos, a potem czyjeś: Ciii. Rozmawiają o mnie? Niemożliwe, przecież dobrze mi poszło... Głowa opada mi na oparcie kremowej skórzanej sofy i zamykam oczy. Podskakuję, gdy trzaskają drzwi, ale zaraz układam się wygodnie na poduszkach i znów mocno zaciskam powieki.

• • •

Budzę się gwałtownie jakiś czas później. W domu panuje cisza. Idę do kuchni i zaczynam wkładać do zlewu brudne talerze i kieliszki. Kieliszki. Carl wybrał najlepsze, te ciężkie. Wyglądają solidnie, ale wystarczy trącić jednym drugi i natychmiast się wyszczerbiają. Zanoszę do zlewu pierwszą tacę i wracam po drugą.

Nie rozumiem, dlaczego wieczór skończył się w ten sposób; byłam przekonana, że wszyscy do mnie dołączą. Lęgnie się we mnie strach, że otumaniona winem miałam spaczone spojrzenie na sytuację i coś schrzaniłam. Kiedyś było zupełnie inaczej. Wchodząc z tacą do kuchni, zerkam na wiszącą w korytarzu rycinę. Londyńskie sądy. Carl dał mi ją, kiedy przyjęli mnie do izby adwokackiej, i ucieszyłam się, że jest dla mnie taki miły. Powinnam okazywać mu więcej wrażliwości. Po tym jak go zwolnili, stracił pewność siebie, mimo że zrobił kurs i świetnie odnajduje się jako terapeuta. Nie tak to sobie wyobrażał. Nigdy nie chciał zajmować się domem.

– Nie noś ich tak, przecież ci mówiłem.

Brzęczą kieliszki, omal nie upuszczam tacy.

– Chciałam tylko pomóc.

– Więc nie pomagaj. Usiądź. Zaraz znów coś zbijesz, to nie do zniesienia.

Nie ma sensu się kłócić. Patrzę na niego spod grzywki. Na skroni pulsuje mu żyła i ma zaczerwienione policzki. Rumieniec go odmładza i nagle, tylko na chwilę, staje przede mną młody chłopak o gęstych, ciemnych włosach i roześmianych oczach. Włosy rzedną, chłopak znika, wracam do rzeczywistości i znów widzę rozgniewanego, siwiejącego czterdziestolatka o zniecierpliwionej twarzy. Jednak część wspomnień pozostaje, obraz młodego chłopaka na wizerunku dojrzałego mężczyzny, i budzi się we mnie iskierka dawnej miłości.

– Pójdę poczytać Matyldzie.

– Nie, nie denerwuj jej.

– Nie zdenerwuję jej. Przeczytam tylko bajkę. – Robię wszystko, żeby nie mówić płaczliwym głosem. Iskierka gaśnie.

– Wie, że jesteś pijana. Nie lubi, kiedy pijesz.

– Nie jestem pijana. Czuję się dobrze.

– Dobrze? Wkurzyłaś moich przyjaciół do tego stopnia, że zażenowani czym prędzej uciekli, i dobrze się czujesz? Rano musiałem zbierać cię z podłogi w kancelarii...

– Siedziałam w fotelu. Poza tym nie jest znowu tak wcześnie.

– Wszystko jedno, dobrze wiesz, o czym mówię.

Wiem. Mimo to protestuję.

– Jesteś niesprawiedliwy. Nie wyszli przeze mnie. Zapraszałam ich na karaoke.

– Chryste, Alison... Nie wiem nawet, od czego zacząć.

– To niesprawiedliwe!

– Nie krzycz. Jesteś w takim stanie, że nie chcę z tobą rozmawiać.

– Wiem, że cię wkurzyłam, i przepraszam. Ale zawsze dobrze się bawiliśmy. Nie zdawałam sobie sprawy, że jesteście tacy nudni. Nieważne. Idę poczytać Tilly. – Wychodzę, żeby nie zdążył nic powiedzieć.

Matylda siedzi na łóżku i czyta coś Clarise Bean. Ma sześć lat, lecz wciąż jest moim najdroższym skarbem. Obejmuje mnie i mruczy:

– Dobranoc, mamusiu, kocham cię.

– Ja też cię kocham. – Okrywam ją kołderką w kwiatki.

Już mam zgasić światło, kiedy przychodzi Carl i przez chwilę stoimy, patrząc na dziecko, które stworzyliśmy. Razem, zjednoczeni. Odwracam się, wyciągam do niego rękę i już, już ma ją ująć, lecz tylko mocno zaciska palce i cofa dłoń.

– Zaparzyłem herbatę. Stoi w salonie.

– Dziękuję…

Wychodzi, nie dając mi skończyć, ale zawsze to jakiś początek, malutki krok do przodu. Może powoli do mnie wróci? Wiem, że na to nie zasługuję. Ledwie dwadzieścia cztery godziny temu przyrzekałam sobie, że wypiję tylko jeden kieliszek i ucieknę do domu. Zalewa mnie fala rozpaczy. Nie potrafię nawet ograniczyć się do jednego drinka, nie potrafię wrócić do rodziny, choć powinnam. Targana wyrzutami sumienia, długo patrzę w pustkę, w końcu się otrząsam. Piję herbatę, kładę się zmęczona i roztrzęsiona. To był ciężki początek weekendu. Zasypiam ukołysana do snu cichym szumem wody i pobrzękiwaniem naczyń. Carl zmywa. Przynajmniej chciałam mu pomóc.

3

Wychodzą, kiedy śpię. Do zamku. Carl zostawia mi krótki list: Nie mogłem cię dobudzić. Musieliśmy wyjść. Zresztą i tak masz co robić. Zmyłem naczynia.

Bez całusów pod spodem, tylko mały krzyżyk. Jest zły. Ja też – obiecałam, że z nimi pojadę. Nie powinni mnie zostawiać. Dzwonię do niego, ale ma wyłączony telefon. Leżę w łóżku, wsłuchując się w jego głos: Nie mogę odebrać. Nie mogę odebrać.

Nie mogę? Raczej nie chcę.

W końcu się dodzwaniam.

– Dlaczego mnie nie obudziłeś?

– Próbowałem. Poruszyłaś się i kazałaś mi spadać. Uznałem, że lepiej będzie, jeśli sobie pośpisz.

Zupełnie tego nie pamiętam.

– Obudziłam się dopiero o jedenastej, jak nie ja.

– Zmogło cię po wczorajszym.

– Szkoda, że tak szybko zrezygnowałeś. Albo nie zaczekałeś.

– Naprawdę próbowałem, ale nie reagowałaś. Wyszliśmy o dziewiątej. Gdybyśmy zaczekali, nie byłoby sensu jechać.

– Cóż, no dobrze. Bardzo mi przykro. Nie zrobiłam tego celowo. Dasz mi Matyldę?

– Tilly się bawi. Nie chcę jej przerywać, bo się zdenerwuje. Było jej smutno, że cię nie ma, ale już jest lepiej. Daj jej spokój.

– Nie rozumiem. Nigdy nie śpię do jedenastej. Naprawdę nie chciałam. Powiedz jej chociaż, że mi przykro.

– Jest, jak jest. – Carl robi pauzę i zmienia temat tak stanowczo, że nie śmiem zaprotestować. – Zaczęłaś pracować?

– Właśnie zamierzałam. Zrobię gulasz na kolację.

– Więc nie będę ci przeszkadzał.

Rozłącza się tak szybko, że nie zdążam się pożegnać. Trzymam palec nad ikonką słuchawki, w końcu przesuwam go na pulpit i odkładam komórkę. Porozmawiamy później, przy kolacji. Wytłumaczę Tilly, że mi przykro, że nie chciałam przegapić wycieczki na zamek. Potrząsam głową, wstaję, wciągam piżamę i schodzę na dół trochę popracować.

• • •

Dwie kawy później otwieram akta i szybko mrugam, żeby odpędzić ból głowy, który niczym gęsta mgła usadowił się tuż za prawym okiem. Regina kontra Madeleine Smith. Centralny Sąd Kryminalny. Sprawa przeniesiona z Camberwell Green, bogatej dzielnicy w południowej części Londynu, z sądu pokoju najbliższego miejsca zbrodni.

Brzęczy komórka. Chwytam ją z nadzieją, że to Carl, że chce się pogodzić.

No i? Przemyślałaś sprawę?

Patrick. Zalewa mnie fala radości, potem gniewu. Jak śmie pisać do mnie w weekend, zwłaszcza że z nim skończyłam? Dopiero po chwili dociera do mnie, że pyta o coś innego.

Jaką sprawę?

Madeleine Smith. To chyba twoje pierwsze morderstwo, nie?

Nie pamiętam, żebym mu o tym wspominała. Dociera do mnie coś jeszcze. Patrzę na akta. Jest, na tylnej okładce. Saunders i Spółka. Jego kancelaria. Zastanawiam się, czym sobie na to zasłużyłam, jak daleko się posunęłam, ile razy. Jak mocno, jak szybko. Ale wiem, że to nie dlatego. Patrick nie pieprzy się z robotą. Pieprzy tylko mnie.

Kolejny SMS.

Hm, nie ma za co. – Jest wkurzony.

Skończyłam z tobą. Nie pamiętasz? – Znów czuję się jak piętnastolatka.

Wiem, wiem. Ale praca to praca. W tym tygodniu narada. Klientka chce z tobą rozmawiać. Zarezerwuję termin w kancelarii.

Koniec rozmowy. Ale nie romansu. Ani słowa o piątku, więc nie mam się czym martwić. Gdyby jakąś przeleciał, na pewno by mi powiedział. Nie żebym się przejmowała. Patrzę na ekran komórki: Skończyłam z tobą. Nie pamiętasz? Kasuję SMS. Potem pozostałe. Może dla dobra mojego małżeństwa powinnam zrezygnować z tej sprawy, ale pracowałam na to całe dorosłe życie. Wymazuję Patricka z pamięci, otwieram teczkę i zaczynam czytać.

• • •

Jakiś czas później odkładam akta i biorę się do przygotowywania kolacji. Powoli kroję cebulę. Na ostrzu tańczą ostatnie promienie zachodzącego słońca, więc podnoszę nóż i puszczam zajączki na ścianie i suficie. Nóż jest duży, z kompletu kuchennych noży, które dostaliśmy w prezencie ślubnym od Sandry, mojej szkolnej przyjaciółki. Pamiętam, że szybko dałam jej pieniążek. „Nie chcę kroić miłości, za długo się znamy". Tak jej wtedy powiedziałam, a ona uśmiechnęła się i schowała monetę do kieszeni.

Madeleine Smith nie tylko miłość pokroiła. Madeleine zadźgała ją, zaszlachtowała i pocięła, zadając mężowi piętnaście oddzielnych ciosów. Mógł umrzeć od kilku, ale według patologa z prokuratury najgroźniejszy był cios w gardło, który prawie przeciął żyłę szyjną. Obecny na miejscu zbrodni technik zrobił zdjęcia, na których widać czerwone plamy krwi na białym prześcieradle w sypialni, gdzie znaleziono ciało.

Biorę kolejną cebulę i starannie ją kroję.

• • •

Zanim wrócili, gulasz doszedł idealnie, lecz Matylda zerka na łyżkę i mówi, że tak, jest głodna, ale nie chce jeść mięsa.

– Przecież wczoraj jadłaś jagnięcinę.

– Ale dzisiaj spytałam tatusia, jak zabija się kurczaczki i już nie chcę.

– Nie przepadasz za warzywami...

– Wiem, ale nie chcę, żeby zwierzęta umierały.

Patrzę na Carla, szukając u niego pomocy, ale on tylko wzrusza ramionami.

– Dobrze, kochanie, zrobię ci omlet. Ale może to jeszcze przemyślisz? – Tilly kręci głową, a ja mieszam gulasz. Nabieram trochę na łyżkę i daję Carlowi do spróbowania. – Chcesz?

Mąż bierze łyżkę, patrzy na nią, wącha, krzywi się i odsuwa.

– Nie, nie jestem głodny.

– Szkoda, że mnie nie uprzedziłeś. Ty też przechodzisz na wegetarianizm? – Staram się poskromić gniew.

– Nie, nie o to chodzi. Po prostu pachnie trochę...

– Trochę jak? – Gniew narasta.

– Jak... Nieważne. Starałaś się, nic więcej się nie liczy. A jeśli chodzi o wegetarianizm Tilly, wesprę ją w każdej decyzji. Będziemy mieli dobrą zabawę, zobaczysz. Odkryjemy nowe potrawy, które być może polubisz. – Carl uśmiecha się do Matyldy. Podchodzi do kuchenki i miesza gulasz. – Warto było spróbować, ale gotowanie zostaw lepiej mnie, dobrze? Wiem, co Tilly najbardziej lubi. I pozwól, że to ja zrobię ten omlet.

Milczę. Zdejmuję gulasz z ognia i uchylam pokrywkę, żeby go ostudzić i żebym mogła go potem zamrozić. Wezmę sobie trochę na lunch, a resztę włożę do zamrażalnika. Ten lepki, słodkawy zapach będzie mnie prześladował tygodniami. Słupki marchewek, które tak starannie pokroiłam, wystawiają łebki z kleistego sosu. Obrzydliwość.

Ja też czuję się paskudnie. Carl odrzucił moją ofiarę, choć nawet jej nie przypaliłam.

Podchodzi do mnie Tilly, więc klękam i ją obejmuję.

– Przepraszam, że z tobą nie poszłam – mówię cicho słowami przeznaczonymi tylko dla jej uszu. Głaszczę ją po policzku i przytulam. Tilly mocno mnie obejmuje. Odsuwam ją delikatnie na długość ramienia, przytrzymuję i patrzę jej w oczy. – Obiecuję, że już niedługo gdzieś pojedziemy. Tylko ty i ja. Gdziekolwiek zechcesz. Słowo. Dobrze?

Córka kiwa głową.

– Obiecuję. – Przyciągam ją do siebie i znów przytulam. Matylda odpręża się z cieplutką główką na moim ramieniu. To, co ściskało mnie w brzuchu, powoli znika.

• • •

Carl patrzy, jak ją kąpię. Suszę jej włoski, szczotkuję, czytam bajkę i śpiewam kołysankę. Zamykamy drzwi i wtedy mówi:

– Obietnic składanych dzieciom trzeba dotrzymywać. To niezmiernie ważne.

– Ja swojej dotrzymam.

– Oby.

– Nie musisz mi grozić. Staram się. Nie możesz bardziej mnie wspierać?

– Nie zaczynaj, Alison. Nie masz prawa robić mi wyrzutów.

Ogień płonie we mnie i przygasa.

– Wiem. Przepraszam. Przepraszam…

Przesuwa palcem po moim policzku. Chwytam go za rękę, całuję dłoń, obejmuję go za szyję i zbliżam twarz do jego twarzy. Zaraz się pocałujemy. Nagle się odsuwa.

– Przepraszam. Nie mogę. – Idzie do salonu i zamyka drzwi.

Czekam chwilę, żeby sprawdzić, czy nie zmieni zdania, potem wracam do siebie i też się zamykam. Próbuję pracować z nadzieją, że regulaminy i przepisy zagłuszą ból odrzucenia. Wciąż czuję ciężki zapach gulaszu.

• • •

Nieco później, gdy przekładam zimną breję do małych plastikowych pojemników, do kuchni wchodzi Carl. Zamyka drzwi i mówi:

– Myślałem o tym cały dzień i chyba ci to pokażę.

– Ale co? – Coś w jego głosie sprawia, że trzęsie mi się ręka i gulasz ścieka po brzegach pojemnika.

– Chcę, żebyś zrozumiała, jak to jest, dlaczego tak bardzo się nakręcamy.

– Zrozumiała konkretnie co? – Odkładam łyżkę i zamykam pudełko.

Carl nie odpowiada. Majstruje przy telefonie. Otwieram zamrażalnik, odsuwam na bok napoczęte torebki groszku i układam pudełka, starannie, jedno na drugim. Zbijam lód ze ścianki i nagle słyszę pierwsze takty *Rolling in the Deep*. Uśmiecham się gotowa dołączyć do Adele, lecz nabierając powietrza, słyszę, że już do niej dołączyłam i śpiewam. Jeśli można nazwać to śpiewem. Zatrzaskuję drzwiczki zamrażalnika i odwracam się. Carl bez słowa podaje mi telefon, a w jego oczach widzę coś na kształt współczucia.

Wieczorem było wspaniale. Śpiewałam i nic mnie nie obchodziło. Co z tego, że nikt nie chciał do mnie dołączyć? Nie wiedzieli, co tracą! Byłam gwiazdą i porwana przez falę muzyki uciekałam od przyziemnych przepychanek, które zdominowały koniec wieczoru. Teraz widzę to, co widzieli oni, zalaną w pestkę kobietę w wystającym spod sukienki staniku, pijaczkę w rozsmarowanym na pół twarzy makijażu. Patrzę na nią przerażona. Jej głos rani do krwi. Tony, które tak ładnie wyciągałam, w jej wykonaniu brzmią upiornie. Nie trzyma rytmu, fatalnie tańczy. Ale najgorsze są miny dzieci, kiedy próbuje wciągnąć je do zabawy. Nie, nie miny. Najgorsze są te przytłumione głosy.

Słychać nawet śmiech. Dave, Louisa... Chryste, Carl też się śmieje?

– Dlaczego mnie nie powstrzymałeś, do cholery?

– Próbowałem, ale nie słuchałaś.

– I zamiast tego nakręciłeś film, na którym robię z siebie głupią cipę?

– Nie chciałem cię upokorzyć. Chciałem tylko, żebyś zobaczyła, jak wygląda moje życie. Nie zawsze, ale kiedy jesteś taka jak tu, bywa naprawdę ciężko.

Patrzę na ekran. Kobieta – moje drugie ja – szykuje się na długi wieczór. Chodzi chwiejnie po sofie, w końcu ciężko siada i zaczyna kaleczyć Prince'a. Wreszcie finał, piosenka Smithów, którą – byłam tego pewna – tak dobrze zaśpiewałam. Niezbyt miły widok. Mam zimne, trzęsące się dłonie i czerwoną twarz, skręcam się ze wstydu. Zamykam oczy, ale wciąż słyszę swój piskliwy głos i bełkotliwe słowa, które wczoraj tak świetnie brzmiały. Z trudem panując nad drżącymi rękami, naciskam ikonkę pauzy i już mam skasować nagranie, ale Carl zabiera mi telefon.

– Chciałam się tylko zabawić.

– Zabawa, która kogoś denerwuje, nie jest zabawą. – Carl spuszcza wzrok.

– Nie wiedziałam, że byliście zdenerwowani.

– Właśnie w tym rzecz, Alison. Ty nigdy nie wiesz.

Wychodzi, a ja dalej przekładam gulasz do pojemników. Wreszcie kończę, wycieram je i puszczam zmywarkę. Gaszę światło i długo stoję w ciemności, wsłuchując się w jej szum z nadzieją, że mnie uspokoi, zagłuszy ten straszny głos. Brzmi jak brzęk roztrzaskującego się szkła i nie chce zamilknąć.

4

Carl robi śniadanie dla Matyldy i przygotowuje ją do wyjścia. Nie mam dzisiaj żadnej rozprawy i zamierzałam ją odprowadzić, ale robi to tak sprawnie, że nie chcę mu przeszkadzać. Idę do kuchni po kawę.

– Daj mi swój telefon, oddam go do naprawy – mówi. – Mam blisko, to parę kroków od ośrodka.

Przybieram obojętną minę i szybko analizuję potencjalne zagrożenia. Zawsze jestem ostrożna. Bardzo ostrożna. SMS-y, mejle – wszystko kasuję zaraz po przeczytaniu. Muszę tylko ostrzec Patricka. Wzruszam ramionami.

– Nie chcę zawracać ci głowy, nie jest tak źle.

– Warto, pęknięcie może się powiększyć. Chyba nie chcesz kupować nowego smartfona.

Wiem, że ma rację, ale jego napuszony głos działa mi na nerwy. Kładę uszy po sobie – ostatecznie robi mi przysługę.

– Tylko zrób kopię, bo coś może pójść nie tak. – Siada i czeka, aż skopiuję zawartość komórki do chmury. Kasuję wszystkie pliki i podaję mu ją.

– Dziękuję, jesteś bardzo miły.

Bierze telefon i wychodzi. Matylda obejmuje mnie szybko na pożegnanie i biegnie za nim.

Kiedy tylko zamykają się drzwi, dzwonię na służbowy numer Patricka. Odbiera Chloe Sami, jego młodsza wspólniczka, i mnie przełącza.

– Jutro narada – mówi Patrick, zanim zdążę się do niego odezwać.

– Przeczytałam akta. Oskarżenie nic więcej nie przysłało? – Mam spokojny głos. Umiem rozmawiać z nim o pracy.

– Nie, ale musisz porozmawiać z klientką, zdobyć jej zaufanie.

– Dobrze.

– Idealnie się do tego nadajesz – ciągnie. – Pokażesz przysięgłym, jak to wygląda z jej punktu widzenia, znajdziesz z nimi wspólny język, dasz radę. Poza tym sprawa jest dość skomplikowana, a ty masz w małym palcu wszystkie kruczki prawne. – Mówi jak profesjonalista. Nie prawi komplementów, tylko obiektywnie ocenia sytuację, mimo to przechodzi mnie miły dreszcz. – Dobra. Narada jest jutro o drugiej. Spotkamy się o wpół do pierwszej na Marylebone Station. Madeleine mieszka teraz u siostry, w Beaconsfield.

– A więc to ty jesteś moim doradcą prowadzącym. Szkoda, że nie powiedziałeś mi w piątek.

– Chciałem zrobić ci miłą niespodziankę. Dobrze, muszę lecieć.

– Zaczekaj. Nie dzwoń dziś do mnie i nie pisz. Nie mam komórki.

– Po co miałbym dzwonić? – mówi. – Nie mam nic więcej do powiedzenia. – I odkłada słuchawkę.

Jego słowa bolą, ale nie chcę znów do niego dzwonić. Zapominam o tym i biorę się do roboty.

Mija poniedziałek, znikają resztki kaca, znika lęk. Prawie cały. Za prawym okiem wciąż mnie trochę ćmi, pamiątka po bólu, jaki sprawiłam sobie, Carlowi i Tilly. Nigdy więcej, powtarzam z nadzieją, że nie są to tylko puste słowa. Czytam akta, zakreślam najważniejsze fragmenty, robię notatki. Carl odprowadza Matyldę do szkoły, a ja siedzę w piżamie pochłonięta sprawą. Pod wieczór zwraca mi telefon, który znów wygląda jak nowy.

• • •

37

We wtorek rano wychodzę z domu elegancko ubrana, z roztańczoną Tilly u boku. Kiedy wchodzimy na teren szkoły, grupka matek, szczupłych i gibkich w strojach sportowych, zacieśnia wrogi krąg. Kręcę głową. Boże, co za paranoja. Uśmiecham się do jednej, macham do drugiej, pozdrawiam dwóch przechodzących obok ojców. W końcu kobiety uśmiechają się, choć wciąż plotkują głowa przy głowie. „Tak, to ona, chociaż raz. Niesamowite, że jej się chciało, prawda? Zawsze ten biedny mąż". Znów kręcę głową. Nie, chyba tak nie mówią. Niby dlaczego miałyby mówić? Matylda ciągnie mnie za rękę i schodzimy na dół, do klasy.

– Do widzenia, kochanie. Miłego dnia. – Pochylam się i przytulam ją na pożegnanie.

– Odbierzesz mnie?

– Nie, tatuś. Mam dziś spotkanie.

– Dobrze. Pa, pa!

Tilly wiesza kurtkę na kołku i podchodzi do przyjació-łek. Patrzę na nią. Dziewczynki uśmiechają się i robią dla niej miejsce w kółku. Macham do nich, szybko wychodzę i ze spuszczoną głową przecinam boisko.

„Matylda jest szczęśliwa, nic innego się nie liczy". Carl powtarza mi to, ilekroć wspominam mu o rodzicach jej koleżanek i kolegów. I dodaje: „Dla mnie są zawsze bardzo mili. Musisz się tylko postarać" – kwituje.

Dziś rano też to powiedział, sprawdzając tornister i podpisując dzienniczek. Nie polemizuję – pewnie ma rację.

– Odbiorę ją. O drugiej mam ostatniego pacjenta.

Jedno zmartwienie mniej, to już coś.

Zdążam na autobus i siadam osaczona przez dziecięce wózki. Torbę stawiam przy prawej nodze. Są w niej akta, zdjęcia i dokumenty opisujące okrutny czyn, którego pod-łoże będę musiała zrozumieć lepiej niż cokolwiek innego, choćby to, na czym opiera się moje małżeństwo, dlacze-go nie jestem dobrą matką czy jak działa mój umysł. Nie mogę się już doczekać.

• • •

W biurze witam się z kancelistami, rozpakowuję torbę, kładę akta na biurku. Siadam i patrzę tępo w okno. Piętnaście lat praktyki i wreszcie to, pierwsze morderstwo. Zaczynałam jak wszyscy, od pijanych kierowców, naćpanych złodziei sklepowych, przyłapanych na recydywie włamywaczy – sąd dla młodocianych w Balham był prawdziwym piekłem – i żałosnych pedofilów śliniących się nad zdjęciami roznegliżowanych dzieci. Od nieszczęsnych pechowców, poprzez kryminalistów, którym dało się jeszcze pomóc, kończąc na tych, którym nie pomógłby już chyba nikt i którym nawet ja życzyłam tego, żeby zamknięto ich w celi i wyrzucono klucz. Wszyscy mieli wiele wspólnego: pełne przemocy dzieciństwo prowadzące do nadużywania alkoholu i narkotyków, ubóstwo i rozpacz uzewnętrzniająca się czasem wybuchowymi żądaniami typu: „Chcę mieć ten telefon. Nie, daj mi, kurwa, ten telefon albo ci przypierdolę/sprzedam ci kosę/zrzucę cię z wiaduktu pod nadjeżdżający pociąg".

Moją ulubioną sprawą był ten ostatni zbiorowy proces, rozbój sprzed dziesięciu lat, w Nottingham. Oskarżeni obwiniali się nawzajem i dostali po pięć lat. Ale miałam wtedy świetny zespół i co wieczór piliśmy na umór w pubie parę kroków od hotelu Travelodge.

No więc tak. Madeleine Smith. Kartkuję akta, szukając wycinków prasowych, w których opisywano tę sprawę stosownie do ograniczeń obowiązujących w trakcie postępowania sądowego. Nad najdłuższym artykułem zamieszczono zdjęcie, na którym skuta kajdankami Madeleine stoi między dwoma policjantami. Jest szczupłą blondynką o zmęczonej twarzy.

Madeleine Smith, lat 44, została aresztowana zaraz po tym, jak w sypialni jej domu znaleziono ciało jej zadźganego w łóżku męża Edwina. Edwin Smith był starszym wspólnikiem w Athera Holdings, amerykańskiej firmie specjalizującej się w zarządzaniu aktywami. Policję wezwała sprzątaczka, która podniosła alarm po wejściu do ich wartego trzy i pół miliona funtów domu w londyńskim Clapham. Według dobrze poinformowanych źródeł podejrzana siedziała na podłodze obok zwłok męża i nie stawiała oporu podczas aresztowania. Sąsiedzi są zaskoczeni: „To urocza kobieta, zawsze pomagała nam w przygotowaniach do corocznego przyjęcia ulicznego. Po prostu nie mogę w to uwierzyć", powiedział proszący o anonimowość rozmówca.

Robię sobie przerwę i nastawiam ekspres, który kupiłam Carlowi na Gwiazdkę w zeszłym roku. Nie chciał z niego korzystać, bo kapsułki są podobno nieekonomiczne.

Przedstawione przez prokuraturę fakty są następujące: w poniedziałek siedemnastego września sprzątaczka znajduje w łóżku ciało Edwina Smitha. Siedzi przy nim jego żona Madeleine. Smith nie żyje mniej więcej od dwunastu godzin, a powodem jego śmierci jest piętnaście ran kłutych na szyi i tułowiu. Zadano je prawdopodobnie, kiedy spał, ponieważ na jego ciele nie znaleziono obrażeń obronnych, niczego, co wskazywałoby, że próbował walczyć czy choćby odeprzeć atak. Obok ciała leżał nóż kuchenny, którego trzydziestocentymetrowe ostrze pasuje do kształtu i głębokości ran. Denat stracił dużo krwi, która przesiąkła przez materac i podłogę, zalewając sufit mieszczącego się pod sypialnią salonu. Było nią uwalane ubranie Madeleine.

Policja i karetka pogotowia przyjechały natychmiast, jednak ofierze nie można było już pomóc. Madeleine spokojnie poddała się procedurze aresztowania. Milczała i wtedy, i potem. Początkowo umieszczono ją w więzieniu Downview Prison, ale dwa tygodnie temu sąd zgodził się wypuścić ją za kaucją i pod ścisłym nadzorem mieszka obecnie w domu swojej siostry w Beaconsfield.

I tyle. Brakuje zeznań sprzątaczki, obecnych tam policjantów, personelu medycznego, patologa i sąsiada, który w dzień śmierci Edwina Smitha miał słyszeć krzyki dochodzące z jego domu. Prędzej czy później oskarżenie będzie musiało je dostarczyć. Niedzielny wieczór trzy tygodnie temu – próbuję sobie przypomnieć, co wtedy robiłam.

Wróciliśmy właśnie z częściowo udanego weekendu nad morzem. Dobrze, że chociaż Matylda wyhasała się na plaży, bo ja znów pokłóciłam się z Carlem i nie dotykając się, spaliśmy w łóżku przeznaczonym raczej na sprośne bzykanko niż nienawistne spojrzenia i rozpamiętywanie niedotrzymanych obietnic. Lepiej tego nie pamiętać, więc wracam do sprawy.

Patrick dołączył do akt streszczenie zeznania, w którym Madeleine opisuje, co robiła w ten tragiczny weekend. Ponieważ do niedzieli był w domu ich czternastoletni syn James, który uczy się w szkole z internatem, wraz z mężem odwiozła go na stację London Bridge, żeby mógł zdążyć na wieczorną mszę. Jego nazwisko też widnieje na liście świadków oskarżenia, choć nie dostarczono mu jeszcze wezwania.

W aktach jest także krótkie zeznanie, w którym Madeleine opowiada o sobie. Ma czterdzieści kilka lat, pochodzi z Surrey i w dzieciństwie dużo podróżowała, ponieważ jej rodzice byli dyplomatami. Jest biegłą księgową, jednak od dawna nie pracuje. Została matką w wieku trzydziestu lat. Wyszła za mąż prawie dwadzieścia lat temu, była z mężem bardzo szczęśliwa i nie ma nic do powiedzenia na temat wydarzeń tej strasznej nocy. Nic, zupełnie nic.

● ● ●

Na stacji dostrzegam Patricka, zanim on dostrzega mnie. Opiera się o ścianę, patrząc na ekran telefonu i na jego widok ściska mnie w piersi. Potykam się, zawadzam nogą o kółka torby, a wtedy podnosi wzrok i uśmiecha się do mnie nie tylko ustami, ale i oczami, tak wesoło, że głośno się śmieję. Jest jednak ktoś, kto szczerze cieszy się, że mnie widzi – ogarnia mnie fala tak wielkiej ulgi, że na chwilę zapominam nawet, że z nim zerwałam. Muska palcami mój policzek i już chcę przedstawić mu swoje przemyślenia dotyczące sprawy, gdy dzwoni komórka i Patrick odwraca się, żeby odebrać. W pociągu prawie nie rozmawiamy, lecz od czasu do czasu odrywa się od mejli i klepie mnie po nodze. Odsuwam się – chcę tego i nie chcę – powtarzając sobie stanowczo, że wszystko między nami skończone, że choć teraz jest uroczy, w piątek i wiele razy przedtem uroczy nie był. Wiem, że to zły wybór.

Beaconsfield to ładne podlondyńskie miasteczko upstrzone butikami i eleganckimi restauracjami. Na stacji bierzemy taksówkę, jedziemy do domu, w którym przebywa nasza klientka, i czekamy przed elektrycznie otwieraną bramą. Dom jest tak duży, że przytłacza ogród, duży i otoczony równie dużymi domami sąsiadów, nowymi i błyszczącymi.

Zza drzwi wystawia głowę jakaś kobieta. Przygląda się nam przez chwilę i mając pewność, że my to my, znika i brama powoli się otwiera. Chrzęszczącą od żwiru ścieżką idziemy w stronę domu. Drzwi otwierają się gwałtownie. Patrick wyprzedza mnie i ściska kobiecie dłoń.

– Miło mi znów panią widzieć – mówi. – Alison, to jest Francine, siostra Madeleine. – Staje z boku i teraz ja ściskam jej rękę. Ma długie, kościste palce i zaprasza nas do środka na spotkanie z Madeleine, która siedzi na sofie z podkurczonymi nogami. Wstaje na nasz widok.

Szczupła i wysoka ma wyraźne ścięgna szyjne i gęste, gładko ułożone włosy, ładne, w pasemkach, choć z dwuipółcentymetrowymi odrostami. Na jej skroni pulsuje niebieskawa żyłka. Francine – błyszczące włosy, świetlista skóra – też jest szczupła, lecz bardziej kształtna niż siostra. Spięta przestępuje z nogi na nogę, szarpiąc palcami brzeg kardiganu. Czuję się przy nich niska i przysadzista, jak koń pociągowy obok rasowych klaczy. Kobiety są ubrane na beżowo, w brązowo-szare spodnie i jasnobeżowe kardigany z dzianiny, z całą pewnością kaszmirowe. Madeleine nosi subtelną biżuterię, brylanty w uszach i na palcach, na serdecznym palcu jej lewej ręki widzę bogato inkrustowany luźny pierścionek, symbol wiecznej miłości. Przekręcam swój, zaręczynowy, żeby ukryć mały, pojedynczy brylancik. Zaciskam rękę i kamyczek wbija mi się w dłoń.

• • •

– Nie chcę myśleć o Downview. To był koszmar. – Madeleine skubie skórkę wokół paznokcia.

– Wyciągnęliśmy panią najszybciej, jak się dało – zapewnia ją łagodnie Patrick. Nigdy dotąd nie słyszałam, żeby tak mówił. W Madeleine jest coś kruchego, co wymaga cichego głosu i starannie dobranych słów.

– Napiją się państwo herbaty? – pyta Francine.

Przytakuję.

– Z mlekiem, bez cukru. Dziękuję. – Parzenie herbaty uspokoi ją i odpręży, i będziemy mogli przycisnąć jej siostrę.

Francine wychodzi i Madeleine nieśmiało prostuje nogi.

– Tyle tam było krzyku. Próbowałam spać, ale nie wiem, jak można zasnąć w tym… tym piekle. Na posterunku spałam, tam nie mogłam. Pięć nocy…

Urywa i patrzy z uśmiechem na siostrę, która wraca z tacą zastawioną kubkami, mlekiem, cukrem i trzema rodzajami ciasteczek.

– Czy podać coś jeszcze?

– Nie, dziękujemy – odpowiadam. – To aż za dużo.

Z podziękowaniami chórem dołączają do mnie Madeleine i Patrick.

– Dziękuję, Francine. Zostawisz nas na chwilę, żebyśmy mogli porozmawiać? – Madeleine uśmiecha się, Francine wychodzi i zamyka drzwi.

– No to zaczynajmy. – Patrick odsuwa na bok tacę, wyjmuje z torby akta i kładzie je na stoliku. Ja wyjmuję swoje dokumenty i notes. – Pozwoli pani, że tym razem

43

rzeczowo i poprawnie przedstawię pani Alison Wood, która będzie panią reprezentowała.

Lekko pochylam głowę.

– Alison praktykuje od ponad piętnastu lat. Prowadziła wiele skomplikowanych spraw zarówno w sądzie koronnym, jak i apelacyjnym. – Mówiąc, Patrick wskazuje mnie co chwilę, ale czuję się tak, jakby opisywał kogoś innego. – Jest świetna, ustali najlepszy z możliwych scenariuszy. Zaopiekujemy się panią.

Madeleine patrzy na dłonie.

– Chyba nie ma co ustalać. Zabiłam go, to wszystko.

– Powoli, nie tak szybko. Nie musimy jeszcze o tym rozmawiać. Zacznijmy od początku. – Nareszcie mówi jak Patrick, którego znam, szorstko i zdecydowanie. Cieszę się, że ją przystopował; nie ma nic gorszego niż klient, który nie czekając na właściwe pytania, za wcześnie analizuje własne przestępstwo. – Alison, powiedz Madeleine, jak to będzie.

– Dobrze, a więc tak. Madeleine, sytuacja wygląda następująco: pani sprawa została przeniesiona z sądu pokoju do Old Bailey, gdzie na najbliższym posiedzeniu odbędzie się przesłuchanie przygotowawcze. Wtedy ustosunkuje się pani do zarzutów.

– Ale to dopiero za kilka tygodni, prawda?

– Tak, w połowie listopada, za pięć tygodni. Oskarżenie przekazało nam jak dotąd bardzo mało dowodów, ale wkrótce przekaże więcej. Przynajmniej mam taką nadzieję. – Patrzę na nią, lecz nie nawiązuje ze mną kontaktu wzrokowego, tylko wciąż spogląda na dłonie. Ma ogryzione do krwi paznokcie, jedyne pęknięcie w tej uładzonej fasadzie. Skinęła głową, więc mówię dalej:

– Do tego czasu musimy przeanalizować wszystkie dowody. Jak już wspomniałam, na przesłuchaniu przygotowawczym będzie pani musiała ustosunkować się do zarzutów i jeśli nie przyzna się pani do winy, sędzia wyznaczy datę pierwszej rozprawy.

– A jeśli się przyznam?

– Wtedy posiedzenie zostanie natychmiast odroczone do dnia wydania wyroku.

– I tak chcę zrobić. – Madeleine podnosi w końcu wzrok i patrzy mi prosto w oczy. Robi wrażenie zdecydowanej, nawet nie mruga. Tak, jest zdecydowana, rzecz w tym, że aż za bardzo. Zastanawiam się, co ukrywa.

– Radziłabym, żeby przed podjęciem ostatecznej decyzji co do następnego kroku zaczekała pani, aż przestudiujemy dowody. Na tym etapie nie zalecałabym zbytniej stanowczości.

Madeleine z uporem zaciska zęby, ale przynajmniej słucha.

– Wiem, co zrobiłam.

– Ale ja nie. Na razie proszę o tym zapomnieć. Swoją drogą to też ma pewne aspekty prawne, które należy rozważyć. Dlatego proszę, czy możemy iść krok po kroku? – Kątem oka widzę, że Patrick przytakuje.

Madeleine wstaje, podchodzi do okna i wraca. Myślę, że usiądzie obok mnie, na skórzanej sofie, lecz w ostatniej chwili odwraca się i znów podchodzi do okna.

– Niepotrzebnie zawracaliście sobie głowy kaucją. Powinni trzymać mnie pod kluczem.

Patrick pociera czoło.

– Ma pani czystą przeszłość, nie jest pani notowana. Sąd uznał, że nikomu pani nie zagraża. Poza tym tak jest dużo wygodniej dla nas, bo łatwiej nam opracować linię obrony.

Madeleine wzdycha, lecz nie protestuje. Wraca i siada na sofie.

Odchrząkuję.

– Nasze rozmowy są objęte tajemnicą zawodową. To znaczy, że są całkowicie poufne i nie możemy nikomu zdradzić, co nam pani powiedziała. Ale jeśli powie nam pani jedno, a podczas procesu drugie, będą kłopoty. Nie możemy kłamać. Stracilibyśmy wiarygodność zawodową i nie moglibyśmy pani reprezentować. Czy pani to rozumie?

– Tak – odpowiada.

Biorę notes i długopis.

– Mogłaby pani opowiedzieć, co zaszło w tamten weekend? Zacznijmy od soboty.

– James przyjechał w piątek wieczorem do Londynu. W sobotę na lunch zrobiłam grzanki z serem i sałatkę, a wieczorem poszliśmy na kolację do restauracji ze stekami niedaleko parku Clapham Common. Potem James pojechał do Balham, do swojego kolegi, na jakąś imprezę, a my, Edwin i ja, wróciliśmy taksówką do domu. – Madeleine bierze oddech. Zapisuję to o taksówce i przytakuję.

– Obejrzeliśmy film i poszliśmy spać.

– Jaki film? – pytam.

– To ważne? – Wzrusza ramionami. – *Chłopców z ferajny*. Edwin uwielbia takie filmy... – Zdaje sobie sprawę z tego, co powiedziała i gwałtownie podnosi głowę. – Uwielbiał. – Ukrywa twarz w dłoniach i głośno oddycha. – Po filmie poszliśmy spać. James wrócił około jedenastej. Ale nie słyszałam, jak wchodził. Byłam zmęczona.

Pozwalają czternastoletniemu chłopcu chodzić samotnie po Londynie? Tak późno? Otwieram usta, żeby to skomentować, lecz się powstrzymuję. Z tego, co wiem, to teraz normalne.

– Często chodzi na imprezy?

– Różnie. Trudno powiedzieć. Czasem chodzi, czasem nie. Ciężko za nim nadążyć.

Myślę o Matyldzie. Nie pozwolę jej chodzić samotnie na żadne imprezy, wykluczone. Absolutnie odpada.

– W niedzielę wstaliśmy późno – ciągnie Madeleine. – Upiekłam kurczaka. Potem podrzuciliśmy Jamesa do London Bridge. Kiedy wróciliśmy do domu, Edwin powiedział, że chce ze mną porozmawiać. Bo odchodzi.

Drga mi ręka. Nie tego się spodziewałam. Otwieram usta, żeby o coś spytać, lecz Madeleine kontynuuje:

– Wypiłam prawie całą butelkę dżinu i chyba straciłam przytomność. Ocknęłam się dopiero, gdy usłyszałam krzyk sprzątaczki. Kiedy podniosłam głowę, zobaczyłam martwego Edwina i nóż u moich stóp. – Mówi tak cicho, że ledwo ją słyszę. – Nie chciałam tego zrobić. Nic nie pamiętam. Przepraszam... – Ma ziemistą twarz i niezdrowe wypieki.

– Proszę opowiedzieć nam o Jamesie. – Powoli i ostrożnie: zanim przejdę do pytań o męża, trzeba ją najpierw rozluźnić.

Wypieki znikają, twarz się odpręża.

– Ale co o Jamesie?

– Jaki jest? Na przykład czy lubi swoją szkołę? Od kiedy mieszka w internacie?

– Już drugi rok. Wyjechał tuż przed trzynastymi urodzinami. Bardzo mu się tam podoba.

– Ciężko pani bez niego?

– Tak, na początku było ciężko. Ale człowiek się przyzwyczaja. Codzienne dojazdy byłyby straszną stratą czasu. Bardzo późno by wracał. A on tak kocha sport... Nie żebym nie chciała mieć go pod bokiem, ale Edwin uznał... – Madeleine urywa.

– Edwin uznał, że co? – Ja też mówię cicho, nie chcę jej spłoszyć.

– Że syn powinien nauczyć się samodzielności, że dobrze mu to zrobi. Uważał, że jestem nadopiekuńcza i James musi wreszcie stanąć na własnych nogach.

– Zgodziła się z nim pani?

Madeleine prostuje plecy i dumnie wysuwa podbródek.

– Oczywiście. Miał rację. Wie, czego chłopcom trzeba... Wiedział.

– Dobrze. Wspomniała pani, że Jamesowi bardzo się tam podoba. Najbardziej co?

– Na pewno sport. I rutyna, ustalony porządek dnia. On to lubi. Najszczęśliwszy jest wtedy, kiedy wszystko idzie zgodnie z planem, kiedy jestem spokojna, kiedy kolacja jest o czasie i tak dalej.

Zapisuję to w notesie.

– Bywa pani niespokojna?

– Nikt nie jest spokojny cały czas. Czasem mam za dużo na głowie… – Madeleine kurczowo zaciska pięści. – To był kolejny powód, dla którego Edwin chciał wysłać go do internatu. Miałabym więcej czasu, ze wszystkim bym zdążała i kiedy James by nas odwiedzał, moglibyśmy cieszyć się rodziną.

Zapisuję i to.

– Podzielała pani jego zdanie?

– W tym też pewnie miał rację. Zawsze jestem taka zajęta, naprawdę trudno mi się czasem wyrobić. – Drży jej głos.

– Czym się pani zajmuje? Co pani robi? – Przybieram obojętny ton głosu.

– Zbieram pieniądze na galerię, chodzę na siłownię, na pilates… Nie chcę się zapuścić. Edwin nie… – znów urywa.

Ciągnę za pasek spódnicy z przykrą świadomością, że wpija mi się w bok. Brak czasu na siłownię: najwyraźniej to jest największym problemem mojego małżeństwa.

Przebiegam wzrokiem notatki. Pora ją przycisnąć.

– Madeleine, co może pani powiedzieć o swoim związku z Edwinem w okresie poprzedzającym jego śmierć?

– Nie wiem, o co konkretnie pani pyta.

– Jak się dogadywaliście? Dużo czasu spędzaliście razem? Czy mąż dużo podróżował?

– Oczywiście, że tak. Co tydzień latał do Nowego Jorku.

– Co tydzień? To bardzo często.

– Widzę, że nie ma pani znajomych w City. W tego rodzaju pracy to zupełnie normalne. – Madeleine mówi zimnym głosem, znów prostując się wyniośle.

Robi się chłodno, więc stawiam kołnierzyk. Żakiet nie jest może ekskluzywny, ale przynajmniej sama za niego zapłaciłam. Madeleine po raz pierwszy pokazała pazury i widzę, jak z nożem w ręku stoi nad zakrwawionym ciałem męża. Głośno wzdycha, opadają jej ramiona i obraz znika.

– Co pani robiła, kiedy wyjeżdżał?

– To samo. Już mówiłam. Organizowałam kolacje charytatywne w galerii, miałam dużo pracy.

– W której galerii?

– Fitzherberta, w Chelsea. Rząd obciął im dotacje i utrzymują się teraz głównie z prywatnych datków. To bardzo ważna praca. – Madeleine znów ma wypieki.

Nie mogę się powstrzymać.

– A więc nie interesuje pani działalność charytatywna na rzecz biednych?

– Nie widzę związku – wtrąca ostrzegawczo Patrick.

Uśmiecham się do niego, uśmiecham się do niej.

– Próbuję tylko ustalić pełny obraz sytuacji, to wszystko. Madeleine, czy powiedziałaby pani, że do tego tragicznego weekendu wasze stosunki układały się dobrze?

– Tak myślałam. Dlatego byłam wstrząśnięta, kiedy powiedział, że chce rozwodu. – Madeleine znów patrzy na dłonie, które nieustannie wykręca na kolanach.

– Jak pani myśli, dlaczego chciał odejść?

– Nie wiem, nie mam pojęcia. – Kuli się i ukrywa twarz w dłoniach. Szlocha.

Chcę spytać, czy Edwin miał romans, lecz Madeleine łka i płacze coraz głośniej, gwałtownie, rozdzierająco, gdzieś z głębi brzucha.

– A teraz nie żyje i już się nie dowiem, czy mówił poważnie i czy mogłabym to jakoś naprawić. To moja wina, moja wina, moja wina…

Nawet Patrick czuje się nieswojo. Wierci się na krześle i przez chwilę myślę, że obejmie ją i przytuli, ale on ze spuszczoną głową zaczyna poprawiać papiery na stoliku, układać samoprzylepne karteczki.

Do pokoju wpada bez pukania Francine.

– Proszę wyjść. Na dziś wystarczy, to dla niej za dużo.

– Mamy jeszcze kilka pytań – rzucam, choć wiem, że i tak nas wyprosi.

– Wszystko jedno. Zadacie je innym razem. Ona jest wykończona.

Chowam notes do torebki i wstaję. Patrick idzie w moje ślady.

Odkasłuje i mówi:

– Będziemy musieli przyjechać jeszcze raz. Wkrótce, w przyszłym tygodniu. To niezmiernie ważne, żeby obrona miała pełny ogląd tego, co zaszło. I co działo się przedtem.

– Dobrze. Świetnie. Ale nie dzisiaj. Na dziś wystarczy. Będę ją uspokajała godzinami, a nie mam czasu… – Francine kładzie rękę na ramieniu siostry i lekko nią potrząsa. – Ciii, Madeleine, ciii, dzieci zaraz wrócą.

Wychodzimy. Spod domu wzywamy taksówkę, w milczeniu jedziemy na stację i w ostatniej chwili łapiemy pociąg do Londynu.

5

– Idę po drinka. Przynieść ci coś?

Przytakuję i Patrick idzie poszukać wagonu restauracyjnego. Jestem wypluta, wciąż słyszę jej szloch. Byliśmy tam tylko półtorej godziny, a mam wrażenie, że o wiele dłużej. Tilly skończyła już lekcje i pewnie wybiega ze szkoły, żeby przywitać się z ojcem, który czeka na nią, rozmawiając z innymi rodzicami. Może pójdą gdzieś na gorącą czekoladę? A może któraś z koleżanek zaprosi ją do siebie? Carl ją odwiezie i kiedy dziewczynki zaczną bawić się w przebieranki, będzie pił herbatę z tą czy inną mamuśką. Matylda. Niemal czuję zapach jej włosów, ich jedwabisty dotyk na policzku, dotyk jej ciepłej główki przy mojej głowie. Gdy obraz znika, ze strachu drga mi serce, lecz w tym momencie wraca Patrick z dżinem, więc pociągam długi łyk, odpędzając lęk alkoholem. Miałam ciężki dzień, to wszystko. Patrick nachyla się, wpycha rękę między moje nogi i szepcze:

– Tu zaraz jest kibelek. A w wagonie nikogo nie ma.

Wiem, że powinnam odmówić, przypomnieć mu, że z nim zerwałam. Ale tego nie robię. Patrzę na niego, czując między udami natarczywe ciepło jego dłoni. Wlewam do ust resztkę dżinu, szybko przełykam i wychodzę, w ostatniej chwili chwytając torebkę.

Zamyka drzwi toalety i odwraca się. Wstrzymuję oddech, czekając, aż mnie pocałuje, przyciągnie moją twarz, a może, tak jak przedtem, czule muśnie palcem policzek. Nerwy mam w strzępach, wciąż jestem spięta po rozmowie z Madeleine, ale to powinno mnie uspokoić. Patrzymy sobie prosto w oczy i tak, to jest ta chwila: całuje mnie, wpycha rękę pod rajstopy, potem do majtek i wreszcie się odprężam.

Wzdycham, gdy łagodnie popycha mnie do dołu i rozpina rozporek. Nie ma to jak quid pro quo. Klękam, omijając kałużę moczu na podłodze, przysuwam się bliżej, przytrzymuję umywalki, o którą się opiera, i obejmuję go dłonią. Patrick chwyta moją głowę, przyciąga bliżej i zamykam oczy.

Kiedy kończy, połykam, płuczę usta i wypluwam wodę przed lusterkiem. Lecę z nóg. W kącikach oczu rozmazał mi się tusz, szminka już dawno zeszła. Uczucie błogości mija i znów wraca niepokój. Widzę go także na twarzy czekającej przed drzwiami kobiety z dzieckiem na rękach, która znacząco prycha, gdy wychodzimy z toalety. W pośpiechu zapominam torebki i woła mnie, trzymając ją w sztywno wyciągniętej ręce, żeby broń Boże mnie nie dotknąć.

Podczas gdy ja spuszczam głowę, żeby nie patrzeć jej w oczy, Patrick siada, wyjmuje smartfon i zaczyna coś pisać, każdym kliknięciem coraz bardziej nas od siebie oddalając. Patrzę w okno, próbując ignorować zatęchły smród, który dochodzi skądś blisko mnie, choć jestem pewna, że udało mi się nie wdepnąć w kałużę moczu na podłodze toalety. W końcu nie wytrzymuję, biorę torebkę i wącham róg. Potem dotykam to miejsce palcem i szybko go cofam. Jest wilgotny. Ochroniłam kolana, ale nie torebkę Mulberry, którą kupiłam po swoim pierwszym dużym procesie. Patrick widzi, co robię. Krzywi się z obrzydzeniem i wraca do swoich mejli.

Kiedy opróżniam torebkę, przekładając ostatnie drobiazgi do torby na kółkach, dzwoni komórka. Patrzę na ekran i zamiera mi serce: szkoła Tilly. Siadam prosto i biorę się w garść, zapominając o Patricku i wracając do swoich obowiązków domowych. Mówię „Halo?" i nauczycielka od razu informuje mnie, że Matylda czeka, a ja jestem spóźniona.

– Mąż miał ją dzisiaj odebrać, tak się umówiliśmy. – Próbuję zachować spokój, mówić powoli i rzeczowo.

– Nie według niego. Myślał, że to pani ją dzisiaj odbierze.

– Mówił, że o drugiej ma ostatniego pacjenta. – Zaczynam wpadać w panikę.

– Pani Bailey, szczerze mówiąc, nie obchodzi mnie, kto co komu powiedział. Jest pięć po czwartej, a Matylda wciąż czeka. Do za kwadrans piąta może posiedzieć w świetlicy, ale muszę wiedzieć, kiedy ją odbierzecie.

Zerkam w okno. Dojeżdżamy już do Marylebone, ale muszę jeszcze dotrzeć jakoś do Highgate.

– Nie może pani zadzwonić do mojego męża?

– Ma wyłączony telefon.

– Przyjadę najszybciej, jak będę mogła, jestem w pociągu…

– Widzimy się za kwadrans piąta. – Brzmi to jak rozkaz.

Przyspiesza mi puls, gardło ściska coraz większa panika. Biedna Tilly wciąż czeka i czeka. Byłam przekonana, że… Nie, teraz to bez sensu, po prostu muszę po nią pojechać. Wyjmuję lusterko z torby i sprawdzam, czy nie mam na twarzy resztek Patricka.

A on odrywa w końcu wzrok od telefonu i pyta:

– Co się stało?

– Byłam pewna, że to Carl odbierze Matyldę. Ale nie odebrał. Spóźnię się.

– Na pewno jakoś sobie poradzą. – Patrick traci zainteresowanie i znów patrzy na ekran. Chcę coś dodać, ale po co? Gryzę się w język. Nagle podnosi głowę.

– Czy to znaczy, że po powrocie nie omówimy sprawy?

– Obawiam się, że nie. Muszę ją odebrać.

– Nie możesz kogoś poprosić? – Coraz bardziej się niecierpliwi.

– Nie mogę. Nie dodzwonili się do Carla, więc muszę ja.

– A ty do niego dzwoniłaś? – Nareszcie mnie słucha, pierwszy raz, odkąd wróciliśmy z toalety.

Kręcę głową i wybieram numer męża. Od razu odzywa się poczta głosowa.

– Wyłączony. Tak jak mówili. Nie ma sensu, on nigdy nie odbiera, kiedy rozmawia z pacjentem. – Wracam do ratowania rzeczy z poplamionej moczem torebki.

– Musimy omówić sprawę. To ważniejsze niż niańczenie bachora. To on powinien się tym zająć. Przyciśnij go, zadzwoń jeszcze raz.

Więc dzwonię. Znów poczta głosowa.

– Przecież mówiłam. Poza tym ja nikogo nie niańczę. Ja opiekuję się córką. Muszę ją odebrać.

Zwijam pustą torebkę w rulon i wpycham ją na górną półkę. Jeśli ktoś się na nią pokusi, proszę bardzo. Pociąg dojeżdża do stacji. Wkładam płaszcz i podchodzę do drzwi.

– Zadzwonię.

Patrick już nie nalega. Niezadowolony dotyka mojej ręki, ale cofam się zbyt zajęta myślami o Tilly.

● ● ●

– Musimy nałożyć na panią karę finansową. Dwadzieścia funtów.

Nauczycielka – pani Adams; jestem niemal pewna, że nazywa się Adams – zapisuje coś w notesie, zamyka go z trzaskiem i postukuje w okładkę pomalowanymi na czerwono paznokciami. Zagryzam usta aż za bardzo świadoma, że gdybym tak silnie nie napierała, aby moje nazwisko znalazło się w czarnym notesiku Patricka, być może nie znalazłoby się w tym.

– Przepraszam – mówię. – Miałam ważne spotkanie za miastem i byłam pewna, że mąż zdąży.

– Mówił wczoraj, że to pani przyjedzie. Matylda była bardzo podekscytowana, że pani ją odbierze.

Nie dodaje: choć raz. Nie musi. Puszczam te słowa mimo uszu.

– Pewnie coś mi się pomyliło, bywa. Przepraszam. Ale już jestem. Chodź, Tilly, idziemy do domu. – Sięgam po jej tornister.

– Dwadzieścia funtów poproszę. – Nauczycielka staje między mną i Matyldą niczym barykada z ciemnobrązowej włóczki.

Wystosowuję do niej bardziej osobisty apel z rozpaczliwą nadzieją, że to pomoże.

– Pani Adams, naprawdę mi przykro, że się spóźniłam. Ale obawiam się, że nie mam przy sobie takiej kwoty. Wydałam wszystko na taksówkę, żeby dojechać tu ze stacji. Przyniosę jutro rano. Byłabym bardzo wdzięczna, gdyby zechciała pani…

– Jestem panną – przerywa mi surowo. – Panną.

– Gdyby zechciała pani zaczekać do jutra, panno Adams. Jeszcze raz przepraszam. Chodź, Matyldo. – Robię krok w bok i wyciągam rękę do córki.

Bariera przesuwa się z zaskakującą zwinnością jak na swoją wysokość i szerokość.

– Anderson. Nazywam się Anderson. Odpowiadam za opiekę polekcyjną i punktualność. Uprzedzam, że jutro kara wzrośnie do trzydziestu funtów. – Baba zadziera podbródek i czerwienieją jej policzki. Pewnie dawno nie miała tak dobrej zabawy.

Zerkam na zegarek. Nasza rozmowa trwa już dziesięć minut – za to też mi policzy?

– Jutro z samego rana przyniosę dwadzieścia funtów. W gotówce. Z pani nazwiskiem na kopercie. Przepraszam za kłopot, ale muszę zabrać córkę do domu.

Robię szybki krok w prawo i przeciągam Matyldę przez szparę między nią i ścianą. Nauczycielka chce ją zatrzymać i przesuwa się w lewo, lecz Tilly jest już poza jej zasięgiem. Przez chwilę mierzymy się wzrokiem, w końcu odwracam się i ciągnąc za sobą Matyldę i torbę, wychodzę ze świetlicy. Pani Anderson mruczy pod nosem coś o jutrzejszym spotkaniu, ale mam tego dość.

Najszybciej jak mogę uciekam za bramę, bojąc się, że babsko odetnie nam drogę polem siłowym i znów będziemy musiały zmierzyć się z jej wrogim spojrzeniem. Przystaję dopiero za rogiem.

Przyciągam do siebie córkę i ją obejmuję.

– Przepraszam, kochanie. Myślałam, że już nigdy się stamtąd nie wyrwiemy.

– Była strasznie zła – szepcze mi w ramię Tilly, po trosze przerażona, po trosze podekscytowana.

– Wiem, przepraszam, skarbie. Chodź, kupimy sobie coś słodkiego, na pocieszenie.

Matylda śmieje się wesoło, wchodzimy do sklepu i kupuję jej dwie paczki truskawkowych Millionsów i lizaka Chupa Chups.

Zboczem wzgórza schodzimy powoli w stronę Archway. Niebo jest rozmazane i wyraźnie widzę jedynie sylwetkę wieżowca Shard. Płaczę, choć nie chcę się do tego przyznać, ale przynajmniej Tilly jest szczęśliwa. Ona zajada się cukierkami, a ja wycieram rękawem oczy. Rzygam tą przeklętą torbą na kółkach. Mam ochotę wrzucić ją do najbliższego kosza na śmieci, wepchnąć w stos papierków po hamburgerach i torebek z psim gównem i już nigdy więcej jej nie oglądać. Mój łańcuch i kula u nogi, znak rozpoznawczy każdego adwokata krążącego między sądami południowo-wschodniego Londynu. Znów wycieram rękawem twarz i łzy przestają płynąć.

– To już się nie powtórzy – mówię, klękając naprzeciwko niej. – Zobaczysz.

Matylda zastanawia się przez chwilę i mówi:

– Nie zrobiłaś tego celowo. Więc wszystko jest dobrze.

Uśmiecham się, córka obejmuje mnie i resztę drogi pokonujemy w milczeniu. Towarzyszy nam jedynie pisk kółek torby i głośne mlaskanie.

• • •

– Już nie mogę nawet się na ciebie gniewać. To musi się skończyć. Weź się w garść, zorganizuj się trochę. – Carl nie podnosi głosu. Nie musi.

– Pewnie mi się pomyliło. Myślałam, że…

– Dobrze wiesz, że we wtorki późno kończę. – Kręci głową, odwraca się i miesza sos pomidorowy na płycie.

– Coś mi się pomyliło – powtarzam, bo co mogę powiedzieć?

– Najwyraźniej. I jeszcze napchałaś ją cukierkami, więc nie zje kolacji.

Czekam, bo nie wiem, czy już skończył, ale on wlewa wrzątek do rondla i wrzuca dwie garści makaronu. Kiedy zaczyna trzeć parmezan, po cichu wychodzę z kuchni. Milczenie ciąży mi bardziej niż jakakolwiek połajanka. Muszę się bardziej postarać.

6

Tydzień później jest już połowa października i proces w sądzie koronnym w Basildon, na którym bronię średniej klasy
piłkarza oskarżonego o obcowanie płciowe i inne czynno-
ści seksualne z nieletnią. Trudno powiedzieć, że odniosłam
całkowity sukces, ponieważ w sali sądowej zachowywał się
tak, że nawet ja, jego obrońca, zupełnie mu nie współczuję.
Skazano go na pięć lat i idę odwiedzić go w areszcie.

Czekając przed drzwiami, sprawdzam telefon. Spam,
spam, kilka zawiadomień sądowych, Patrick... Patrick!
Otwieram mejl z mocno bijącym sercem. W zeszłym tygodniu widziałam go tylko raz, w czwartek wczesnym
wieczorem, w jego mieszkaniu. Przysłał mi SMS, pytając,
czy jestem wolna i mnie zaprosił. Kiedy przyszłam, już
zmierzchało, a potem, gdy leżałam spokojnie obok niego, słuchając, jak Bob Dylan każe mi pomyśleć dwa razy,
przez szpary w żaluzjach zaczął sączyć się mrok. Byliśmy
razem, blisko. Było dobrze.

Napisał: Następne spotkanie z Madeleine Smith w środę, potem narada. Ogarnij dzieciaka.

Krzywię się do telefonu. Wracamy do zwykłych utar-
czek, jest tak, jakby w czwartek nic się nie wydarzyło.
A przecież się stało. Oddychał moimi włosami, a nasze
serca zwalniały, by w końcu złapać wspólny rytm. Całowaliśmy się, dochodząc. Wieczór jeden na milion, tak
powiedział. Wieczór doskonały. Nie śmiałam nawet ode-
tchnąć, żeby czegoś nie zepsuć. Ale kiedy zaczęłam się
ubierać, znów zajął się telefonem, a gdy chciałam pocałować go na do widzenia, ledwo uniósł głowę.

– Pani mecenas. Pani mecenas! Kogo pani szuka? – Do rzeczywistości przywraca mnie przytłumiony krzyk z interkomu.

– Petera Royle'a.

– Już wpuszczam.

• • •

Wiedziałam, że spotkanie będzie nieprzyjemne, bo Royle jest wściekły, że dostał pięć lat. Z ust sterczy mu papieros. Niektórzy sportowcy starają się zachować formę nawet w więzieniu, ale on jest zbyt zepsuty i rozpuszczony. Na boisku chwalony jako czołowy napastnik Basildon United, poza boiskiem podziwiany – ilekroć raczył wpaść do warsztatu samochodowego, gdzie podobno pracował jako mechanik – nie potrafił zrozumieć, że nawet jeśli piętnastoletnia dziewczyna jest chętna, wcale nie znaczy, że prawo zezwala to wykorzystać. Wielokrotnie kusił los, namawiając ją do stosunku, i w końcu, po wyjątkowo nachalnej próbie nakłonienia jej do tego, żeby mu obciągnęła, dziewczyna opowiedziała wszystko matce, która doniosła na niego policji. Mówię mu, że na pierwszy rzut oka nie widzę żadnych podstaw do odwołania, ale przejrzę papiery i wkrótce znów go odwiedzę. Nie podaje mi ręki na pożegnanie i cieszę się, że mogę wreszcie wrócić do domu.

Pociąg toczy się przez wschodnią część miasta, gdzie przemysłowa zabudowa ustępuje miejsca rzędom identycznych domów i ogrodów ciągnących się wzdłuż torów. Nasyp jest pokryty śmieciami, pustymi puszkami, porzuconymi ubraniami, starymi plastikowymi torbami, które powiewają na karłowatych drzewach jak majtki czarownic. Ciekawe, czy ktoś przechodzi przez ogrodzenie, żeby pieprzyć się na trawie kilka metrów od przejeżdżających pociągów, uciec na chwilę od codzienności i zaznać krótkiej ekstazy w rytmicznym stukocie kół osobowego z Basildon do stacji przy Fenchurch Street, tej z Monopoly. Ja jestem przynajmniej wolna. Peter Royle nie ma tyle szczęścia. Szukam w sobie choćby odrobiny współczucia, lecz nie znajduję. Royle jest dokładnie tam, gdzie powinien być, i mam nadzieję, że przyniesie to trochę pocieszenia jego ofierze i jej rodzinie.

Dobrze będzie wrócić do sprawy Madeleine. Zamykam oczy i opieram się wygodniej o szorstki zagłówek. W mojej głowie tańczą myśli o Patricku, w tle widzę gniewną twarz Carla. Obrazy zlewają się ze sobą, zasypiam i budzę się gwałtownie, gdy pociąg wjeżdża na stację.

• • •

Dwa dni później spotykamy się na Marylebone Station i wsiadamy do pociągu. Patrick jest małomówny i po paru próbach wszczęcia rozmowy daję mu spokój.

– Musimy wyciągnąć z niej więcej o relacjach z mężem – rzuca, kiedy czekamy, aż otworzy się ciężka żelazna brama.

– Reporterzy zrezygnowali – mówi Francine, wpuszczając nas do domu. – Nareszcie. Myślałam, że już nigdy nie odejdą, ale Madeleine w ogóle nie wychodzi, więc nie mieli na co czekać. – Wskazuje siostrę, która stoi zmieszana w drzwiach do kuchni. – Zostawiam was. Tylko nie zdenerwujcie jej jak ostatnim razem. Jest bardzo słaba.

Z tym się zgadzam. Francine, pełny życia oryginał, i blada, wyraźnie zmęczona Madeleine, jej kopia – jeśli schudnie jeszcze bardziej, w ogóle zniknie, tak jak krew jej męża, którą pewnie zmywają teraz z wykładziny w ich sypialni.

Zielonożółte ręczniczki, zielonożółte puszki i słoiczki – siadamy w kuchni, do której moja się nie umywa. Tym razem Madeleine jest bardziej zadbana, bo odrosty zniknęły pod miodowokarmelowymi pasemkami. Odgarniam włosy z twarzy i zakładam je za uszy. Patrick siada na końcu stołu i otwieramy niebieskie notesy.

• • •

– Przesłuchanie przygotowawcze odbędzie się za miesiąc – zaczynam. – W normalnych okolicznościach powinna pani przyznać się do winy lub odrzucić zarzuty, jednak w tym przypadku...

– Chcę się przyznać. – Madeleine przerywa mi z wykrzywioną twarzą, mówiąc z tak wielkim wysiłkiem i tak cicho, że muszę wytężać słuch. – Chcę to mieć za sobą.

– Rozumiem, ale najpierw musimy omówić wszystkie możliwe opcje. – W porównaniu z nią niemal krzyczę.

– Są tylko dwie, winna i niewinna, a ja jestem winna. Zrobiłam to, zadźgałam go nożem, o czym tu jeszcze mówić?! – Podnosi głos i uderza ręką w stół.

– Na tym etapie istnieje jeszcze trzecia opcja: w ogóle się do tego nie ustosunkowywać. Wiąże się z nią wiele aspektów, które moim zdaniem powinniśmy omówić. Poza tym na razie dysponujemy jedynie prokuratorskim uzasadnieniem zarzutów. Sąd może uznać...

– Nie ustosunkowywać się? Co to znaczy? – Madeleine przygląda mi się uważnie.

– Jeśli przyzna się pani od razu, dostanie pani niższy wyrok, ale w tym przypadku radziłabym cierpliwie zaczekać, aż zdobędziemy więcej informacji.

– Co to za różnica? I tak skażą mnie na dożywocie.

– Owszem, jest różnica, ponieważ są różne rodzaje dożywocia. Ale nawet jeśli się pani przyzna, będziemy potrzebowali jak najwięcej informacji, żeby maksymalnie zmniejszyć wyrok. Moim zdaniem na PP nie powinna się pani przyznawać.

– Na czym?

– Na przesłuchaniu przygotowawczym. Oskarżenie przyśle nam więcej dokumentów, choćby zeznania świadków czy wyniki ekspertyz sądowych, poza tym zyskamy na czasie i będziemy mogli lepiej przeanalizować sprawę.

Madeleine kręci głową.

– Rozumiem, ale i tak będę musiała się w końcu przyznać.

– Zobaczymy. Dobrze, ostatnim razem zaczęliśmy rozmawiać o pani relacji z mężem. – Staram się mówić spokojnie, żeby jej nie wystraszyć. – Ważne jest, abyśmy zrozumieli, jak się między wami układało, bo wtedy łatwiej nam będzie coś doradzić.

– Jakie to ma teraz znaczenie? Edwin nie żyje i ja go zabiłam. – Madeleine mówi, zasłaniając dłońmi usta.

Otwierają się drzwi do kuchni i wchodzi Francine. Staje obok siostry i patrzy na mnie, pytając wzrokiem, czy może zostać. Kiwam głową. Może jej obecność uspokoi naszą rozmówczynię.

– Chcielibyśmy mieć pełny obraz sytuacji – ciągnę. – To ważne. Mam pani bronić, jak najlepiej doradzać. Będę mogła to zrobić tylko wtedy, kiedy wszystko mi pani opowie.

Madeleine bierze tak głęboki oddech, że nią wstrząsa. Francine siada obok niej przodem do mnie i kładzie rękę na jej ramieniu.

– Chciałaby pani, żeby siostra została?

Madeleine najpierw kręci, potem kiwa twierdząco głową.

– Ostatnią rzeczą, jaką pani pamięta z rozmowy z mężem, jest to, że chciał od pani odejść. Tak?

Madeleine przytakuje.

– Słuchając pani, miałam wrażenie, że zupełnie się pani tego nie spodziewała. Czy tak było?

– Tak. Owszem, mieliśmy wzloty i upadki, ale do głowy by mi nie przyszło, że zażąda rozwodu. Myślałam, że nigdy mnie nie zostawi. – Madeleine już nie płacze, lecz wciąż mówi bardzo cicho.

– Może powinniśmy wrócić do początku waszego związku. Gdzie go pani poznała?

Madeleine uśmiecha się i ponad moim ramieniem patrzy gdzieś, gdzie mój wzrok nie sięga.

– Był taki piękny. Ja też, chociaż teraz trudno w to uwierzyć. Nazywali nas złotą parą. Wszyscy chcieli się z nami przyjaźnić, żeby część tego magicznego złota spłynęła na nich. Przynajmniej tak mówili. Pamiętasz, Francine? Te pierwsze lata?

Francine przytakuje.

– Oczywiście. Byliście bardzo szczęśliwi. – Natomiast ona nie robi wrażenia szczęśliwej. Zerkam na nią, lecz ma obojętną twarz, bez śladu goryczy, która wkradła się do głosu.

– Właśnie, tacy szczęśliwi... Poznaliśmy się w college'u. Byłam rok wyżej, ale nie miało to żadnego znaczenia. Tak się cieszyłam, że spotkałam kogoś takiego jak on. To było jak oślepiający rozbłysk światła, kiedy tylko wszedł do tego baru. Od razu coś między nami zaiskrzyło. Wynajmowałam mieszkanie na mieście i kilka dni później się do mnie wprowadził. Od tamtej pory byliśmy nierozłączni.

– To bardzo romantyczne. – Robię notatkę. Złota para. Czy ktoś mówił tak o mnie i Carlu? Nie sądzę. Ale tak, kiedyś byliśmy szczęśliwi. Kiedy mieliśmy dwadzieścia kilka lat, zanim wszystko się skomplikowało, kiedy w weekend nie wychodziliśmy z łóżka i nie kręciliśmy nosem na tanie wino, ciesząc się, że w ogóle mamy coś do picia. Po pracy spotykaliśmy się w naszych ulubionych kubańskich barach przy Waterloo, do momentu aż polecieliśmy na urlop do Hawany i przekonaliśmy się, jak smakuje prawdziwe kubańskie jedzenie. I codziennie się kochaliśmy, do dnia, kiedy zasnęliśmy na plaży i komary pocięły nas tak bardzo, że wszystko okropnie bolało. Mimo to wciąż się śmialiśmy. Teraz nawet się do siebie nie uśmiechamy.

– Ciągle coś dla mnie robił. Przynosił prezenty, mówił, że mnie kocha. Przeprowadziliśmy się do małego mieszkanka, tylko on i ja. Niczego więcej nie potrzebowaliśmy. To były cudowne czasy. – Madeleine wciąż się uśmiecha.

– Ale zmieniłaś kierunek studiów, pamiętasz? – przerywa jej Francine.

Madeleine robi minę i wykrzywia usta, demonstrując emocje, które trudno odczytać.

– Cóż, w ogóle nie powinnam była iść na prawo. Nie dawałam rady. I nie chciałam tak długo przesiadywać w bibliotece.

– Gdzie pani przeszła? – Dobrze ją rozumiem. Pamiętam kolegów z college'u, te dziwne, kretopodobne stwory, które nieprzytomnie mrugając, wychodziły co rano z biblioteki po całej nocy ślęczenia nad książkami. Ja poszłam na prawo po dyplomie z historii, myśląc, że dzięki temu poszerzę wiedzę, choć w głębi serca martwiłam się, że inni będą ode mnie lepsi.

– Na księgowość, zrobiłam kurs. Tam też było dużo pracy, ale mniej siedzenia w bibliotece. Edwin uważał, że to przydatniejszy kierunek. I cenna umiejętność.

– Przydatniejszy niż prawo? – pytam zaskoczona.

– Uważał, że nie będę dobrą prawniczką. Mówił, że jestem zbyt cicha. I nie lubię konfrontacji. Bo rzeczywiście nie lubię.

– A na księgowości? Podobało się pani?

– Było nieźle. Musiałam dużo się uczyć, ale częściej bywałam w domu. Kiedy Edwin miał wolne, spędzaliśmy razem mnóstwo czasu.

– Co mąż studiował?

– Ekonomię. Zawsze chciał dostać pracę w finansach. Większość z nas nie myślała o przyszłości, a on tak. Właśnie to mnie w nim pociągało. – Madeleine znów się uśmiecha.

Patrzę na Francine, ale ma obojętną minę.

– A pani? – pytam. – Jak się z nim pani dogadywała?

– Dobrze. Bardzo dobrze. Mieszkałam wtedy z mężem w Singapurze, więc rzadko się widywaliśmy. Oczywiście Maddie do mnie pisała, a potem były mejle. Przysyłała zdjęcia. Mnóstwo zdjęć. Tak go poznaliśmy. I widzieliśmy, jak dobrze sobie radzą.

Robię kolejną notatkę.

– Ma pani te zdjęcia?

– Tak. – Francine jest zaskoczona pytaniem.

– Moglibyśmy je obejrzeć?

– Co mają z tym wspólnego stare zdjęcia? – pyta niecierpliwie Madeleine.

– Pomogą mi zrozumieć, jacy byliście za młodu. Kiedy się pobraliście?

– Dziewiętnaście lat temu. W tym roku byłoby dwadzieścia. – Na jej twarzy maluje się nagle wyraz udręki, jakby rzeczywistość przekłuła bezpieczną bańkę wspomnień. Zwiesza głowę.

Znów notuję, dając jej czas na ochłonięcie.

– Syn urodził się dopiero kilka lat po waszym ślubie, prawda?

– Tak. Chciałam od razu zajść w ciążę i próbowałam, ale nic z tego nie wychodziło. Potem Edwin się zgodził i urodziłam Jamesa. Byłam bardzo szczęśliwa.

– Co znaczy „się zgodził"?

– Uważał, że to nierozsądne. Musiał myśleć o karierze i wolał, żebym ja też trochę popracowała. Ale nie chciał kłótni. Wiedział, że pod tym względem jestem straszną tradycjonalistką i nie zgodzę się na tabletkę, więc załatwił to sam. – Mówi niemal śpiewnym głosem. Francine czuje się nieswojo. Zaciska usta i poprawia się na krześle.

– Jak to sam? – pytam. – Co takiego zrobił?

– Brał tabletki od znajomego lekarza. I co rano dodawał mi jedną do herbaty. Zawsze lubiłam słodycze, więc słodził herbatę, a ja nie czułam różnicy w smaku. Ale tak było lepiej, naprawdę. Gdybyśmy od razu mieli dziecko, wszystko by się popsuło.

Wytrzeszczam oczy.

– Podawanie szkodliwej substancji jest nielegalne, to przestępstwo…

– Nie, to nie tak, zupełnie nie tak. Ludzie zawsze robią z tego wielkie halo, ale jemu chodziło o moje dobro. Nasze dobro. Nie umiałam podjąć właściwej decyzji, więc podjął ją za mnie.

Coś piszę, lecz jestem tak wstrząśnięta, że nie mogę się skupić. Wiem, jak to jest nie móc zajść w ciążę, bardzo tego pragnąc, znam tę huśtawkę nadziei, kiedy się próbuje, i rozpaczy, gdy po miesiącu znów dostaje się okres. Z Matyldą poszło łatwo, ale na drugie dziecko nie wystarczyło szczęścia. Upchnęłam to w najgłębszych zakamarkach pamięci, jednak wspomnienia czasem wracają. I pomyśleć, że cierpienia Madeleine były rezultatem potwornego czynu jej własnego męża... Zaciskam palce na długopisie. Patrick odchrząkuje. Gwałtownie się wzdrygam. Omal nie zapomniałam, gdzie jestem.

– Powinniśmy chyba omówić taktykę obrony. Prawda, Alison? – Ma opanowany głos, lecz po spiętych kącikach ust poznaję, że on też jest porażony słowami klientki.

– Przepraszam na chwilę. Muszę tylko... – Madeleine urywa, wstaje i wychodzi.

Francine też na wpół wstaje i znów siada. Kręci głową.

– Czułam, że jest źle, ale o tym nie miałam pojęcia – mamrocze niemal do siebie. – A więc już wtedy...

– Co już wtedy? – Próbuję mówić spokojnie. Francine powoli się otwiera i chcę wykorzystać okazję.

– Myślałam, że są szczęśliwi. Początkowo tak bardzo im zazdrościłam, ale teraz... Poszukam tych zdjęć – mówi coraz ciszej i chyba zaraz się rozpłacze.

Już mam ją o coś spytać, ale brzęczy moja komórka i odruchowo wkładam rękę do torebki. SMS. Anonimowy numer: Wiem, co robisz, ty pierdolona zdziro.

Szybko mrugam i otwieram go z nadzieją, że uda mi się zidentyfikować nadawcę. Nic. Żadnych wskazówek. Nic nie rozumiem. Patrzę na Patricka i znów na telefon. Wraca Madeleine i muszę się skupić. Z głucho walącym sercem, trzęsącymi się rękami wyłączam komórkę i wpycham ją na dno torebki.

W moich uszach pobrzmiewa echo słów Madeleine, przed oczami tańczą nagie słowa SMS-a. Madeleine siedzi już przy stole i Patrick ponagla mnie niecierpliwym gestem ręki, ale ponieważ zacinam się i milknę, przejmuje pałeczkę.

– Dobrze. Chciałbym omówić podstawowe aspekty przestępstwa, którego się pani dopuściła. Do morderstwa dochodzi wtedy, kiedy ktoś zdrowy na umyśle, świadomie i bezprawnie powoduje obrażenia cielesne, skutkujące tym, że ofiara umiera. Co znaczy, że jeśli nie jest pani umysłowo chora czy też nie działała pani w samoobronie lub w afekcie, jest pani winna... – robi pauzę. – Morderstwa.

Madeleine przytakuje, a ja biorę się w garść. Terminy prawnicze koją moje nerwy, przyzywają z powrotem do świata, którego zasady dobrze rozumiem. Patrick odchrząkuje.

– Uściślając, zagadnienie jest trochę bardziej skomplikowane. Istnieje wiele rodzajów obrony, ale nie sądzę, żeby w tym przypadku miało to jakieś znaczenie. Brakuje też dowodów, że do obrony w ogóle doszło. Ze względu na brak obrażeń obronnych i śladów walki uważam, że tego rodzaju taktyka nie zdałaby egzaminu. – Madeleine chce coś powiedzieć, ale on powstrzymuje ją gestem ręki i kontynuuje: – Pozostaje zatem pytanie, czy jest pani osobą zdrową na ciele i umyśle, czyli czy jest pani zdrowa psychicznie. – Francine próbuje mu przerwać, lecz on mówi dalej: – Pozostaje także kwestia okoliczności łagodzących, mianowicie ograniczonej poczytalności albo utraty panowania nad sobą, które mogłyby zmienić oskarżenie o morderstwo z premedytacją na oskarżenie o zabójstwo umyślne. Uważam, że można bezpiecznie założyć, iż nie jest to przypadek nieudanego paktu samobójczego. – Madeleine otwiera usta, lecz nie wydobywa się z nich żaden dźwięk. – Zgodzisz się ze mną, Alison?

– Tak, oczywiście. – Znów mam na głowie adwokacką perukę. – Madeleine, uważam, że powinna pani spotkać się z psychiatrą. Zdiagnozowanie pani stanu psychicznego, zarówno obecnego, jak i stanu, w jakim była pani w dniu popełnienia morderstwa, byłoby niezmiernie pomocne. Choćby tylko dlatego, że moglibyśmy wykluczyć tę linię obrony.

– Nie chcę udawać wariatki. Nie jestem obłąkana. – Madeleine mówi cicho, lecz jej słowa brzmią jak plusk kamieni wrzucanych do wody.

– W tej chwili absolutnie tego nie sugerujemy, ale musimy zbadać każdą możliwość.

– A utrata panowania nad sobą? – pyta Francine. – Jaki może to mieć wpływ?

– To zależy, ale nie chcę w to wchodzić, dopóki Madeleine nie opowie nam historii swojej relacji z mężem i szczegółowo nie opisze tego, co wydarzyło się w tamten weekend. Jednak zgadzam się, że najważniejszą rzeczą jest teraz ocena jej zdrowia psychicznego sporządzona przez niezależnego psychiatrę.

– Kiedyś chodziłam do psychiatry – mówi Madeleine. – Ale byłam tylko dwa razy, bo Edwin się dowiedział.

Wciąż muszę wytężać słuch.

– Co się wtedy stało?

– Powiedział, że niepotrzebnie zawracam sobie głowę. To strata pieniędzy, i że jeśli już muszę z kimś porozmawiać, zawsze mogę zwrócić się do niego.

– Jak pani zareagowała?

– Nie miałam nic przeciwko temu. Poza tym nie podobał mi się ten terapeuta, to było zbyt stresujące.

– Dlaczego w ogóle pani do niego poszła?

– Chciałam porozmawiać o moim piciu, dowiedzieć się, jak mogę nad tym zapanować. – Madeleine wzdycha i patrzy przez okno za moimi plecami.

– Kiedy to było? – Rysuję w notesie strzałkę z dołu do góry, ściskam długopis. Nie przypuszczałam, że miała problemy z piciem, jest na to zbyt sztywna.

– Jakieś pięć lat temu. – Znów skupia na mnie uwagę, odrywając wzrok od ściany sąsiedniego domu, która wyraźnie ją intryguje.

Już mam zadać następne pytanie, ale Patrick mnie uprzedza:

– Dlaczego terapeuta się pani nie podobał?

– Powiedział, że jeśli kiedykolwiek przyjdę na spotkanie pijana, nie będzie mógł ze mną rozmawiać. Byłam zła, bo przecież nie o to chodziło. Nie piłam cały czas ani nic takiego. Po prostu czasem piłam za dużo. Miałam wrażenie, że w ogóle mnie nie słucha. I było w nim coś przyprawiającego o gęsią skórkę.

Zapisuję to.

– Ale co takiego?

– Po prostu... trochę za blisko mnie siedział. I na powitanie czy pożegnanie za długo trzymał mnie za rękę. Nic konkretnego, ale czułam się nieswojo.

– Wspomniała pani, że mąż dowiedział się, że chodzi pani na terapię. Co to znaczy?

– Znalazł rachunek w mojej torebce. Myślałam, że go wyrzuciłam, ale zapomniałam. – Madeleine wykrzywia usta.

– Co się stało, kiedy go znalazł? – pytam spokojnie.

– Spytał, co to jest i skąd wzięłam pięćdziesiąt funtów. Nie chciałam, żeby pomyślał sobie coś złego, więc powiedziałam, że robię to dla niego, bo jest nieszczęśliwy, kiedy piję. W końcu zrozumiał.

– A jak wytłumaczyła się pani z tych pięćdziesięciu funtów?

– Powiedziałam, że oszczędzałam z tego, co mi daje. Wpadł w złość, ale kiedy dotarło do niego, że robię to z myślą o nim, uspokoił się i było dobrze.

Tabletka, szperanie w torebce, wydzielanie pieniędzy, kontrolowanie rachunków. Próbuję się w tym połapać i nie myśleć o swoim własnym życiu domowym.

– Rozumiem, że nie piła pani nałogowo, tylko umiarkowanie, prawda? Kiedy zaczęła pani mieć problemy z alkoholem?

– Chyba jeszcze na studiach, bo już wtedy trochę piłam. A ostatnio bardzo stresowały mnie niektóre kolacje.

– Kolacje?

– Służbowe. Edwin zawsze chciał, żebym występowała w roli gospodyni. Albo żebym była gościem doskonałym.

Miałam z tym problemy. Nie lubiłam tego. Raz zachorowałam i... – Madeleine milknie.

Podnoszę wzrok. Jest blada, przesłania ręką oczy.

– Dobrze się pani czuje?

– Tak, to po prostu trudne. Strasznie boli mnie głowa.

– Mamy dużo do omówienia, ale zostawmy to na razie. Czy zechciałaby pani porozmawiać z psychiatrą? Jego opinia bardzo by nam pomogła. – Stawiam kilka znaków zapytania w notesie i przewracam kartkę.

– Nie sądzę, żeby to coś zmieniło, ale skoro pani chce, to porozmawiam.

Pierwszy raz mówi głośno i wyraźnie, a ja drukowanymi literami piszę na górze strony: KLIENTKA ZGADZA SIĘ NA BADANIE PSYCHIATRYCZNE. Atmosfera się polepsza. Patrick prostuje się, zbiera ze stołu papiery i wkłada je do teczki. Francine mamrocze coś cicho o zdjęciach i wychodzi z kuchni. Chowając do torebki notes i długopis, dotykam telefonu. Przypomina mi się SMS. Ale jeszcze nie skończyłam z Madeleine.

– Umówię panią najszybciej, jak tylko się da – stwierdzam, przeglądając w myślach listę specjalistów.

– Dziękuję. – Madeleine wstaje i przez stół ściska mi dłoń, dużo silniej niż poprzednio. Wygląda tak, jakby jej ulżyło. Dlaczego? Muszę to przemyśleć. Dlaczego po tej rozmowie jest bardziej pogodna niż po tamtej? Dlatego, że nie pytaliśmy jej o dzień, w którym zabiła męża? To tylko chwilowe odroczenie.

Wraca Francine z dużą, pękatą kopertą. Podaje mi ją i mówi:

– To są te zdjęcia, Edwina i Madeleine.

Dziękuję jej ruchem głowy.

– Mogę je zabrać? Obiecuję, że będę bardzo ostrożna.

Siostry zgadzają się, więc chowam kopertę do torby i zaciągam suwak. Tym razem będę uważała i nie utytłam jej w moczu.

Francine wzywa taksówkę i odprowadza nas do bramy.

– To miło, że tak opiekuje się pani siostrą – mówi Patrick.

– Czasem nie jest łatwo… – Brama się zamyka i Francine wraca do domu.

Wsiadamy do taksówki i jedziemy na stację.

7

Pociąg się spóźnia. Chodzę po peronie tam i z powrotem, zastanawiając się, czy po muffince i kawie poczuję się lepiej, czy gorzej. Patrick idzie do kiosku, kupuje czarną kawę, wyjmuje z teczki piersiówkę i dolewa czegoś do kubka. Nie częstuje mnie, ale widząc jego minę, nie mam ochoty pytać go, co to jest ani dołączać do niego, kiedy zapala papierosa, mimo że tuż obok wisi tabliczka ze znakiem zakazu palenia. Zdenerwowana chcę, żeby mnie dotknął, zaciągnął w jakiś kąt, pchnął twarzą na ścianę i we mnie wszedł. SMS, znów o tym myślę. Wyjmuję z torby telefon.

Wiem, co robisz, ty pierdolona zdziro.

Niemożliwe. Nikt o tym nie wie. Zawsze byliśmy tacy uważni. To jakaś pomyłka.

– No i co o tym myślisz? – Patrick wyrasta przede mną tak nagle, że prawie podskakuję.

– O czym? – Chowam komórkę głęboko do kieszeni, nie chcąc rozmawiać o SMS-ie. Jeśli nie zacznę, to może zniknie.

– O rozmowie z Madeleine. A myślałaś, że o czym?

Wzruszam ramionami. Mówi czystym głosem, ale ma nabiegłe krwią oczy w czerwonych obwódkach.

– Jesteś zmęczony. Za dużo nieprzespanych nocy?

– Co? Pytałem, co myślisz o rozmowie z klientką. – Odwraca wzrok i patrzy na koniec peronu.

– Coś było między nimi nie tak, między nią i mężem. Myślę, że o to chodzi.

– Zadźgała go nożem na śmierć – mówi zjadliwie. – Dzięki za błyskotliwe spostrzeżenie.

Nie zamierzam dać się sprowokować i tylko wzruszam ramionami. Patrick znów wyjmuje papierosy i tym razem zabieram mu jednego wraz z zapalniczką. Przypalam i zaciągam się głęboko.

– Oczywiście, że go zadźgała – mówię. – Nie ma innego wytłumaczenia. Ale coś ukrywa, i to dużo. Ta sprawa z tabletkami. Przecież to nie jest normalne.

– Według mnie to świetny pomysł. Zaoszczędza wielu kłopotów.

– Ty poważnie? Jakie kłopoty sprawiła ci kobieca płodność? – Zaskakuje mnie jego gwałtowność.

– Nie twoja sprawa. Nic o mnie nie wiesz. Nigdy nawet nie zapytałaś. I cholera jasna, zacznij wreszcie kupować fajki!

Ignoruję tę szpilę.

– Powiedziałeś, żadnych pytań – syczę. – Na samym początku. – Jestem wkurzona i nie obchodzi mnie, czy widać to, czy nie. Doskonale pamiętam tę rozmowę. Jesienią zeszłego roku staliśmy nawaleni przed pubem na Kingsway. Jego miłosne podboje były legendarne, do tego rozbite małżeństwo i kilka złamanych serc, ale nie mogłam się powstrzymać. Kiedy na mnie spojrzał, zaiskrzyło i od razu wiedziałam, że oboje mamy na to ochotę. Ugryzłam go w ucho, a on chwycił mnie za gardło, pchnął na ścianę i warknął:

– Żadnego gryzienia i żadnych pytań. Pieprzymy się, to wszystko.

Teraz też nie zamierzam łamać zasad.

Chlusta resztką kawy na tory i odwraca się do mnie.

– Jasne. Myślisz, że zapomniałem? – Bierze głęboki oddech i chyba się uspokaja. – Tak, masz rację. Z tego, co do tej pory powiedziała, mieli problemy z dominacją i kontrolą.

– Więc może w jego zachowaniu było coś jeszcze gorszego, coś, czego Madeleine nie chce nam powiedzieć... Jeśli okaże się, że nie jest zaburzona psychicznie, to jedyną realną linią obrony będzie utrata kontroli podczas kłótni domowej. Kiepsko to wygląda, faktom nie zaprzeczysz. – Znów przypominają mi się rany kłute na ciele Smitha i krew na ubraniu jego żony.

Patrick nie odpowiada, bo nadjeżdża pociąg. W milczeniu wsiadamy i sadowimy się naprzeciwko siebie. Czekam na jego ruch. Oblizuję wargi czubkiem języka i przypomina mi się, jak się dławiłam, kiedy wpychał mi do ust nabrzmiały członek. Nie zaciskaj gardła – rada, którą od lat powtarzają kolorowe magazyny i czasopisma porno. Odpręż się, i już. Łatwo powiedzieć. Kufel piwa tak wypiję, ale nie zaciskać gardła, oddychając przez nos w gąszczu włosów łonowych i z trudem utrzymując równowagę na zalanej moczem podłodze? To nie takie proste. Więc dlaczego mam ochotę na powtórkę? Dlaczego siedzę na brzegu, czekając, aż Patrick pochyli się i mnie dotknie? Chryste, przedział jest zupełnie pusty, moglibyśmy to zrobić nawet tutaj, teraz. Kto by zobaczył? Przypomina mi się SMS – Wiem, co robisz… – ale upycham go w zakamarkach niepamięci. Nikt nie wie, nikt nie widział. Jestem tego pewna.

Kładę rękę na jego kolanie i przesuwam ją na udo. Odtrąca ją gwałtownie i czuję się tak, jakby mnie spoliczkował. Cofam się jak oparzona.

– Co ty robisz?

– Myślałam, że…

– To źle myślałaś. Myśl o sprawie. Tylko to jest ważne.

– Przecież mieliśmy pogadać po powrocie. – Nie chcę rozmawiać o tym w pociągu.

– Nie mam czasu. Idę na kolację. Porozmawiamy na początku przyszłego tygodnia.

– Na kolację? Z kim? – pytam obojętnie, ale nie daje się oszukać.

– Nie twój interes.

Opieram głowę o szybę i patrzę na wędrujące za oknem domy. Pociąg zwalnia i w jednym z ogródków widzę całującą się parę. Ciekawe, czy oni też mnie widzą, czy zastanawiają się, kim jestem, dlaczego siedzę z przyklejoną do szyby twarzą i wycieram łzy. Kiedy dojeżdżamy do Marylebone, czekam, aż Patrick wysiądzie, potem odwracam się i zbieram swoje rzeczy.

• • •

Na linii Bakerloo metro jedzie szybko. Zanim się spostrzegam, jestem już na Embankment. Essex Street, Cairn's Wine Bar, sądy i wreszcie moja izba adwokacka. Ciągnąc za sobą torbę, wchodzę do kancelarii. Mark wręcza mi akta na następny dzień, pękaty plik papierów, dokumentów i zdjęć przewiązanych różową tasiemką tak niedbale, że grożą wypadnięciem z jednej i drugiej strony.

– Dlaczego to jest w takim stanie? – Nie jestem zachwycona.

– Dopiero co wróciło z King's Bench Way. U nich zawsze jest bałagan.

– Super. Jak miło. – Zerkam na kartę informacyjną. Sąd koronny w Wood Green. Przynajmniej na miejscu. Prawie.

– To proces terminowy – dodaje Mark. – Pięć, sześć dni.

– Dobra. – Rozwiązuję tasiemkę i przebiegam wzrokiem stanowisko oskarżenia. Siedem zarzutów ciężkiego uszkodzenia ciała, jeden zarzut niebezpiecznej jazdy samochodem. Kręcę głową. – Zejdzie mi cały wieczór. Dzięki. – Wychodzę z sekretariatu, przyciskając dokumenty do piersi.

• • •

Stawiam torbę obok biurka, rzucam płaszcz, kładę przed sobą akta. Muszę je przeanalizować i przejrzeć zdjęcia od Francine, ale najpierw dzwonię do Carla. Jest z Matyldą na basenie.

– Halo? Nie słyszę cię! – Jego głos rozmywa się i ginie.

– Cześć, to ja! – krzyczę. – Jak tam Matylda?!

– Dobrze, świetnie!

Dźwięk nagle wraca i ostatnie słowa brzmią bardzo głośno.

– Super. Posłuchaj, przydzielili mi proces. Teraz, w ostatniej chwili, i trochę mi zejdzie. Niedługo wracam, ale wieczorem będę musiała popracować.

Długie milczenie i w końcu:

– Rozumiem. Matylda dobrze dzisiaj pływała i obiecałem jej, że w nagrodę pójdziemy na pizzę.

Zerkam na zegarek. Piąta. Mnóstwo czasu. Jak długo je się pizzę?

– Wpaść do was? Popracuję potem.

Znów cisza.

– Będziesz myślała o procesie. Wiem, jaka jesteś. Nie martw się. Posiedź tam i zrób swoje. Damy sobie radę. – Carl mówi obojętnie i rzeczowo.

– Muszę coś zjeść. Poważnie, zaraz przyjadę. Później położymy ją spać i wezmę się do roboty. – Nie błagam go ani nawet nie proszę, ale ściska mnie w gardle. Bardzo chcę zobaczyć córkę.

– Nie, nie musisz, naprawdę. Rób swoje. Tylko pamiętaj, że wieczorem wpadają do mnie chłopaki z grupy terapeutycznej, więc nie wracaj za szybko.

Zaczynam coś mówić, ale się rozłącza. Patrzę na telefon, nie wiedząc, co robić. Może pójdą na pizzę z którąś z koleżanek Matyldy? Nigdy nie byłam z nią na pływalni, więc nie wiem, jak tam jest. Carl może teraz uśmiechać się do jakiejś matki, blondynki z mokrymi włosami, która dopiero co wyszła z basenu – jej córka wciąż ćwiczy z Matyldą nawroty, bo obie chcą dostać się do reprezentacji – szczupłej i dobrze umięśnionej od „motylka", którego ja nie opanuję nawet za sto lat. Śmieje się i mówi, żeby się nie martwiła, bo żona nigdy nie przychodzi na basen, jest zbyt zajęta, więc chodź, zabierzemy dzieci na pizzę i wypijemy kieliszek wina, żeby oblać…

Potrząsam głową oszołomiona plastycznością obrazów, które stworzyła moja wyobraźnia. Nie, Carl na nikogo nawet nie spojrzy, jest z Matyldą, a Matylda mogłaby się zdenerwować. Zresztą nie ma czasu na flirtowanie. Musi posprzątać w salonie, przynieść krzesła z kuchni dla pacjentów i parę pudełek chusteczek, gdyby któryś się popłakał. Ale tylko zgaduję, bo nigdy mi o tym nie opowiada. Mówi, że to ściśle tajne. Pacjenci muszą mu bezgranicznie ufać. Zawsze mu wtedy przytakuję, zbyt świadoma swoich własnych kłamstw, żeby bardziej napierać.

• • •

Otwieram akta i czytam. Nie jest tak źle, jak się początkowo obawiałam. Niebezpieczna jazda i usiłowanie zabójstwa – oskarżony stracił panowanie nad sobą, kiedy grupa nastolatków zaczęła wyzywać go na parkingu przed supermarketem. Wsiadł do samochodu i ruszył prosto na nich. Nikogo nie potrącił, nie zdążył, bo zgasł silnik. Zdarzenie widziało około dwudziestu świadków, co tłumaczy długość procesu. Wszystko jest jasne, co tu dodawać?

Ale chociaż mam go oskarżać, czytając zeznania, jakie złożył na komendzie, zaczynam mu współczuć. Ma trudności w uczeniu się, jest upośledzony fizycznie i jeździ specjalnie przystosowanym samochodem. Czytając między wierszami, widzę, że grupa tych samych nastolatków regularnie urządzała mu piekło i nie dziwię się, że w końcu stracił cierpliwość. Nie żebym zamierzała wspominać o tym podczas procesu, to nie moje zadanie. Szkicuję zarys swojego wystąpienia z nadzieją, że będzie miał dobrego obrońcę. Sprawdzam, kto go reprezentuje, i wzdycham. Harrow. Dobrze znam tę kancelarię. To banda krętaczy, w ich aktach ciągle czegoś brakuje, przy odrobinie szczęścia przysyłają mi tylko jedno nazwisko na karteluszku. Olewają etap postępowania przygotowawczego i zatrudniają najtańszych adwokatów. Czytam dalej i po chwili mogę już podsumować sprawę: pękną, muszą, zaproponują jakiś układ. Oskarżony się do czegoś przyzna, ja się trochę potarguję, proponując, żeby przyznał się do czegoś więcej, i pod koniec dnia będzie po wszystkim.

Kończę. Układam papiery i starannie przewiązuję je różową tasiemką. Są teraz w dużo lepszym stanie niż na początku. Już po siódmej. Piszę SMS do Carla, pytając, czy smakowała im pizza, potem patrzę przez chwilę na ekran telefonu i piszę do Patricka: Wszystko w porządku? Był dzisiaj dziwny. Nigdy dotąd nie pił z piersiówki. Ani nie odrzucał propozycji seksu. Może zrozumiał, że nic dobrego z tego nie będzie, i postanowił ze mną zerwać. Albo poszedł na kolację z lepszą wersją mnie, młodszą, sprawniejszą, bez męża i dziecka. Tak byłoby chyba lepiej. Koniec romansu, koniec z wyrzutami sumienia, koniec z nienawiścią do samej siebie. Nareszcie miałabym czas dla rodziny, może nawet dla przyjaciół.

Brzęczy komórka. SMS od Carla. Chwytam ją szybko i czytam: Bardzo. Matylda pod prysznicem. Wszystko okej.

Jego lakoniczność jest nie do pobicia, więc posyłam mu tylko emotikon z uniesionym kciukiem. Wyłączam komórkę i wyjmuję z koperty zdjęcia Madeleine i jej męża.

Jest ich około czterdziestu. Próbuję poukładać je chronologicznie, kierując się wiekiem i powiększającą się łysiną Edwina. Madeleine mówiła, że zawarli znajomość na uniwersytecie i fotografie z tego okresu przyciągają uwagę, bo ona jest na nich młoda i piękna, zwykle w pasiastych ogrodniczkach, a on, w prostym swetrze, stoi za nią i się uśmiecha. Potem seria typowych fotek z podróży wakacyjnych: z plecakiem po Europie, we dwoje przed Koloseum i przy fontannie di Trevi, przed piramidą przy Luwrze i z jaszczurką Gaudiego. Jadą dalej, bo w tle widać poletka ryżowe i wulkan. Indonezja? W końcu docierają do Petry.

My też tam byliśmy, Carl i ja, pamiętam, jak śmialiśmy się z wielbłąda, który nie mógł udźwignąć jakiegoś otyłego turysty. Teraz jest mi wstyd, bo załamywały się pod nim nogi, a właściciel krzyczał: Wstawaj, wstawaj! Pewnie już dawno nie żyje, rozpadł się w proch, zniknął jak siła, która kazała nam wtedy wziąć się za ręce i wejść do klasztoru. Nie żyje także mężczyzna o przyjaznych oczach i nieśmiałym uśmiechu, który patrzy na mnie z rozłożonych na biurku fotografii.

Może byliśmy w Jordanii w tym samym czasie? Trudno powiedzieć. Zerkam na tył zdjęć, szukając jakichś wskazówek, dat czy napisów. Na próżno, nie licząc jednego, jedynego, na którym widnieją dwa słowa napisane niebieskim długopisem: Powiedziała „tak". Odwracam je. Madeleine porzuciła studenckie ubranie i w obcisłej niebieskiej sukience, rozpromieniona siedzi przy restauracyjnym stoliku, a Edwin, wyjątkowo tuż obok niej, obejmuje ją ramieniem. Zdjęcie zrobił im pewnie kelner. Na stoliku stoją smukłe kieliszki – może Edwin wrzucił do któregoś pierścionek zaręczynowy i zaczekał, aż Madeleine go znajdzie? A może nosił go w puzderku, co i raz poklepując kieszeń z nadzieją, że Madeleine nie spyta go, co robi?

Spodziewała się oświadczyn? Była szczęśliwa? Na zdjęciu się uśmiecha. Łokieć Edwina uciska jej szyję – czy to wygodne? Czy to wyraz nerwowego napięcia widzę w jej oczach, szczyptę powściągliwości w tej radosnej przecież chwili? Charakter pisma jest zdecydowany, stanowczy. Powiedziała „tak". Czy dla podkreślenia tej okazji nie powinno tam być choćby wykrzyknika?

Kiedy Carl mi się oświadczył, nie mieliśmy aparatu. Ani szampana. Zastanawialiśmy się, czy stać nas na przeprowadzkę do mieszkania ładniejszego niż to w Bow, gdzie wtedy mieszkaliśmy, i kiedy zasugerowałam, że powinniśmy jakieś kupić, Carl powiedział: W takim razie musimy się pobrać. Ja skinęłam głową, a on dodał: Zresztą i tak powinniśmy. Na tym się skończyło, a dwa tygodnie później oznajmił, że zarezerwował termin w urzędzie stanu cywilnego – poszłam na to, bo czemu nie? Przyjechała jego matka i moja przyjaciółka Evie, i jestem przekonana, że ja też musiałam wyglądać promiennie, chociaż nie mam na to dowodu w postaci zdjęć gapiących się na mnie z biurka. Plusem jest to, że to nie ja wyszłam za kaucją oskarżona o morderstwo Carla, a więc mogło być gorzej.

Na wielu zdjęciach Madeleine i Edwin wyglądają zupełnie normalnie, jak wszyscy. Choćby jak Carl i ja. Nic nie wskazuje na to, że ponad piętnaście lat później Madeleine zadźga męża nożem.

Zdjęcie ślubne, bukiet z białych kalli. Madeleine w ciąży, w porośniętych glicynią drzwiach. Madeleine z dzieckiem, tuż obok Edwin, który znów ją obejmuje. Na każdym zdjęciu Madeleine radośnie się uśmiecha. Tracę tylko czas. Nic tu nie znajdę, żadnej wskazówki, która zdradziłaby, dlaczego Edwin tak źle skończył. To, co prezentują światu, jest doskonałe, niezachwiane. Równie dobrze mogłabym oglądać własne zdjęcia z Carlem, szukając momentu, w którym zaczęło się między nami psuć. Wzdycham i włączam komórkę.

Natychmiast brzęczy, wiadomość od Patricka:

Piję w Cairn's. Chcesz wpaść?

Odpisuję:

Myślałam, że jesteś na kolacji.

Byłem.

Patrzę na zegarek – krótka ta kolacja. A więc nie randka. Rozluźniają mi się ramiona. Przeglądam zdjęcia prawie od godziny i nic nie znalazłam, więc równie dobrze mogę przestać. Wkładam je do koperty i chowam do szuflady. Pakuję do torby papiery na jutrzejszą rozprawę i gaszę światło. Kancelaria opustoszała, wszędzie panuje cisza. Nie jest późno, nie minęła nawet dziewiąta, lecz mam wrażenie, że jest północ. Na ścianie tańczą cienie gałęzi drzew rosnących pod oknem. Włączam alarm i przekręcam klucz w zamku.

8

Wchodzę do baru i szukam Patricka. Zamiast czekać samotnie przy stoliku, tak jak się spodziewałam, zaskoczona widzę, że choć jest środa, siedzi przy długim stole z tymi samymi kolesiami, co zwykle. Wciskam się między Sankara i Roberta.

– Zostało jakieś wino?

Nie odpowiadają. Jest głośno, z głośników ryczy muzyka, a ja moszczę się w kącie i obserwuję Patricka. To jego królestwo, jego żywioł. Jest najjaśniejszym płomieniem pożaru. Coś opowiada i ci siedzący najbliżej śmieją się, a ci po drugiej stronie stołu wytężają słuch, żeby zrozumieć, co mówi. Z boku siedzi uśmiechnięta Alexia. Myślałam, że będziemy sami, ale cóż, muszę stawić temu czoło. Prosił, żebym wpadła, więc wciąż tli się we mnie ciepła iskierka nadziei. Walę Roberta w ramię i odwraca się zaskoczony.

– Zostało jakieś wino?

– Musisz się napić.

Mówimy jednocześnie. Śmieję się, a on sięga po butelkę i chlusta czerwonym winem do stojącego obok kieliszka. Zastanawiam się, czy jest czysty, dochodzę do wniosku, że mam to gdzieś, i piję do dna. Robert mi dolewa.

– Ciężki dzień? – pyta.

– Ciężki. Dopiero skończyłam. A ty?

– Siedzę tu od czwartej. – Mówi niewyraźnie, bełkoce. – Żona mnie zabije. Wpadłem tylko na parę drinków…

– Skąd ja to znam.

Wypijam pół nowego kieliszka i odstawiam go na stół. Mój umysł oplatają macki spokoju, przyćmione światło nabiera złocistej barwy. Jest dobrze, mam prawo tu być. Carl nie chce mnie widzieć, bo prowadzi terapię. Z Matyldą też wszystko jest dobrze, bo napchana pizzą, pewnie już zasypia. Zrobiłam swoje i zasługuję na kielicha. Pociągam solidny łyk i znów patrzę na Patricka. Siedzi obok Marka, tego z kancelarii, i dopiero teraz po jego drugiej stronie dostrzegam kobietę, której nie znam. Sądząc po jej minie, uważa, że Patrick jest bardzo zabawny. Spokój powoli ulatuje, a w czubkach palców sadowi się chłód.

– Kto to? – Trącam Roberta w ramię.

– Gdzie?

– Tam – odpowiadam spokojnie. – Ta obok Patricka.

– Nie wiem, jakaś laska. Przyszła z nim.

– Kiedy?

– Kiedy przyszli? Nie mam pojęcia, zaraz po mnie. – Robert odwraca się i patrzy mi w oczy. – Jesteśmy zazdrośni?

– Nie bądź śmieszny. – Dopijam wino i sięgam po butelkę, ale jest pusta. – Idę po wino.

Przechodzę pod ścianą i przeciskam się do lady. Bar jest nabity, jakby wszyscy nagle uznali, że środa to piątek. Nie patrzę na Patricka, lecz kątem oka widzę, że siedząca obok niego kobieta trzyma rękę na jego ramieniu. Dumnie zadzieram głowę i idę dalej.

Jest tak tłoczno, że obsługują mnie dopiero po dziesięciu minutach. Nie chcę czekać drugi raz, od razu biorę dwie butelki rioji. Wracam i widzę, że Robert zajął moje miejsce, ale na mój widok znów się przesuwa. Nalewam jemu i Sankarowi, macham butelką do tych po drugiej stronie stołu, ale tamci piją białe. Nie próbuję zwrócić na siebie uwagi Patricka.

Piję, a Sankar opowiada o swojej dzisiejszej rozprawie.

– Cuda, panie, cuda: baba nie wiedziała, że facet posuwał ją codziennie w tyłek. Rohypnol to potężny środek.

Pociągam kolejny łyk. Cyk, cyk, cyk, cyk – czas płynie, jest dziesiąta, potem wpół do jedenastej. Wino robi swoje, głód i zmęczenie mijają. Patrzę na telefon. Nic. Wymykam się z Robertem na fajkę.

W drodze powrotnej sprawdzam, czy nikt nie widzi, i piszę SMS do Patricka: Małe bzykanko?

Nawet nie drgnie. Musi mieć wyłączoną komórkę. I wciąż rozmawia z siedzącą obok kobietą. Sankar też nie wie, kto to jest, a ja nie chcę pytać nikogo więcej i coraz bardziej tonę w kieliszku. Obalamy dwie butelki i Robert idzie po następną. Towarzystwo się przerzedza i z naszej dwudziestki zostaje tylko połowa. Uśmiecham się i zagaduję do dziewczyn po drugiej stronie stołu, tych, które piją białe, do Alexii i drugiej aplikantki, choć nie pamiętam jej imienia. Rozmawiają z Pauline, jedną z naszych prawniczek, która w kancelarii – takie mam wrażenie – zawsze gani mnie wzrokiem. Ale dzisiaj nie, dzisiaj ma czerwoną od wina twarz i gawędzimy o moim morderstwie.

– To takie dziwne. Patrzysz na zdjęcia i myślisz, jacy my jesteśmy wyjątkowi, a przecież wszyscy robimy to samo: jeździmy do tych samych miejsc, jemy te same potrawy… – Gadam i gadam, zapominając, o co mi chodziło.

– Właśnie, znam to uczucie. Kropka w kropkę jak na Facebooku. – Pauline potakuje.

– W jednej chwili robią wam zdjęcie, jak trzymacie się za ręce przed Partenonem, a w drugiej dźgasz faceta nożem kuchennym. Jeśli dobrze się zastanowić, to mogło się przydarzyć każdemu z nas.

– Masz rację. – Pauline znów potakuje, więc potakuję i ja, wstrząśnięta głębią naszych przemyśleń.

– Co o nim myślisz? – pyta, zmieniając temat tak nagle, że w pierwszej chwili nie rozumiem, o czym mówi.

Patrzę na nią tępym wzrokiem. Wskazuje Patricka.

– O nim? Dlaczego?

– To dobry adwokat – mówi konspiracyjnym szeptem, zbliżając głowę do mojej głowy. – Ale słyszałam różne plotki…

– Plotki? – pytam w miarę obojętnie.

– O kimś, do kogo nie powinien był uderzać, ale sama nie wiem…

Błyskawicznie trzeźwieję, z sekundy na sekundę, znów mam wyostrzone zmysły. Nie wiem, do czego Pauline zmierza – czy to możliwe, żeby mówiła o mnie? Czy to ona wysłała mi ten SMS?

– Nie słyszałam. Poza tym rozsiewanie takich plotek może być niebezpieczne.

Pauline cofa się skruszona.

– No coś ty, nie chcę nikomu mieszać, mówię tylko, że… Zresztą to pewnie bzdura… Idę po drinka. Przynieść ci coś?

– Nie, dzięki. Zaraz wychodzę. – Odprowadzam ją wzrokiem.

Nagle podskakuję, bo ktoś przeraźliwie krzyczy i słychać brzęk szkła. Trzymam kieliszek w ręku i oblewam czerwonym winem przód bluzki. Podnoszę wzrok, szukając źródła zamieszania. Szybko je znajduję. Patrick ocieka winem jeszcze bardziej niż ja, ma mokrą twarz. Stoi nad nim kobieta, ta nieznajoma, stoi i wymachuje zbitym kieliszkiem, z którego sterczą ostre zadziory. Na stole i na podłodze walają się odłamki szkła. Kobieta coś krzyczy, ale nie słyszę słów. Zrywam się z miejsca, lecz uprzedza mnie Pauline, która wraca i staje przed nią z wyciągniętymi rękami. Przez chwilę myślę, że kobieta ją dźgnie, ale ona zamiera i upuszcza kieliszek. Pauline chce ją objąć, lecz kobieta wyrywa się, podnosi z podłogi czarną torebkę i chwiejnym krokiem wychodzi z baru.

Patrick wyciera twarz serwetką. Ma przemoczoną koszulę – kieliszek musiał być pełny.

– Co to było?! – krzyczę, ale nie reaguje. Krzyczę jeszcze głośniej: – Co to, kurwa, było?!

Muzyka nagle cichnie i gapią się na nas niedobitki gości zaalarmowanych moim wrzaskiem. Patrick wyciera koszulę, składa serwetkę, kładzie ją na stole i w końcu patrzy na mnie. Coś mówi, ale znów puszczają muzykę i nic nie słyszę.

– Co?

– Nie podobała się jej moja koszula – odpowiada z uśmiechem.

– Kurwa mać… – Jestem zbyt zła, żeby kontynuować. Wstaję i biorę torebkę. Nie wiem, co się tu dzieje, ale mam tego dość. Pauline patrzy na mnie z dziwną miną. Jej też mam dość. Z nikim się nie żegnając, wymykam się z baru przez toaletę, żeby nie przechodzić obok Patricka. Tak, mam tego dość. Zaprosił mnie tylko po to, żeby mnie poniżyć, a na to nigdy się nie zgodzę.

• • •

Skręcam w Strand, widzę wolną taksówkę i zatrzymuję ją, ciesząc się, że stamtąd uciekłam. Jestem pijana, ale tylko trochę, bo wyraźnie widzę wszystkie znaki drogowe. Wyjmuję telefon i piszę do Roberta, przepraszając go, że wyszłam bez pożegnania, ale rano mam rozprawę. Pewnie mu to wisi. Nie zauważył nawet, że zniknęłam. A Patrickiem zajmę się rano. Wyjaśni mi to albo nie. Zamykam oczy i opieram się o drzwi. Nie rozumiem, co się dzieje.

Przyjeżdżam do domu i z zaskoczeniem widzę, że spotkanie wciąż trwa, choć normalnie kończy się najpóźniej o dziewiątej. Wchodząc, słyszę, że oglądają w salonie jakiś film, ale kiedy trzaskam drzwiami, odgłosy cichną. Na korytarz wypada Carl.

– Wcześniej wróciłaś? Właśnie mamy swego rodzaju przełom i…

– Muszę wcześnie wstać. – Mam spuszczoną głowę, żeby nie poznał, że jestem wlana.

– Idź spać. Zaraz kończymy.

Wraca do salonu i szybko zamyka drzwi, żebym nie zobaczyła, kto tam jest. Chce mi się krzyczeć: czyj to dom, do cholery? Kto go spłaca? Ale nie krzyczę. Idę na górę i gniew mija. Rozbieram się po ciemku w sypialni, w pomarańczowym świetle ulicznej latarni, które przenika przez zasłony. Skóra na piersiach lepi się od wina, więc biorę prysznic, ale nie myję włosów. Wciągam koszulę i szczotkuję zęby, każdej ćwiartce ust poświęcając przepisowe trzydzieści sekund.

Kiedy nie cuchnę już winem i papierosami, wkładam szlafrok i idę do Matyldy. Tilly śpi głęboko z różowym słonikiem w ramionach. Całuję ją w czoło, podciągam kołdrę na ramionka, siadam na podłodze i patrzę na nią. Wzdycha i przewraca się na bok twarzą do mnie. Ściska mnie w gardle. Oto, kogo zdradzam. Carl się liczy, ale ona jeszcze bardziej. To nie ona mnie odtrąciła, to nie ona mnie tyle razy odepchnęła. Zasługuje na więcej, a już na pewno na matkę bez rozdartego serca. Kocham ją nad życie, ale widocznie za mało, żeby odwrócić się od Patricka. Kocham albo kochałam. Dotykam jej policzka i składam cichą przysięgę, że się bardziej postaram i stanę się kimś, na kogo zasługuje. Prawie w to wierzę.

● ● ●

Wracam do sypialni, kładę się, podłączam telefon do ładowarki na stoliku nocnym i nastawiam budzik, choć jestem tak zmęczona, że rano obudziłoby mnie chyba tylko trzęsienie ziemi.

Mam dwa SMS-y. Jeden jest od Patricka: W kancelarii. Gdzie ty, kurwa, jesteś?

Powoli przesuwam palcem po ekranie i go kasuję. Nowa zdecydowana ja.

Teraz drugi SMS, od anonimowego nadawcy: Mam cię na oku, ty pieprzona zdziro. Wiem, co robisz.

Litery tańczą mi przed oczami. Ktoś o nas wie? Na pewno, bo jak inaczej to wytłumaczyć? Ktoś, ale kto? Próbuję opanować panikę, kasuję wiadomość. Już jej nie ma. I nigdy nie było. Kolejna pomyłka, błędna cyfra w numerze telefonu. Nastawiam budzik na wpół do siódmej, przewracam się na bok i zamykam oczy. Ale już nie jestem zmęczona. Gorączkowo myślę. Chociaż udaję, a raczej bardzo chcę udawać, że nic się nie stało, jednak nie mogę od tego uciec. To już dwa SMS-y i muszę spojrzeć prawdzie w oczy, przyznać przed samą sobą, że robi się niebezpiecznie. Ktoś wziął mnie na muszkę. Ktoś wie, co robię i mu się to nie podoba. Podciągam kolana, zwijam się w kłębek i chowam pod kołdrę. Jest mi zimno, ogarnia mnie strach.

• • •

Po jakimś czasie słyszę głosy wychodzących mężczyzn, chóralne dobranoc i dyskretny trzask drzwi. Na górę wchodzi Carl, po cichu i ostrożnie. Nie poruszam się, oddycham głęboko i regularnie. Wkrótce zaczyna chrapać.

Długo czuwam, wreszcie zasypiam i śni mi się, że dźgam się w uda zbitym kieliszkiem do wina, że wpycham go tam i masturbuję się szkłem. Budzę się przerażona i wtulam w Carla, obejmując go ramieniem. Śpi, więc się nie odsuwa i konflikt jest chwilowo zażegnany. Jest moim „znanym wiadomym", jak powiedziałby Rumsfeld, ojcem mojego dziecka. Przemierzyliśmy razem świat, założyliśmy dom. Pora, żeby dom ten stał się znów prawdziwym domem. Dla Tilly, dla nas. Zasypiam z głową na jego ramieniu.

• • •

Kiedy dzwoni budzik, jego miejsce jest już puste, a poduszka zimna. Zaproponuję, żebyśmy wyjechali we dwoje na weekend. Matyldą zajmie się jego matka, a my zaszyjemy się w jakimś przytulnym hoteliku. Będziemy jedli pyszne jedzenie, pili dobre wino i może, tylko może, pocałujemy się i weźmiemy za ręce. I może, ale tylko może, znów będziemy kochać się jak kiedyś. Zakrada się do mnie twarz Patricka, lecz ją wymazuję. Już tego nie chcę, mam dość wyrzutów sumienia. Nie ma w tym nic wartego zachodu, jest tylko wstyd. Na Patricku nie można polegać, bo zawsze dręczy mnie niepewność, czy myśli o mnie, czy o kimś innym.

SMS-y zadziałały jak najlepsza pobudka. Wiem, że nie zawsze byliśmy dyskretni – ktoś z kancelarii mógł widzieć, jak całowaliśmy się w alejce za Fleet Street albo jak staliśmy w barze za blisko siebie. To może być każdy i nie pozwolę wciągnąć się w ten dramat. Wciąż słyszę ten krzyk i brzęk tłuczonego szkła – nie wiem nawet, dlaczego ta kobieta wściekła się na Patricka ani co takiego zrobił.

– Kawy? – Do sypialni wchodzi Carl i stawia kubek na stoliku.

– Dziękuję, jesteś bardzo miły. – Nie udaję. Nie przynosił mi do łóżka kawy od paru lat. Dawniej robił to codziennie i po domu rozchodził się cudowny aromat, przyjemny początek dnia. Biorę to za dobry znak. – Pomyślałam, że moglibyśmy wyjechać gdzieś na weekend. Co ty na to? Poprosilibyśmy mamę, żeby zajęła się Matyldą.

Jest zaskoczony.

– Skąd ten pomysł?

– Miło by było pobyć trochę razem. We dwoje.

– Nie chciałbym zostawiać Matyldy – mówi niechętnie.

– Wiem, że kiedyś nie chciałeś, ale Tilly była wtedy malutka. Poza tym co jej może grozić? Z mamą? Na jedną noc?

– Nie wiem, czy to dla niej nie za dużo.

– Dla mamy? Coś ty, jestem pewna, że będzie zachwycona. Nie musiałaby aż tak się nią zajmować. Matylda jest już duża. Żebyś był spokojniejszy, mogłyby nawet nie wychodzić z domu. Dopilnuję, żeby nie zabrakło im jedzenia ani niczego innego.

Wyciągam do niego rękę. Patrzy na nią z wahaniem, wyciąga swoją i ujmuje moją dłoń. Luźno, obojętnie. Ale na początek dobre i to. Musi wreszcie odpuścić i przywyknąć do tego, że córka zostaje czasem z kimś innym. Nigdy na to nie naciskałam, ale już czas.

– Porozmawiam z nią – mówi. – Zobaczymy. Jedną noc powinna wytrzymać.

– Na pewno. Poza tym będą miały okazję się do siebie zbliżyć. Mama zawsze powtarza, że chciałaby ją częściej widywać. – Carl unosi brew, ale nie zważam na to i prę dalej: – Naprawdę, powiedziała tak kilka lat temu. My też powinniśmy się do siebie zbliżyć. Tilly chce, żebyśmy byli szczęśliwi. Nie uważasz?

– Możemy spróbować.

– To samo radzisz pewnie swoim pacjentom. Spędzajcie razem więcej czasu, rozmawiajcie.

Mocniej ujmuje moją dłoń. Zastanawiam się, czy powinnam go pocałować, ale wchodzi Tilly. Wskakuje na łóżko i krzyczy:

– Nie obudziliście mnie! – Włoski lepią się jej do karku, jest ciepła od snu.

Przyciągam ją do siebie i obejmuję. Pozwala się przytulić i po chwili tuli się do Carla. Carl bierze ją w ramiona, siada na brzegu łóżka i widzę, jak wygląda prawdziwa rodzina. Musimy wyjść na prostą. I wyjdziemy, moja w tym głowa. Biorę prysznic i ubieram się, pierwszy raz od wielu miesięcy z lekkim sercem. Schodzę do kuchni i widzę, że Carl zrobił jajecznicę nie tylko dla Matyldy, ale i dla mnie, więc siadamy razem do stołu i jemy. Wychodzę do pracy, z gracją ciągnąc za sobą torbę, gotowa zmierzyć się ze wszystkim, co czeka mnie w sądzie.

9

Mija kolejny tydzień. Proces w Wood Green toczy się sprawnie: nastolatek za nastolatkiem staje na miejscu dla świadków, opisując, jak bardzo czuł się zagrożony niebezpieczną jazdą oskarżonego. Sam oskarżony zeznaje tak cicho, że ledwo go słychać, a jego adwokatka radzi sobie niewiele lepiej. Tak jak się obawiałam, dziewczyna sprawia wrażenie nieopierzonej absolwentki prawa, która odebrała dyplom zaledwie parę miesięcy temu. Oszczędzam biedaka, jak mogę, i dostaje wyrok w zawieszeniu. Decyzja godna Salomona, ale nie mówię tego sędziemu, składając wniosek o obciążenie oskarżonego kosztami procesu.

Patrick przysyła mi kilka SMS-ów w związku ze sprawą Madeleine Smith – zbliża się termin przesłuchania przygotowawczego, a oskarżenie ciągle zwleka, nie chcąc ujawnić potrzebnych nam materiałów. Nie nawiązuje do wydarzeń z baru, więc ja też o tym nie wspominam – nie zamierzam dawać mu satysfakcji. Nie interesują mnie jego gierki. O naszym związku też nie rozmawiamy. To znaczy o naszym byłym związku.

Piątkowy wieczór spędzam z rodziną, Carlem i Matyldą. Kolejny proces, który zaczyna się na początku przyszłego tygodnia, o czyn lubieżny wobec małoletniej, nie wymaga prawie żadnych przygotowań z mojej strony, więc wstaję wcześnie, żeby nie zepsuł nam weekendu. Jedziemy do Hampstead Heath i patrzymy, jak Matylda wspina się na dęby przed bramą do Kenwood House. Carl nie mówi, czy rozmawiał z matką o naszym wyjeździe, ale nie chcę naciskać, wiedząc, że poruszy ten temat w swoim czasie. Widzi, że traktuję to serio, że się staram.

Nie sprzeczam się z nim, nie protestuję nawet wtedy, kiedy każe Matyldzie zejść z najniższej gałęzi. Tylko się o nią troszczy. Jest za mała na taką wspinaczkę. Zbieramy brązowe i pomarańczowe liście i chowam je do kieszeni płaszcza.

– Zrobię lunch – oznajmiam w drodze powrotnej.

– Na pewno? – pyta Carl. – Będzie szybciej, jeśli ja coś ugotuję.

– Nie, poradzę sobie. Tilly, na co masz ochotę?

– Na humus z pitą – odpowiada Matylda. – I na marchewki. Mamy szynkę?

– Chcesz i masz. Da się zrobić.

Carl wzdycha.

– Szynka się skończyła. Gdybyś chodziła na zakupy…

Nie chcę się z nim kłócić.

– W takim razie humus i pita. Zgoda?

– Tak!

Po jedzeniu Tilly pyta, czy może zjeść pomarańczę. Podaję jej ją wraz z nożem stołowym.

– Lekko natnij i zacznij obierać od tego miejsca. Tak będzie łatwiej.

Matylda nacina pomarańczę, ale źle ją trzyma i ostrze się obsuwa. Tilly krzyczy. Biegnę do niej, lecz uprzedza mnie Carl, który wypada z pokoju.

– Dałaś jej nóż? Zgłupiałaś? – Trzyma ją za rękę i pokazuje mi jej palec. Mrużę oczy. To tylko malutkie podłużne draśnięcie i kropelka krwi na końcu.

– Piecze! – Szlocha Tilly.

– To sok. Chodź, potrzymamy paluszek pod wodą. Jesteś bardzo dzielna.

Carl niechętnie ją puszcza, Tilly podchodzi do zlewu, a ja obejmuję ją, obmywam pod kranem rączkę i owijam paluszek papierowym ręcznikiem.

– Obrać ci pomarańczę?

– Tak, poproszę.

Siadamy razem przy stole i biorę nóż. Na białym włóknie jest ślad krwi i zastanawiam się, czy dobrze zrobiłam, pozwalając jej robić to samej. Ale przecież to nie nóż kuchenny, tylko stołowy. Skaleczyła się ząbkowaną krawędzią.

– Naprawdę musisz być bardziej przezorna – mówi Carl.

Bez słowa wyrzucam skórki.

W niedzielę jest lepiej. Trochę. Robię pieczeń, bez żadnej wpadki. Matylda zjada wszystko do czysta, ale Carl większość zostawia i hałaśliwie zeskrobuje resztki do kosza.

– Musisz trochę poćwiczyć, i tyle. – Poklepuje mnie po ramieniu i wyjmuje z szafki batonik proteinowy.

Chcę się bronić, powiedzieć, że przynajmniej próbowałam, ale połykam słowa. Muszę bardziej się postarać, inaczej nie przekonam go, że się zmieniłam. Wiem, że potrafię i z czasem dam radę.

Wieczorem wyjmuję liście z kieszeni płaszcza, układam je w wachlarz i przypinam do korkowej tablicy w kuchni. Pamiątka z wyprawy do Hampstead Heath. Będzie lepiej. Jestem tego pewna.

Anonimowe SMS-y przestają przychodzić.

• • •

Gdy w poniedziałek rano jadę do sądu, pisze do mnie Patrick: Tęsknię.

Nie odpowiadam, Patrick milknie i wbrew sobie odczuwam ulgę. Przestaje mnie ściskać w żołądku, nareszcie znika problem, który mnie dręczył, choć się do tego nie przyznawałam. Myślę o weekendzie z Carlem i Matyldą, jednak wciąż mam przed oczami to słowo.

• • •

Sprawa zostaje oddalona po dwóch dniach procesu, bo główny świadek oskarżenia gubi się w krzyżowym ogniu pytań. Myli daty, godziny i miejsca, po prostu ich nie pamięta, ponieważ od domniemanego gwałtu minęło wiele lat. Sprawa nie dociera nawet do przysięgłych. Na fali poprzedniego sukcesu pod koniec przesłuchania wnoszę o oddalenie zarzutów i znów stawiam na swoim. Mój klient się cieszy, zmęczony sześćdziesięcioparolatek, emerytowany nauczyciel gry na fortepianie, którego zawiódł system i któremu prokuratura zniszczyła życie swoimi bezpodstawnymi zarzutami. Nie musiałam się nawet bardzo starać, oskarżenie powinno się wstydzić, że wniosło tak słabo udokumentowaną sprawę.

Wychodząc z sądu, słyszę szloch powódki, ale tylko spuszczam głowę. Muszę robić swoje, muszę bronić klienta najlepiej, jak umiem. Jeśli zeznała prawdę, jest w strasznej sytuacji, jednak dowody muszą być na tyle mocne, żeby przysięgli nie mieli żadnych wątpliwości. Sprawa w ogóle nie powinna była trafić do sądu. Na ulicy żegnam się z klientem. Ściska mi dłoń. Obok stoi jego żona, drobna, zatroskana kobieta. Zerka nerwowo przez ramię, więc każę im odejść, zanim z sądu wyjdzie powódka.

Ktoś z kancelarii zostawił mi wiadomość, że oskarżenie przysłało dokumenty w sprawie Madeleine Smith, więc idę do biura, żeby sprawdzić, co to takiego. Zbliża się termin przesłuchania przygotowawczego, a ja wciąż nie wiem, co powinna zrobić oskarżona. Nie chcę, żeby przyznawała się do winy, przynajmniej nie od razu. Uważam, że trzeba przedtem wyjaśnić wiele aspektów jej relacji z mężem. Z zamyślenia wyrywa mnie dzwonek telefonu. Kancelaria Patricka. Biorę się w garść i dumnie zadzieram podbródek. Niepotrzebnie, to tylko Chloe, jego młodsza wspólniczka.

– Cześć, Alison. Dostałaś papiery? Musimy zorganizować jeszcze jedno spotkanie z tą Smith. Możesz jutro?

– Tak, jak najbardziej. Właśnie skończyłam proces.

– Świetnie. Patrick pyta, czy mógłby przedtem wpaść do twojego biura na krótką naradę.

– Jeszcze nie czytałam tych dokumentów… – Próbuję grać na czas.

– Nalega, możecie przejrzeć je razem. – Chloe mówi głosem nieznoszącym sprzeciwu. Dobrze się dogadujemy i zwykle robię, co każe. Patrick jest od niej starszy, ale Chloe jest jak czołg i ma encyklopedyczną wiedzę o wszystkich sprawach, jakie prowadzi ich kancelaria.

– Dobrze, nie ma sprawy, będę.

– Świetnie, dam mu znać. – Chloe kończy rozmowę.

Piszę do Carla: Narada w sprawie zabójstwa. Wracam najpóźniej o 20.30 xx.

Dodatkowy całus jest na szczęście. Byłam na rozprawie i spodziewa się mnie dużo później, więc powinno być dobrze. Cieszę się, że nie powiedziałam mu, że wcześniej skończyłam. Zaraz. Dlaczego go okłamuję?

• • •

Przysłali ekspertyzę patologa, szczegółowy opis ran, które doprowadziły do śmierci Edwina Smitha. Uważnie czytam. Jest ich w sumie piętnaście i mają różną głębokość. Są też zdjęcia. Przyglądam się przez chwilę cięciu na szyi, które wygląda jak uśmiechnięte usta. Pościel jest przesiąknięta krwią. W stanowisku oskarżenia, które już znam, stwierdza się, że ubranie Madeleine też było zakrwawione, więc sprawdzam, czy załączyli wyniki innych ekspertyz. Na razie nie. Wracam do ekspertyzy patologa. Brak obrażeń obronnych. Wszystkie rany kłute i cięte znajdują się na szyi i tułowiu. Denat leżał na plecach i tak go sfotografowano, najpierw z góry, potem w zbliżeniu. Jest też diagram, toporny szkic sylwetki z krótkimi kreskami w miejscach ran.

Przerzucam kartki i znajduję zdjęcie noża, którym posłużono się podczas napaści. Nóż kuchenny marki Global. Przyglądam się mu, próbując dostrzec ślady korzystania pod warstwą zaschniętej krwi. Mój stępił się po latach używania i mycia w zmywarce. Oczywiście im ostrzejszy nóż, tym mniej siły zastosowano, aby wbić go i wyjąć z ciała Edwina.

Wkładam zdjęcie pod plik dokumentów i przeglądam wyniki ekspertyzy toksykologicznej. Poziom alkoholu jest czterokrotnie wyższy od tego, z jakim można prowadzić samochód. Na tym etapie nic więcej nie ma – wiem, że badania trwają. Jestem zaskoczona, że przysłali nam aż tyle. W każdym razie wysoki poziom alkoholu tłumaczy brak obrażeń obronnych. Edwinowi urwał się pewnie film.

Poza wynikami badań patologicznych i fotografii narzędzia zbrodni oskarżenie nie przekazało nam nic konkretnego. Są zeznania Madeleine, które ograniczają się do tego, że aresztowana nie chciała nic mówić, nie ma jednak pełnego zapisu pytań, jakie jej wówczas zadawano. Przynajmniej na razie. Sprawdzam daty – resztę powinni dosłać do końca listopada, o ile nie przyślą przed przesłuchaniem przygotowawczym.

• • •

– Tak naprawdę to niczego więcej nie potrzebujemy. Sędzia może uznać, że mamy wystarczająco dużo materiału, żeby oskarżona przyznała się lub nie przyznała do winy podczas przesłuchania – mówię, kiedy Patrick siada w sali konferencyjnej. Staram się mu nie przyglądać, choć kątem oka śledzę każdy ruch jego rąk.

– Tak, ale na razie nie dała nam nic na swoją obronę. – Patrick ogląda leżące na stole zdjęcia, rany duże i małe.

– Podawał jej po kryjomu tabletki, wydzielał pieniądze, kontrolował ją. Istnieje uzasadnione podejrzenie, że jest to przypadek związku, w którym dochodziło do przemocy. Tak?

– Tak, bez dwóch zdań. Ale to nie wystarczy, żeby usprawiedliwić morderstwo. Musimy zdobyć coś więcej, żeby udowodnić, że to zbrodnia w afekcie.

– Wszystko zależy od tego, czy Madeleine się przed nami otworzy. Na razie nic nie mamy. Brakuje mocnych dowodów, bo butelka dżinu i to, że urwał się jej film, to za mało. Ale musisz przyznać, że jej zeznania nie trzymają się kupy. W każdym razie nie do końca.

Patrick się ze mną zgadza.

– Fakt, jest bardzo zamknięta. Może powinnaś porozmawiać z nią sama, jak kobieta z kobietą? Może bez świadków odpręży się i otworzy?

Propozycja wprawia mnie w zakłopotanie. Poprawiam się na krześle.

– Myślisz, że to… właściwe?

– Czemu nie? Umiesz skłonić do mówienia, jesteś w tym dobra.

Zerkam na niego. Nie patrzy na mnie, wciąż przegląda zdjęcia. Szybko odwracam głowę.

– Jeśli tak uważasz, to porozmawiam. Musimy wyciągnąć z niej coś przed przesłuchaniem. Wolałabym, żeby na razie nie przyznawała się do winy. – Staram się nie reagować na jego pochwałę, ale mówi tak ciepłym głosem, że się rumienię.

– Dobra, załatwię to. Aha, rozmawiałem z psychiatrą. Jutro przyśle nam wstępną diagnozę. Jeśli uda mi się umówić Madeleine na popołudnie, dasz radę przejrzeć przedtem papiery? Jutro masz wolne, prawda?

– Tak, byłoby dobrze. Masz rację, może bez świadków będzie mniej histeryzowała.

– Poproszę Chloe, żeby was umówiła.

Patrick bierze telefon i pisze mejla. Zaczynam mówić, ale mi przerywa.

– Posłuchaj, chciałbym zaprosić cię na kolację. Wyrobiłabyś się?

– To chyba zły pomysł – odpowiadam, choć myślę zupełnie inaczej. Na jego widok uświadamiam sobie, jak bardzo chcę go pocałować. Próbuję to zwalczyć, lecz znów wyraźnie słyszę, jak Carl zeskrobuje z talerza resztki mojej pieczeni.

Patrick nie ustępuje.

– Nalegam. Wiem, że to były trudne dni. Przestaliśmy rozmawiać, no i cóż, tęskniłem. Pozwól, że coś ci ugotuję. Pozwolisz? – Wyciąga do mnie rękę wnętrzem dłoni do góry. – Proszę.

Mocno trzymam się myśli, że w domu czekają na mnie Carl i Matylda. A jeszcze mocniej tej o roztańczonych literach w moim telefonie, anonimowym SMS-ie od kogoś, kto o nas wie i mnie potępia. Kto mnie nienawidzi. Ale wszystko rozpada się w pył.

– Dobrze, ugotuj.

• • •

Łapiemy taksówkę na Fleet Street. Patrick wychodzi z kancelarii przede mną i spotykamy się przed łukowatym wyjściem z kościoła templariuszy. Zresztą i tak nikt nas nie widzi. W taksówce bierze mnie za rękę i oplata palce swoimi palcami. Wtulam się w niego, a on całuje mnie w głowę.

– W jakieś ładne miejsce? – pyta taksówkarz. Myśli, że jesteśmy parą.

– Do domu na kolację – odpowiada Patrick. – Na miły, spokojny wieczór.

Milczę. Taksówka okrąża St Clement Danes i jedziemy z powrotem. Strand, sądy, Chancery Lane i Fetter Lane – ostatnia okazja, żeby powiedzieć, wysiadaj, wracaj do domu. Ale nie, jedziemy dalej. Ludgate Circus – tu też mógłby wysiąść, a taksówka skręciłaby w lewo, w Farrington Street, w kierunku Islington. Ale i tym razem nic nie mówię. Zamiast w lewo, skręcamy w prawo i jedziemy na południe, do jego mieszkania na najwyższym piętrze apartamentowca niedaleko Tower Bridge. Byłam tam tylko raz, kilka tygodni temu, i patrzyliśmy razem, jak za zaciągniętymi żaluzjami powoli gaśnie światło. Płaci za kurs i otwiera drzwi od mojej strony. Biorę torbę, wchodzimy bez słowa do holu i wsiadamy do windy. Dotykam palcami jego ust, a on się uśmiecha.

– No i jesteśmy – mówi, kiedy winda się zatrzymuje.

Otwiera drzwi, wchodzę, stawiam torbę, zdejmuję i rzucam płaszcz. Nalewa mi kieliszek czerwonego wina, podchodzę do długiego okna z widokiem na rzekę. Zapada zmierzch, a w oddali świecą tysiące okien. Dopiero wpół do ósmej i za kilka godzin będzie już całkiem ciemno. Jednym haustem wypijam pół kieliszka.

– Co gotujesz? – Wracam do połączonej z salonem kuchni.

Zdjął marynarkę i sieka coś na desce. Przyglądam się nożowi – to nie global. Ten ma drewniany uchwyt, pewnie japoński. Kuchnia lśni czystością, na półce stoją garnki od najmniejszego do największego.

– Jagnięcinę i kebab z harrisą. Do tego kuskus.

– Pychota, jestem pod wrażeniem. Nie wiedziałam, że umiesz gotować.

– Teraz już wiesz. – Znów zaczyna siekać, szybko i wprawnie, tym razem cebulę.

– Zaplanowałeś to? Czy w ostatniej chwili ktoś wystawił cię do wiatru? – Żałuję tych słów, kiedy tylko je wypowiadam i szybko przepłukuję usta resztką wina.

– Przestań, Alison, nie zaczynaj. À propos: napisałaś do domu, że będziesz później? – Bierze następną cebulę, kroi ją na pół i sieka z głośnym stukotem.

Podnoszę rękę. Trafiony zatopiony.

– Trudno uwierzyć, że nie jesteś żonaty.

– Że niby w moim wieku? Nie mam jeszcze pięćdziesiątki, zdążę.

– Nie, chciałam…

Śmieje się.

– Wiem. Raz już byłem. Kiedy miałem dwadzieścia kilka lat. Poniosło nas. A potem odeszła z innym. Ale tak jest lepiej.

Choć mówi lekko i swobodnie, szukam w jego twarzy śladów skrywanej urazy.

– Myślisz?

– Zdecydowanie. Tak wolę. Z mojego punktu widzenia małżeństwo wygląda paskudnie. Natomiast to… – Posyła mi uśmiech.

Obok popielniczki leżą papierosy. Gestem ręki pytam, czy mogę się poczęstować.

– Kiedy zaczniesz kupować własne?

– Mało palę. W domu nie mogę.

– Tak myślałem. – Włącza wyciąg, jakbym przypomniała mu o niepożądanym zapachu.

Cudowna chwila przyjemności: siedzę w ciepłej kuchni z kieliszkiem wina i papierosem. Nie pamiętam, kiedy ostatni raz paliłam w domu.

Kończę, stawiam pusty kieliszek na wyspie obok kuchenki, siadam na białej skórzanej sofie i wyjmuję telefon z torebki. Dopiero kwadrans po ósmej, jeszcze nie jestem spóźniona. Ale wiem, że będę.

Piszę: Narada się przedłuża, przepraszam. Postaram się ci nie przeszkadzać, kiedy wrócę xx.

Chowam telefon do torebki. Nie, to nie dzieje się naprawdę. A jeśli tak, ja też nie jestem prawdziwa, tak jak nieprawdziwe jest wszystko, co robię. Wino zaczyna działać. Unosząc się jak na wodzie, zrzucam ostatnią kotwicę, odwracam się do Patricka i dolewam sobie wina.

• • •

Jagnięcina jest mięciutka, wino łagodne, jego ręce tak delikatne, że reaguję nawet na najmniejszy dotyk. Poruszamy się unisono. Głęboko wzdycha w moje włosy i przyciąga mnie do siebie.

– Dlaczego nie może tak być cały czas? – pytam.

– Dobrze wiesz dlaczego. Nie możesz zapomnieć o zmartwieniach i cieszyć się chwilą?

– Chyba mogę. – Zamykam oczy.

Tym razem puścił Schuberta, sonaty fortepianowe, które powoli kołyszą mnie do snu. Nagle głośny dźwięk. Patrick odrywa się ode mnie i sięga po komórkę w chwili, kiedy ja sięgam po swoją. On zaczyna coś pisać, a ja włączam telefon i czytam SMS od Carla: Mama mówi, że nie ma sprawy i zajmie się Matyldą. Zarezerwuję hotel. Na razie xx.

Rzeczywistość otrzeźwia mnie jak kubeł zimnej wody. Odsuwam się od Patricka i wstaję.

– Muszę iść, już po jedenastej.

– Jasne. To była Chloe. Umówiła cię z Madeleine na jutro w południe. Rozumiem, że wciąż się na to piszesz, tak?

– Tak, oczywiście.

Biorę szybki prysznic. Ubieram się, a on obserwuje mnie z łóżka. Przed wyjściem siadam obok niego i kładę rękę na jego piersi. Nachylam się i całuję go w usta.

– To był miły wieczór – mówię.

– Bardzo. Widzisz? Może być dobrze. Musisz tylko chcieć. – Siada i obejmuje mnie. Przytulam się i wstaję.

– Zadzwonię po spotkaniu.

– Powodzenia. – Macha mi na do widzenia i znów skupia uwagę na telefonie.

Chociaż zaczęło padać, prawie od razu łapię taksówkę i jadę w ciszy, patrząc w okno. Patrick, Carl, Patrick, Carl – imiona zmieniają się w rytm zgarniających deszcz wycieraczek. Narobiłam jeszcze większego bałaganu, mimo to uśmiecham się, czując w środku ciepło, które nareszcie poluzowało twardy węzeł pod sercem. Tak, chcę, aby było dobrze. Przynajmniej dzisiaj.

Kiedy dojeżdżamy do Archway, wyjmuję komórkę.

SMS od Patricka: Dobranoc, kochanie. Śpij dobrze. To był cudowny wieczór.

Z uśmiechem przesuwam palcami po ekranie. To najpiękniejszy SMS, jaki mi kiedykolwiek przysłał – tulę do siebie tę myśl. Ekran przygasa, ale zaraz znów jaśnieje. Kolejna wiadomość. Anonimowa: Trzymaj się od niego z daleka, ty kurwo.

Trzęsącymi się rękami kasuję obie wiadomości. To się nie skończy, muszę powiedzieć Patrickowi. Wyłączam komórkę, wrogie oko szpiegujące mój świat.

W domu jest ciemno. Otwieram drzwi i na palcach wchodzę na górę. Carl już śpi. Robi mi miejsce, kiedy się kładę. Ma ciepłe plecy. Leżę, zastanawiając się, czy ktoś leży teraz obok Patricka. A może stoi pod domem i obserwuje?

Tylko kogo? Jego czy mnie?

10

Budzę się, kiedy Carl przynosi mi kawę. Już drugi raz w tym tygodniu – to prawdziwy rekord ostatnich dwóch lat. Jestem półprzytomna, bo zasnęłam dopiero o czwartej czy piątej rano. Siada na łóżku obok mnie.

– Jak było na naradzie? Chodzi o to morderstwo, tak? Robicie postępy?

– Tak. Przepraszam, że się spóźniłam – odpowiadam, starając się nie okazywać zaskoczenia jego zainteresowaniem.

– Nie szkodzi. Matylda się bawiła, a ja trochę pracowałem. W weekend organizują konferencję na temat uzależnień seksualnych, widziałem program w internecie. Nawet ciekawy.

– Na pewno, przecież z tym przychodzą do ciebie pacjenci, prawda? – Piję łyk kawy. Nie tylko jemu zależy.

– Tak, między innymi. Aha, mówiłem ci, że rozmawiałem z matką? Przyjedzie i zajmie się Tilly. Tylko na jedną noc, ale będziemy mogli wybrać się w jakieś ładne miejsce.

– Wybrałeś już coś?

– Może do Brighton? Gdzieś nad morze? Poszukam.

– Świetnie.

Wbiega Matylda i znów siedzimy we troje na łóżku jak na rodzinnym tryptyku. Przytulam ją z jednej strony, Carl z drugiej i jest wspaniale, dopóki nie dostaję ataku kaszlu. Czar pryska, Tilly wraca do siebie, żeby się ubrać, a ja biorę prysznic i zmywam z siebie resztki Patricka. Myję szamponem włosy i stoję pod strumieniem ciepłej wody tak długo, że Carl, który też chce skorzystać z łazienki, nie wytrzymuje i puka do drzwi. Wycieram się szybko i wychodzę.

Już ubrana robię sobie drugą kawę. Matylda siedzi przy stole, jedząc płatki. Całuję ją w czubek głowy i idę do salonu. Starannie poustawiane książki na półkach, starannie ułożone czasopisma, które Carl trzyma pod telewizorem – w salonie jak zwykle panuje porządek. Ale coś mi nie pasuje, jest w tym jakaś fałszywa nuta. Przystaję w drzwiach i rozglądam się. I nagle – eureka.

– Czy ktoś tu palił?! – wołam.

– Co?! – Carl wciąż jest na górze.

Staję u podnóża schodów.

– Czy ktoś tu wczoraj palił? Czuć dym.

– Niemożliwe. – Carl schodzi na dół owinięty ręcznikiem.

– Czuć. Tutaj, w salonie. – Wciągam nosem powietrze. Czuć, jestem tego pewna. Zastały dym, coś, co kojarzy mi się z moim studenckim mieszkaniem, z czasami, kiedy wszyscy palili bez opamiętania. I z zapachem mieszkania Patricka, choć próbował je wywietrzyć. Luksus palenia w domu – myślę o tym przez chwilę. Nie paliłam w domu prawie od dziesięciu lat. Nie żeby brakowało mi tego stęchłego fetoru.

Carl staje obok mnie i też pociąga nosem.

– Nie, absolutnie. Tylko ci się wydaje.

– Jestem pewna, że coś czuję. – Zaczyna mnie to zastanawiać.

Carl wącha mój żakiet.

– To ty. Twoje ubranie. Za dużo czasu spędzasz w areszcie. I pubie.

Podciągam kołnierzyk żakietu i wącham. Czuję tylko perfumy i słaby zapach smażeniny. Ale skoro Carl twierdzi, że cuchnie… Miałam go na sobie, kiedy paliłam u Patricka. Wracam do kuchni, staję w drzwiach i wciągam powietrze.

– Tu też zalatuje.

– To twoje ubranie – upiera się Carl. – Zawsze tak pachniesz. – Staje za mną i żeby podkreślić znaczenie tych słów, ciągnie mnie za połę żakietu.

– Mamusiu, nie pal, to wstrętne i umrzesz, pani mówiła nam w szkole. – Matylda wykrzywia twarzyczkę i wiem, że zaraz się rozpłacze. Chcę ją objąć, ale się wyrywa. – Nie chcę, nieładnie pachniesz.

– Zostaw ją, Alison. – Carl odpycha mnie, bierze ją na ręce, przytula, odwraca się i patrzy na mnie zawiedziony. – Szkoda, że nie myślisz.

– Myślę, ale…

– Po prostu nie chcę, żebyś narażała Tilly na bierne palenie.

– Nikogo nie narażam. I to nie moje ciuchy śmierdzą dymem, to ten dom…

– Na pewno nie dom. Nikomu nie wolno tu palić. Oddaj żakiet do pralni i powiedz swoim klientom, żeby przy tobie nie palili. Pomyśl o córce.

Wzruszam ramionami i kiwam głową na zgodę. Może ma rację. Może to ja. Mogłabym przysiąc, że cuchnie w salonie i kuchni, ale nie mogę przysiąc, że to nie ja. Dym z papierosów wypalonych przeze mnie i moich klientów musi ciągnąć się za mną jak niezdrowy zaduch, do którego zdążyłam przywyknąć do tego stopnia, że już go nie zauważam. Idę na górę po rzeczy.

Kiedy jestem gotowa do wyjścia, Carl wchodzi do łazienki, żeby pomóc Tilly umyć zęby. Wtykam głowę przez drzwi i mówię do widzenia. Matylda z zapałem pracuje szczoteczką i dostrzega mnie dopiero po chwili. Posyłam jej całusa, a ona mi się rewanżuje.

• • •

Szybko wychodzę z domu i rozglądam się, żeby sprawdzić, czy nikogo tam nie ma, czy nikt mnie nie obserwuje. Świeci słońce i nocne strachy zaczynają ustępować. Parę razy zerkam przez ramię, ale ulica wygląda tak normalnie, że lęki mijają prawie zupełnie. W autobusie stawiam czoło nieuchronnemu i włączam telefon, który brzęczy, wypluwając wiadomości. Otwieram pierwszą, od Chloe: Z Madeleine Smith dziś w Londynie, w naszej kancelarii o 12. OK? C.

Już mam odpowiedzieć, ale widzę, że czekają na mnie dwie kolejne. Obie od anonimowego nadawcy.

Wiem, że ciągle to robisz, kurwo.

W drugiej są same emotikony. Mężczyzna i kobieta trzymający się za ręce, gniewna twarz, żółta kobieta ze skrzyżowanymi na piersi rękami i ludzka czaszka.

Chociaż ręce trzęsą mi się po lekturze tej pierwszej, groźnej sugestii, że ktoś wie o Patricku i o mnie, patrząc na emotikony, nie mogę powstrzymać śmiechu, jak na filmie ze Scooby Doo, kiedy któryś z bohaterów zrywa złoczyńcy maskę jakiegoś potwora. To musi być nastolatek! Na sto procent! Emotikonów nie używa żaden szanujący się stalker. Z ulgą sprawdzam mejle, w tym wiadomość, że do kancelarii wpłynęła ekspertyza psychiatryczna Madeleine Smith. Nie, nie ma w nich nic strasznego, pora pomyśleć o sprawie.

Jednak coś nie daje mi spokoju. Ta czaszka. To, że się z niej śmieję, wcale nie znaczy, że jest śmieszna. Piszę do Patricka: Ktoś przysyła mi anonimy. Chyba wie.

Z komórką w ręku czekam na odpowiedź, lecz nic nie przychodzi. Autobus staje na Fleet Street.

Wchodzę do kancelarii – Patrick wciąż milczy. Witam się z kancelistami, odbieram dokumenty i idę do siebie. Znów sprawdzam telefon – wciąż nic. Siadam przy biurku i zaczynam czytać. SMS przychodzi, kiedy jestem w połowie lektury.

Jakie anonimy?

Przesyłam mu je z dopiskiem: No i?

Odpowiada natychmiast: Trochę to dziwne, ale nie wpadaj w paranoję.

Odpisuję: Jakby wiedzieli, co się dzieje. Myślę, że to kobieta. Używa kobiecych emotikonów.

Spokojnie – odpowiada. – Porozmawiamy później. Idę do sądu.

Może rzeczywiście przesadzam. Ktoś próbuje namieszać mi w głowie, ale to może być każdy. Patrick ma rację, wpadam w paranoję. Mejle i SMS-y wcale nie muszą dotyczyć jego. Mam piętnaście lat praktyki i mnóstwo byłych klientów, którzy chętnie by mi dokopali. Odkładam telefon, otwieram akta i próbuję skupić się na pracy.

Czytam, lecz słowa do mnie nie docierają. Nie mogę się skoncentrować, umysł skacze od jednego wyjaśnienia do drugiego. To na pewno ma coś wspólnego z Patrickiem. Na pewno? Może bzyka kogoś jeszcze i się ze mnie śmieją, może jej wszystko wygadał? A ona: „Ta głupia krowa wraca do mężusia? Zróbmy jej kawał!" i zaczyna wysyłać mi SMS-y. Patrick o tym wie? Niemożliwe. Jest dla mnie taki miły, miałby się ze mnie naśmiewać, udając, że mu zależy? Nie, nie zrobiłby tego. Chodzę nerwowo po pokoju, próbując się uspokoić, ale teraz, kiedy przyszła ta myśl, nie mogę jej ignorować. Wiem, że Patrick jest w sądzie, ale muszę go spytać, muszę z nim porozmawiać.

Biorę telefon, dzwonię, ale od razu słyszę pocztę głosową.

– Patrick, muszę cię o coś spytać. Sypiasz z kimś jeszcze? Bo nic innego nie przychodzi mi do głowy.

Rozłączam się. Natychmiast żałuję, że zadzwoniłam, ale jest już za późno. Nie mogę tego cofnąć, nie mogę skasować. Jestem coraz bardziej wzburzona.

Już mam zadzwonić ponownie, ale przeszkadza mi Mark, który puka do drzwi i wtyka głowę do pokoju. Przybieram zwyczajną minę.

– Tak?

– Dzwoniła Chloe z kancelarii Saundersa. Chce się upewnić, czy pani mecenas wie, że nie jedzie dziś pani do Beaconsfield. Klientka przyjeżdża do nich – mówi, niczym nie zdradzając, czy słyszał mój gwałtowny wybuch.

– Tak, tak, wiem – odpowiadam, udając, że jestem zupełnie spokojna. – Dostałam wiadomość, ale chyba zapomniałam potwierdzić. O dwunastej, prawda?

– Tak mówiła. – Mark cofa głowę i zamyka drzwi, a ja patrzę na leżące przede mną papiery i zmuszam się do pracy.

• • •

Ograniczona poczytalność odpada. Przynajmniej tak wynika z ekspertyzy, chociaż psychiatra opisuje Madeleine jako osobę niezwykle powściągliwą. Bardzo skrytą. Dzieciństwo miała zwyczajne, bez większych traum, okres dorastania i początki macierzyństwa też nie budzą podejrzeń. Zaraz po porodzie przechodziła krótki okres niepokoju i depresji, ale szybko ją z tego wyleczono. Sprawdzam czym i okazuje się, że tymi samymi lekami, które brałam jako dwudziestokilkulatka. Pamiętam, że zbyt gwałtownie je odstawiłam – przestałam ufać mojemu lekarzowi – i odsłonięte nerwy zaczęły szorować boleśnie po czarnym ekranie świata. Bywały takie chwile, że mój umysł dosłownie skwierczał, ale pamiętam też, jak lekko się poczułam po pierwszej tabletce – jakby zdjęto mi z ramion olbrzymi ciężar. Psychiatra pytał Madeleine, czy coś jej przepisać, ale nie chciała.

Wbrew temu, co powiedziała nam podczas drugiej rozmowy, nie wygląda na to, żeby miała poważny problem z alkoholem, chociaż psychiatra odnotował, że w rzeczony weekend wypiła tak dużo, iż zupełnie nie pamiętała, że dźgnęła męża nożem – zastanawiam się, czy to podtrzyma, jeśli bardziej ją przycisnę.

Dostarczono nam również zeznanie sprzątaczki, niejakiej Ilmy Cooper, pierwszego świadka na miejscu zabójstwa, ważne uzupełnienie stanowiska oskarżenia. Kiedy przyjechała posprzątać, zaskoczyło ją zachowanie ich psa, biszkoptowej labradorki. Zwykle bardzo spokojna, słysząc, że pani Cooper otwiera drzwi, tego ranka zaczęła szczekać. Sprzątaczka weszła do środka, poczuła ostry fetor i zobaczyła, że suka, co do niej zupełnie niepodobne, nabrudziła na podłodze w holu. Pani Cooper próbowała ją pogłaskać, lecz sunia nie chciała się uspokoić i ogarnięta paniką zaczęła wbiegać i zbiegać ze schodów. Sprzątaczka zdjęła płaszcz i zdenerwowana zachowaniem psa weszła na półpiętro. Drzwi do sypialni były otwarte, więc zajrzała tam i zobaczyła leżącego na łóżku Edwina Smitha i siedzącą na podłodze Madeleine.

Uderzył ją bijący od niej silny zapach alkoholu i zauważyła opróżnioną do połowy butelkę dżinu hendrick'sa przy jej nodze. Okazuje się, że moja klientka gardzi tanimi trunkami. Mamy w domu gordon'sa, ale postanawiam kupić kiedyś hendrick'sa i przyrządzić go z ogórkiem, co jest bez wątpienia bardziej eleganckim sposobem na zalanie się w trupa. Sprzątaczka twierdzi, że Madeleine siedziała obok łóżka z podciągniętymi do piersi nogami i początkowo nie zareagowała na jej obecność. Po kilku próbach nawiązania kontaktu pani Cooper delikatnie nią potrząsnęła i dopiero wtedy Madeleine skupiła na niej wzrok. Sprzątaczka powiedziała, że trzeba zadzwonić na pogotowie i na policję, a Madeleine nie zaprotestowała. Nie wychodząc z sypialni, pani Cooper zadzwoniła ze swojej komórki, a kiedy przyjechała policja, zostawiła Madeleine w tej samej pozycji, zeszła na dół i wpuściła ich do domu. Widziała, jak policjanci ją wyprowadzają i twierdzi, że Madeleine była zupełnie, wprost niesamowicie spokojna.

Zastanawiam się, jak bym reagowała tuż po zabójstwie Carla – oczywiście gdybym to ja go zabiła. Byłabym w szoku? Wyparłabym to ze świadomości? Czy Madeleine była pijana, czy upiła się później? Wiem, że nie próbuje bronić się tym, że była pod wpływem alkoholu – nie żeby mogła – mimo to sytuacja jest bardzo intrygująca. Kłócą się, jemu urywa się film, a wtedy ona sięga po nóż. Trudno mi powiązać tę Madeleine z tą, którą poznałam w Beaconsfield. Jest nerwowa? Tak. Łatwo ulega emocjom? Zdecydowanie. Sęk w tym, że zawsze zadbana i szykowna jest jednocześnie uosobieniem opanowania. Taka kobieta nie traci zimnej krwi.

Jeszcze raz przeglądam zeznanie, ostatni akapit, w którym Ilma Cooper opisuje Madeleine, kiedy policjanci sprowadzili ją na dół.

Zawsze ubiera się na beżowo i kremowo, więc kiedy wstała i zeszła na dół, to rzucało się w oczy, ta krew. Miała zakrwawione rękawy, jakby robiła pranie w balii, rękawy i cały przód pulowera. Było mnóstwo krwi, no i ta suka. Widać na niej każde świństwo, to bardzo niepraktyczny kolor. Co tydzień ją kąpię. Początkowo tego nie zauważyłam, bo ciągle biegała i szczekała, ale potem... Miała czerwonobrązowy pysk, cały, aż do oczu. Musiałam ją od razu wykąpać i dziwnie się wtedy czułam, omal nie zwymiotowałam. Trzy razy namydlałam ją szamponem, zanim zeszło.

Pies, krew, smród psich odchodów w holu. Wyobrażam sobie, jak labradorka stoi w wannie, a Ilma Cooper bez końca ją szoruje. Mokra sierść przylega do skóry, spływa woda, początkowo rdzawa, w końcu czysta. Kurczowo splatam dłonie, czując pulsowanie krwi w żyłach, powolne i równe. Potrząsam głową. Dość tego. Muszę odpędzić te koszmarne obrazy, wrócić do rzeczywistości i chłodno przeanalizować sprawę. Moim zadaniem nie jest wdychanie zapachu śmierci. Jestem tu po to, żeby posprzątać, poukładać porozrzucane skrawki, podciągnąć je pod tę czy inną ustawę i pod te czy inne normy prawa zwyczajowego.

Dzwoni telefon. Kancelista przypomina mi, że muszę już iść. Zbieram papiery i kładę je na półkę obok biurka z nadzieją, że nie będzie prześladowała mnie wizja dreptającego za mną zakrwawionego psa.

11

Próbuję dodzwonić się do Patricka, ale znów włącza się poczta głosowa. Zostawiam wiadomość.

– Przepraszam, wiem, że nie powinnam była tego mówić. Ale naprawdę zaczynam świrować i muszę z tobą porozmawiać.

Dobrze przynajmniej, że nie przychodzi kolejny SMS. Na Chancery Lane roi się od ludzi idących na lunch, niosących torebki z jedzeniem na wynos i zapatrzonych w telefony. Ciemny kostium, czarne spodnie, poczucie celu – ginę w tłumie.

Chloe jest w sekretariacie. Macha do mnie na powitanie i wskazuje drzwi do gabinetu Patricka.

– Już czeka – zniża głos, więc podchodzę bliżej. – Jest zdenerwowana – robi pauzę. – Nic dziwnego. – Chloe nie wygląda na kogoś, kto łatwo się denerwuje.

– Dzięki. No to idę.

Madeleine wygląda jak spod igły. Ma idealnie ułożone włosy opadające falami poniżej ramion i zamiast dzianinowego kardiganu włożyła na tę okazję kremowy żakiet z wytłoczonym beżowym wzorem, chyba tweedowy. Mankiety muskają jej dłonie i staram się na nie nie patrzeć, bo widzę krew.

Siedzi na miejscu klienta. Obchodzę biurko i siadam w fotelu Patricka. Żaluzje są jak zwykle na wpół uchylone i w pokoju panuje półmrok. Nie pamiętam, żeby kiedykolwiek było tu jasno, bez względu na porę dnia. Wyjmuję dokumenty i włączam lampę. Daje żółtawe światło i jest bezużyteczna.

– Myśli pani, że mogłybyśmy pójść coś zjeść? – pyta Madeleine. – Nagle zgłodniałam. Nie chcę niczego opóźniać, ale może mogłybyśmy porozmawiać przy lunchu?

Nie tego się spodziewałam. Odruchowo chcę odmówić, ale przyglądam się jej i widzę, jak nieswojo się czuje. Siedzi na brzeżku krzesła, kurczowo krzyżuje nogi i nerwowo splata i rozplata palce, jakby się drapała. Przypominam sobie, co jest celem tego spotkania: mam porozmawiać z nią w cztery oczy i ją rozluźnić, wyciągnąć z niej informacje, których potrzebuję, żeby skutecznie jej bronić.

– Jeśli tylko znajdziemy jakiś zaciszny lokal, czemu nie? Tu niedaleko jest bar. O tej porze nie powinno być tłoczno.

Wychodzimy. Zaglądam do sekretariatu.

– Idziemy na lunch.

Chloe unosi brew, więc podchodzę do biurka i zniżam głos.

– Masz rację, jest zdenerwowana. Jedzenie i mniej oficjalne otoczenie może ją uspokoić.

– Oby. – Opuszcza wzrok. – Tak czy inaczej, miło cię widzieć.

• • •

Idziemy do Jaspera, piwnicznego baru przy High Holborn. Tak jak myślałam, jest prawie pusty. Proszę o stolik w kącie i siadamy, ona na kanapie pod ścianą, ja tyłem do sali.

– Czy podać wodę? – pyta kelner. – Zwykłą czy gazowaną?

– Gazowaną? – Madeleine patrzy na mnie pytająco.

– Czy napiją się panie wina?

Otwieram usta, żeby odmówić, powiedzieć, że wystarczy woda, ale Madeleine mnie uprzedza.

– Tak, kieliszek. Co pani na to? – I znów na mnie patrzy.

111

Nie powinnam tego robić, jestem w pracy, lecz z drugiej strony mam ją rozluźnić.

– Chętnie, ale mały poproszę.

Madeleine spogląda na kelnera.

– Dwa małe kieliszki sauvignon blanc.

Odsuwam sztućce i wyjmuję niebieski notes. Odkręcam nasadkę pióra i piszę: Rozmowa z Madeleine Smith. Środa, 31 października. To tytuł, więc go podkreślam. Już chcę zadać pierwsze pytanie, lecz nadchodzi kelner, który stawia kieliszki tak niezdarnie, że wino spływa na kartkę, rozmazując atrament. Poirytowana wycieram notes serwetką.

– Na zdrowie. – Madeleine podnosi kieliszek jak do toastu.

Krzywię się, lecz po chwili podnoszę swój i się z nią trącam. Czyste szaleństwo, to wysoce niestosowne.

– Na zdrowie.

Madeleine upija łyk, wzdycha, uśmiecha się i rozgląda.

– Dziękuję, że się pani zgodziła. Tu jest o wiele ładniej. Naprawdę odżyłam. Od tamtego weekendu nie wychodziłam z domu.

Uderza mnie, że „tamten weekend" to nic innego jak zalane krwią miejsce zbrodni, o którym niedawno czytałam. Przyglądam się jej uważnie, szukając śladów emocji, lecz Madeleine studiuje już kartę dań. Postronny obserwator powiedziałby pewnie, że jesteśmy przyjaciółkami, które umówiły się na lunch, a nie morderczynią i jej adwokatką.

– Musi być pani bardzo ciężko. – Staram się mówić obojętnie i nie myśleć o tej dziwacznej sytuacji.

– To prawda. – Madeleine sięga po kieliszek. – Co zamówimy?

Otwieram kartę. Mogę zjeść wszystko, byle tylko zacząć wreszcie rozmowę.

– Mamy sporo do omówienia…

Nawet nie podnosi wzroku, jest jak w transie. Patrzę na spis potraw. Stek. Wezmę stek. Waham się, bo nie wiem, kto płaci, ale wypijam łyk wina i stwierdzam, że wszystko mi jedno.

– Zdecydowała się pani?

– Chyba wezmę stek. Średnio wysmażony.

– Ja też. Dobry pomysł. Do tego czerwone wino. – Madeleine znów pogrąża się w lekturze.

Przewracam kartkę w notesie i piszę na czystej: Rozmowa z Madeleine Smith. Środa, 31 października.

– Madeleine, przyszłyśmy tu się naradzić, porozmawiać o pani sprawie. Już wkrótce odbędzie się przesłuchanie przygotowawcze i musi pani podjąć decyzję.

Nie odrywając wzroku od karty win, Madeleine kiwa głową i wzywa kelnera.

– Butelkę Châteauneuf-du-Pape poprosimy – mówi, wskazując palcem listę czerwonych win.

Kelner jest pod wrażeniem, a ja znów się zastanawiam, kto za to płaci. Tłumię tę myśl łykiem sauvignon i wino dodaje mi odwagi: to ja prowadzę tę rozmowę, a nie ona. Muszę ją powstrzymać. Przejmuję dowodzenie.

– Madeleine, naprawdę muszę zadać pani kilka pytań. Chodzi przede wszystkim o pani relacje z mężem…

Wesoła mina znika, Madeleine zasłania rękami usta i się czerwieni.

– Przykro mi, ale naprawdę muszę. Powiedziała pani, że ostatnią rzeczą, jaką pamięta pani z tego niedzielnego wieczoru, jest to, że mąż chciał od pani odejść. Prawda?

Już ma odpowiedzieć, ale nadchodzi kelner z butelką Châteauneuf-du-Pape. Odgrywa przedstawienie z demonstrowaniem, opowiadaniem i nalewaniem, a ona kręci winem w kieliszku, wącha je i z aprobatą kiwa głową. Chcę powiedzieć, że ja dziękuję, lecz w tym momencie nadchodzi drugi kelner, żeby przyjąć zamówienie na danie główne.

– Obie weźmiemy stek – mówi Madeleine. – Średnio wysmażony. Do tego sałatkę z ogórkiem i zieloną papryką. Może być?

Uśmiecham się i przytakuję. Ładna mi narada. Mimo moich wysiłków Madeleine wciąż dowodzi. Wskazuje kieliszek, jakby pytała, co sądzę o winie, więc pokonana próbuję. Jest pyszne, o wiele smaczniejsze niż sauvignon, łagodniejsze, mniej gorzkie. Opary taniny działają kojąco i chociaż wkurza mnie, że wciąż stoimy w miejscu, Madeleine jest tak drobna i nerwowa, że trudno jej nie współczuć. Żakiet, choć bez wątpienia designerski, jest za luźny w ramionach i wisi na niej jak na za małym manekinie. W kancelarii miała apaszkę, lecz teraz ją zdjęła i widzę jej chudą szyję. W wiszącym za nią lustrze widzę też swoją twarz i w porównaniu z jej twarzą, moja jest jak księżyc w pełni. Sięgam po kieliszek.

– Szkoda, że musimy o tym rozmawiać – mówi. – Wolałabym po prostu cieszyć się lunchem.

– Wiem, ale jeśli mam pani doradzać i bronić, musi mi pani pomóc, grozi pani dożywocie. – Nachylam się ku niej. – Być może da się coś zrobić, żeby zmienić zarzut i zmniejszyć wyrok, ale musi mi pani powiedzieć, co się tam stało.

Madeleine ukrywa twarz w dłoniach, opuszcza ręce i zadziera podbródek. Już otwiera usta, lecz znów nadchodzi kelner. Stawia na stole talerze ze stekami, po czym odchodzi, by wrócić z sałatką i dwoma ostrymi nożami. Kroję stek i na talerzu zbiera się kałuża krwi. Mięso nie jest średnio wysmażone, tylko krwiste, czerwone i błyszczące w świetle lamp, i gdy je nacinam, spod spieczonej skórki wypełza żółtawy tłuszcz. Wkładam kawałek do ust, żuję i połykam. Madeleine nawet nie patrzy na jedzenie. Wypiła już cały kieliszek i właśnie sobie dolewa. Chcę coś powiedzieć, zmusić ją jakoś do mówienia, lecz mnie uprzedza.

– Nie mam pojęcia, kiedy zaczęło się między nami psuć. Tak, wiem, co pani myśli, że od tych tabletek. Widziałam pani minę, kiedy o tym opowiadałam.

– Przepraszam, nie chciałam…

– Tak, naturalnie. Ale żeby to zrozumieć, musiałaby pani to przeżyć. Edwin zawsze wiedział, co jest dla nas

114

najlepsze, przynajmniej na początku... – Ucieka wzrokiem w bok i patrzy ponad moim ramieniem. Wciąż kroję, żuję i połykam, wszystko, byle tylko nie wyprowadzić jej z równowagi. – Tak, posuwał się za daleko. Decydował za nas. Za mnie. A ja nie miałam nic przeciwko temu. Cieszyłam się, że przejął pałeczkę. Tak bardzo go kochałam, chciałam, żeby był szczęśliwy. Ale nie zawsze udawało mi się go zadowolić. Często zawalałam. – Madeleine milknie i sięga po kieliszek.

– To znaczy?

– Nie umiałam gotować, nie troszczyłam się o jego klientów. Źle się ubierałam. Byłam chyba za młoda, żeby zrozumieć jego potrzeby. Nie docierało do mnie, że to nie tylko jego zadanie, ale też i moje. Byłam jego przedłużeniem i powinnam lepiej się spisywać, a tak sprawiałam mu zawód za zawodem.

– Kiedy sprawiała mu pani zawód, co się wtedy działo?

– Wpadał w złość... Ale wyłącznie z mojej winy. Fatalnie się ubierałam, fatalnie gotowałam, doprowadzałam go do ostateczności. Nic dziwnego, że się gniewał. Na jego miejscu też bym się gniewała.

– Co robił, kiedy wpadał w złość? – pytam bardzo spokojnie i obojętnie.

Madeleine wyciąga lewą rękę. Patrzę na nią i dopiero po chwili zdaję sobie sprawę z tego, co chce mi pokazać. Mały palec jest zakrzywiony jak szpon.

– Nie mogę go wyprostować, odkąd... – urywa.

– Od kiedy? – pytam cicho.

– Przypaliłam mięso. Wydawaliśmy kolację dla ważnego klienta i jego żony. Powiedział, że są bardzo wyrafinowani, jadają w najlepszych restauracjach. Zaproponowałam, żebyśmy skorzystali z cateringu, ale chciał, żebym ugotowała coś domowego, typowo angielskiego.

– I?

– Wszystko zepsułam. Za bardzo się upiłam. – Madeleine patrzy na kieliszek, śmieje się i wypija duży łyk wina. – Mięso się spaliło, a ja trochę wymiotowałam.

115

Zamówiliśmy coś z restauracji i myślałam, że wszystko jest dobrze, że przyjęli to z rozbawieniem. Ale kiedy goście wyszli... Wypiłam tyle, że prawie mnie nie bolało, dopiero następnego dnia...

– Madeleine, co on pani zrobił?

Bierze głęboki oddech.

– Chwycił mnie za rękę i odgiął do tyłu palec tak mocno, że ten się złamał.

Składam ręce i zapominam o steku.

– Pojechała pani do szpitala? – Trudno mi zapanować nad głosem.

– Nie, nie pozwolił. Musiał się złamać z przemieszczeniem, dlatego jest taki krzywy. Bandażowałam go, zakładałam opaskę, ale nie pomogło. Teraz rozumie pani, dlaczego nie chcę o tym rozmawiać?

– Tak, rozumiem. Czytałam ekspertyzę psychiatry, ale nic o tym nie wspomniano. Wynika z niej, że wasz związek był typowy, zupełnie normalny.

– Nie pytał mnie o te rzeczy, ten psychiatra. A ja nie chciałam poruszać tego tematu.

– Wiem, że to trudne, ale musimy o tym porozmawiać, o wszystkim. Skieruję panią na jeszcze jedno badanie i tym razem nie może pani nic ukrywać.

– Ale nie do niego. Nie podobał mi się.

– Dobrze, znajdziemy kogoś innego. Jednak musi pani z nim porozmawiać, nieważne, czy się pani spodoba, czy nie. To niezmiernie ważne, bo wynik tej rozmowy może zmienić zarzut z morderstwa na zabójstwo umyślne, a to olbrzymia różnica.

Coś się zmienia i opór, który początkowo czułam, zmniejsza się i znika. Madeleine wzdycha, jakby na to czekała, jakby zdjęto jej z ramion wielki ciężar. Mnie też ogarnia ulga, poczucie, że zrehabilitowałam się za to, że przyszłam tu z nią i piję. Poskutkowało, znalazłam klucz do sprawy.

– Mamy czas? – pyta.

– Tak, mamy, proszę się nie martwić. Mamy mnóstwo czasu. Zjedzmy, a potem wszystko mi pani opowie. Zapiszę i będziemy wiedziały, gdzie jesteśmy.

– Dobrze. Proszę wybaczyć, że wcześniej wprowadziłam panią w błąd i że nie powiedziałam całej prawdy. Obiecuję, że już nie będę trudna. – Śmieje się smutno i zaczyna jeść, precyzyjnie krojąc mięso.

Dopijamy wino, ale nie zamawiamy następnej butelki, tylko przerzucamy się na kawę. Kiedy kończymy, mój notes pęka od notatek i już wiem, co trzeba zrobić. Kelner przynosi rachunek i bez wahania sięgam po pieniądze – mamy przełom, którego tak bardzo potrzebowałam. Odprowadzam ją na stację metra przy Holborn i oszołomiona tym, co usłyszałam, wracam na Kingsway.

• • •

Patrick oddzwania dopiero około piątej.

– Co to było?

– Zadzwoniłam jeszcze raz i cię przeprosiłam.

– Wiem, ale nie rozumiem, co jest grane.

– Te SMS-y. Próbuję to rozgryźć. Może chodzić o ciebie i o mnie.

– Może chodzić o wszystko i o nic. Może je pisać twój były klient, ktoś, kto ma coś wspólnego z twoim mężem. Dlaczego zakładasz, że dotyczą mnie?

– Przychodzą, ilekroć się spotykamy.

– Zbieg okoliczności. Spróbuj zachować spokój.

– Jak myślisz, co powinnam zrobić?

– Nic, bo niewiele możesz. Zaczekaj. Na razie ci nie grozi, a jeśli zacznie, idź na policję.

Słusznie. Już mam mu to powiedzieć, ale nie dopuszcza mnie do głosu.

– I posłuchaj, to naprawdę nie twój interes, czy sypiam z kimś, czy nie. To ty jesteś mężatką. Chyba nie muszę ci o tym przypominać.

– Nie, nie musisz. – Nie mogę z tym polemizować. – Przepraszam, to było głupie. Spanikowałam.

– W porządku. Jak poszło z Madeleine? Chloe mówi, że zaprosiłaś ją na lunch do Jaspera. Mam nadzieję, że się nie wlałaś.

Żartuje, na pewno. Czyżbyśmy mieli się o to pokłócić? Za prawym okiem czuję pulsujący ból – pamiątka po wypitym winie.

– Nie, nie upiłam się, dziękuję za troskę – odpowiadam z godnością. – To była narada z klientką i klientka zażyczyła sobie odbyć ją w barze. Przekazała mi bardzo dużo informacji.

– Obyś tylko w pijanym widzie nie zapomniała połowy z nich.

Mówi jak Carl. Biorę głęboki oddech. I drugi.

– Wszystko spiszę i sam zobaczysz. – Rozłączam się.

Kończę pisać sprawozdanie i wraz z wnioskami wysyłam je do niego mejlem. Jak na tacy podałam mu plan działania, listę świadków, których musi namierzyć, wszystkie niezbędne dowody. Mejl jest rzeczowy i profesjonalny, taki, jaki wysłałabym do każdego innego doradcy prowadzącego. Kawał dobrej roboty, streszczenie zeznań i prawna analiza niezbędna do poparcia linii obrony, którą wybrałam. Wylogowuję się z poczty i wyłączam komputer. Czas wracać do domu.

Jest już ciemno, kiedy ciągnę za sobą torbę przez Fountain Court. Świecą latarnie, w powietrzu wisi lekka mgła. Panuje prawdziwie dickensowska atmosfera, za którą tak szaleją turyści odwiedzający okolice sądów. Mijam jedną z grup; przewodniczka opowiada im historię jakiejś budowli. Mam ochotę przystanąć, dołączyć do nich, udać, że nie wiem, co tak naprawdę dzieje się za tymi ścianami. Z zewnątrz gmachy wyglądają romantycznie i oglądający pragną, żeby w środku też tak było, żeby znajdowały się tam kominki i kandelabry z płonącymi świecami, a nie szafki na akta i źle ułożone płyty gipsowe. Pewnie uważają, że adwokaci też są romantyczni, że zawsze chodzą w długich togach i perukach, walcząc o prawość i sprawiedliwość. Ja też tak czasem myślę, wbrew rzeczywistości, wbrew monotonnym wędrówkom z sądu do sądu czy krótkotrwałej chwale po wygranej w sądzie apelacyjnym, która szybko ustępuje miejsca frustracji, kiedy okazuje się, że jestem ostatnia na piątkowej wokandzie w Wood Green. Ale nie, nie ma to jak ekscytująca świadomość, że podbiło się serca przysięgłych, użyło argumentów, które ich przekonały.

Przechodzę przez Devereux Court, mijam Freemans' Arms i wszystkich tych patałachów z czerwonymi nosami, opowiadających niestworzone historie o tym, jak to dzięki swojej błyskotliwej taktyce wybronili kogoś w sądzie. Widzę przez okna, jak siedzą otoczeni wianuszkiem potakujących aplikantów. Kiedyś też taka byłam i też chłonęłam te bzdury, żeby awansować, żeby ktoś mnie zauważył, żeby jakiś adwokat czy raczej kancelista podesłał mi ciekawą sprawę. Piłam od poniedziałku do piątku, potulnie kiwając głową, uśmiechając się i śmiejąc w odpowiednich momentach.

Przed Cairn's stoi Robert; pali papierosa. Zatrzymuję się i biorę od niego macha, ale przypomina mi się poranna awantura, płynąca z serca prośba Matyldy, żebym nie paliła. Cholera. Macham Robertowi na do widzenia i idę do narożnego sklepu naprzeciwko sądów. Jest jeszcze otwarty, więc kupuję miętówki i wodę, przepłukuję usta i ssę cukierek za cukierkiem. Nie zniosłabym kolejnej awantury.

– Alison. Alison!

Ktoś mnie woła, ale idę dalej. Krzyki są coraz głośniejsze i nagle przede mną wyrasta Patrick.

– Widziałem, jak przechodziłaś. Siedzę w Cairn's. Pogadamy?

– Muszę wracać do domu.

– Wszystko w porządku? – Zachodzi mi drogę.

– Tak, w porządku.

– Przepraszam, jeśli pomyślałaś, że zarzucam ci brak profesjonalizmu.

119

– Piłyśmy wino. Ale się nie upiłyśmy.

– Wiem. Poza tym to ja zaproponowałem, żebyś pogadała z nią sam na sam. Posłuchaj, chcesz, żebym poszedł z tobą na policję w sprawie tych SMS-ów? Rozumiem, że takie coś może wystraszyć.

Policja – już widzę ich reakcję. Przestali się nawet zajmować włamaniami. Co by zrobili z czterema emotikonami z anonimowego numeru? Za mało konkretów.

– Chyba nie warto. Przynajmniej na razie. Ale tak, nie podoba mi się to.

– Jasne. A tak serio – dodaje z poważną miną – nie możesz się denerwować tym, że się z kimś spotykam. To nie fair. Tak nie da się pracować.

– Nie chciałam. Ale to trudne.

– Wiem. To, że zawsze wracasz do domu i rodziny, też jest dla mnie trudne. Nie możesz mi zabraniać widywania się z innymi. Bądź sprawiedliwa.

Wzdycham. Brakuje mi argumentów.

– Ale proszę, nie przy mnie. Tak jak wtedy, w Cairn's.

– Zgoda, nie przy tobie. Będę o tym pamiętał.

– A jak znów dostanę takiego SMS-a?

– Jeśli nie chcesz iść na policję, skasuj go i zapomnij. Dopóki nie przekroczą granicy, nie masz się czym martwić.

Mówi uspokajającym głosem i mam ochotę się w niego wtulić, ale coś mnie powstrzymuje, jakiś cień czający się za moim ramieniem.

– Ale jeśli...

– Przestań z tym jeśli, to tylko spekulacje. I bez tego mamy sporo na głowie. To jak? Pójdziemy gdzieś i się urżniemy? A może masz ochotę na kolację? Mam w domu trochę żarcia.

Wyciąga do mnie rękę i już mam wyciągnąć swoją, kiedy brzęczy komórka: Zarezerwowałem hotel w Brighton. Plaża zimą! Ostatnim razem było miło, więc może znów wszystko wypali. Do zobaczenia. Kurczak już się piecze xx. P.S. Matylda cię pozdrawia.

Carl. I zdjęcie, głowa przy głowie, ich uśmiechnięte selfie. Szybko gaszę ekran, żeby Patrick nic nie zobaczył.

– Muszę wracać – powtarzam. – Obiecałam. Czekają na mnie z kolacją.

Tężeje mu twarz.

– Urocze. Nie ma to jak dom i rodzina. Nie będę cię zatrzymywał.

– Patrick, naprawdę muszę. Co będziesz robił? – Nie chcę o nic pytać, ale słowa wymykają mi się z ust.

– Pójdę się upić.

– Jeżeli chcesz, mogę pójść z tobą na jednego.

– Bez łaski. Idź do domu. – Odwraca się i odchodzi w stronę Essex Street.

Otwieram usta, żeby do niego zawołać, lecz je zamykam. Ruszam w przeciwnym kierunku, przechodzę przez ulicę przejściem dla pieszych naprzeciwko sądów i staję na przystanku pewna, że będę musiała długo czekać. W głębi serca mam nadzieję, że Patrick wróci, lecz autobus nadjeżdża prawie natychmiast.

Wsiadam i piszę do Carla: W autobusie xx.

Patrick milczy. Pozostali też. Pora wracać do domu.

● ● ●

Otwieram drzwi i całują mnie na powitanie, oboje, Carl i Matylda. W kuchni pachnie pieczonym kurczakiem. Carl robi mi dżin z tonikiem, a Tilly opowiada o szkole, o tym, że jej najlepsza przyjaciółka była bardzo niemiła, ale „powiedziałam jej, co o tym myślę, i przestała". Siedzi na moim kolanie, kiedy czytam jej o chłopcu, który na jeden dzień zmienił się w kota, a Carl słucha z lekkim uśmiechem na twarzy. W pewnym momencie dotyka mojego ramienia, nachyla się i całuje mnie w policzek.

– Dobrze, że już jesteś – mówi.

Śmieję się.

– Aż tak długo mnie nie było?

– Nie, ale dobrze, że wróciłaś. Prawda, Tilly? Lubimy, kiedy mamusia jest w domu. – Ściąga Matyldę z mojego kolana i przesadza ją na swoje. Chcę ją zatrzymać i z trudem tłumię w sobie odruch protestu. Nachylam się ku nim i odżywa poranny tryptyk.

Jemy przy kuchennym stole; mięso jest mięciutkie. Rozmawiamy z Tilly, kiedy się kąpie, kładziemy ją do łóżka, śpiewamy jej i trzymamy ją za rączkę, aż zasypia. Schodzimy na dół i Carl nalewa nam wina z butelki, którą otworzyliśmy do kolacji. Siadamy na sofie w salonie.

– A więc Brighton? – pytam.

– Tak. W miarę blisko i sporo atrakcji. I cała plaża tylko dla nas. – Carl otwiera laptop, potem kilka okienek, wreszcie znajduje to, czego szukał. Podaje mi laptop. – To ten hotel.

Wygląda nieźle: widok na morze, bielutka pościel, gofrowane szlafroki. Uśmiecham się do niego wzruszona, że tak się postarał. Przesuwam kursor, żeby sprawdzić, gdzie to dokładnie jest, ale zabiera mi komputer i szybko go zamyka.

– Co ty robisz?

– Skąd wiesz, czy nie przygotowałem ci jeszcze jednej niespodzianki? – Nachyla się, ujmuje w dłonie moją twarz i całuje. Wsuwa mi język do ust. Nie potrafię tego wyjaśnić, ale przez chwilę mam ochotę go ugryźć i odepchnąć, jakby był kimś obcym. Ale wkrótce zniewala mnie jego zapach, jego Carlowatość. Uczucie mija i zastępuje je inne.

– A Matylda?

Carl nie odpowiada, tylko wyciąga rękę i zamyka drzwi. Znów ujmuje moją twarz, całuje i jego dłonie zaczynają wędrować coraz niżej i niżej.

Matylda nam nie przeszkodziła. Tej nocy wszyscy spaliśmy dobrze.

12

Przez cały następny tydzień kontakt z Patrickiem jest krótki i rzeczowy, bo próbuje namierzyć świadków, spisuje zeznania, ocenia ich wartość dowodową. Madeleine jest umówiona na spotkanie z nowym psychiatrą, choć dopiero na tydzień przed przesłuchaniem przygotowawczym. Wiem, że psychiatra jest dobry, a raczej dobra, bo to ona. Dobra i szybka. Na pewno wyrobi się z ekspertyzą. Zresztą i bez tego mam wystarczająco dużo dowodów. Madeleine nie przyzna się do morderstwa, chyba że coś pójdzie nie tak i mój plan weźmie w łeb. Powoła się na utratę panowania nad sobą i przyzna do umyślnego zabójstwa. Jeśli oskarżenie to kupi, sędzia nie będzie mógł skazać jej na dożywocie. Szczyt marzeń to nie jest, lecz nic innego nie mogę zrobić.

Zamknąwszy przygotowania do procesu Madeleine, mogę zająć się innymi sprawami i znów czeka mnie znajoma żonglerka: wędrówka między sądami, nagłe zmiany ustaleń, zagubione dokumenty i awarie komputerów sądowych. Najpierw rabunek: udaje mi się zmienić zarzut i oskarżony dostaje tylko cztery lata – całkiem nieźle. Następnego dnia mam PP w trudnym procesie o gwałt, w sprawie z cyklu ona powiedziała / on powiedział, w której głównym dowodem mają być nagrania z monitoringu. Kamery śledziły ich aż do hotelu, szkoda tylko, że nie zajrzały przez dziurkę od klucza. Trudno jest skazać kogoś za gwałt, jeśli wyraźnie widać, jak kobieta całuje się z oskarżonym w każdej bramie między Borough Market i Premier Inn w pobliżu Tower Bridge – sytuacja jest bardzo niejasna i wiem, że przysięgłym się to nie spodoba.

Nie znoszę takich spraw. Z zeznań ofiary jasno wynika, że to, co zaczęło się jako niewinna zabawa po pijaku, szybko zmieniło się w coś przerażającego, traumę, którą widać mimo oficjalnego, prokuratorskiego języka. Podczas przesłuchania oskarżony uśmiecha się tak szyderczo, że mam ochotę mu przyłożyć. Jest pewny, że miał do tego prawo, co utwierdza mnie w przeświadczeniu, iż dobrze wiedział, czego chce, i zdobył to siłą, nie bacząc na protesty. „Nie" znaczy „nie". Jak sądzę, ekspertyza lekarska, a zwłaszcza opis obrażeń, przekona przysięgłych, że do stosunku doszło bez przyzwolenia drugiej strony. Zgoda, ja też kochałam się czasem na ostro, ale nigdy nie musieli mnie potem zszywać. Obrona będzie twierdziła, że ich poniosło i nie zauważyli, iż kobiecie dzieje się krzywda. Jeśli przysięgli dojdą do wniosku, że ofiara nie protestowała, teraz tego żałuje i kłamie, to zgodnie z moim stanowiskiem powinni odnotować znaczne upojenie alkoholowe ofiary zaburzające jej percepcję dotyczącą zarówno braku reakcji na ból związany z rozerwaniem odbytu, jak i zdolność udzielenia zgody na odbycie stosunku. Tak czy inaczej, chcę udupić tego sukinsyna.

Weekend szybko mija. Carl jest na konferencji, ale nie na tej dotyczącej uzależnień seksualnych, tylko na innej, o uzależnieniu od pornografii internetowej; w ostatniej chwili zwolniło się miejsce. Wysyłam mu zdjęcia Matyldy bujającej się na huśtawce i pijącej gorącą czekoladę w parku, symbol niewinności – szczepionkę, która ma go uodpornić na te wszystkie okropieństwa. Dzwoni do mnie jego matka i rozmawiamy o przyszłym weekendzie.

– Lodówka będzie pełna – mówię. – Zostawię plan posiłków, więc nie będziesz musiała o tym myśleć.

– Nie trzeba, jestem pewna, że sobie poradzę i coś ugotuję. Czy Matylda ma w weekend jakieś zajęcia? Nigdy nie wiem, co kiedy robi.

– Jeden weekend może sobie odpuścić, tak będzie prościej. – Carlowi to się nie spodoba, ale nie chcę jej zmuszać do tego, żeby ciągnęła Tilly na basen.

– Dzięki. Rzeczywiście, tak będzie łatwiej.

– Zdecydowanie. Ja też wolę trzymać się z dala od wody – dodaję ze śmiechem.

– Tak, Carl mi mówił.

Ona się nie śmieje, więc szybko kończę rozmowę. Lepiej będzie, jeśli to on z nią porozmawia i ją uspokoi.

Poniedziałek gładko przechodzi we wtorek i zaczyna się pięciodniowy proces zbiorowy w sądzie koronnym Harrow, kolejny rozbój. Patrick dosyła mi dokumenty. W sprawie Madeleine Smith nabieram ostrożnego optymizmu – mamy więcej informacji, niż się spodziewaliśmy.

W piątek przysięgli uwijają się tak szybko – mój oskarżony dostał sześć lat, surowo, ale sprawiedliwie – i chociaż ogłoszenie wyroku i rozmowa z klientem trochę trwają, jestem wolna już o trzeciej. Robert i Sankar zapraszają mnie na drinka, lecz z radością odmawiam. Wracam do domu. Chcę spędzić ten dzień z córką.

Pizza, film o pandzie, która fantastycznie opanowała zasady sztuk walki, i Matylda jest szczęśliwa. Szczerze mówiąc, ja też. Przez cały tydzień rozmawiałam z Patrickiem tylko o sprawach służbowych. Nie muszę już zmywać go z siebie pod prysznicem, nic mnie nie rozprasza i mogę całkowicie poświęcić się rodzinie. Znów jestem kobietą prawą i etyczną. I nie jest to jedyna nagroda. Mój telefon milczy, nie przychodzi ani jeden SMS z groźbami czy zarzutami. Bez względu na to, co mówi Patrick, wiem, że chodzi o niego, że ma z tym coś wspólnego. Trzymam się od niego z daleka i anonim osiąga swój cel, choć nie bezpośrednio. Łatwizna, przynajmniej w tym tygodniu.

Kiedy Tilly zasypia, zaczynam się pakować. Carl wyjechał na pilne wezwanie, zadzwonił do niego pacjent w bardzo złym stanie, z którym spotka się w gabinecie terapeutycznym, wynajmowanym w klinice medycyny

alternatywnej w Tufnell Park. Biedak musi na razie wy-
wieszać swoje dyplomy w domu – pełny sukces osiągnie
dopiero wtedy, kiedy będzie mógł je powiesić w pracy,
nie dzieląc się gabinetem z innymi terapeutami. Dobrze
go rozumiem. Zdobycie własnego biurka w kancelarii
kosztowało mnie wiele wysiłku; biurka i tabliczki z nazwiskiem na liście pełnoetatowych pracowników wywie-
szonej przed wejściem do kancelarii – wciąż pamiętam
dreszcz, jaki mnie przeszedł, kiedy ją zobaczyłam.

Przeglądam sukienki w szafie i wyjmuję kopertową,
która zawsze mi się podobała. Carl miał do niej jakieś zastrzeżenia, chyba do długości, ale uważam, że ładnie na
mnie leży. Wkładam ją do torby na łóżku i znów przypomina mi się podniecenie, jakie ogarnęło mnie, kiedy
dostałam etat. Ja się tego dochrapałam, a Carl nie. Stracił
pracę i musiał zająć się domem, podczas gdy ja robiłam
karierę. Owszem, ma coraz więcej klientów i jego męska
grupa jest wielkim osiągnięciem w kontekście praktyki
zawodowej, ale wciąż musi dzielić się gabinetem z aroma-
terapeutą i uzdrowicielem reiki. Wszystkie dowody jego
sukcesów wiszą na ścianie w naszej kuchni.

Wyjmuję z torby sukienkę kopertową i wkładam ją
z powrotem do szafy. Zdejmuję z wieszaka tę, którą kupił
mi na Gwiazdkę kilka lat temu, gdy przez parę godzin
wrzeszczeliśmy na siebie po kolacji.

– Kiedy ja coś takiego na siebie włożę?! – krzyczałam. – Ty zupełnie mnie nie znasz! – Uznałam, że sukienka jest czystym afrontem, bo jej kusa długość i czerwień
podkreślały każdy mankament mojego zniekształconego
ciążą ciała.

– Będzie pasowała, choć raz włóż coś innego – powiedział zdumiony moim wybuchem.

– Nie mów mi, co mam robić! – wrzasnęłam i załamana
przepłakałam cały wieczór.

Macam materiał i przykładam ją do siebie. Jest jak nowa,
wciąż ma metkę. I wcale nie jest taka brzydka. Podobała-
by się Patrickowi. Dlaczego Patrickowi? Nie Patrickowi,

tylko Carlowi. Chciałabym, żeby mi to powiedział, żeby wykonał ten gest, podziękował za coś, co mu dałam czy dla niego zrobiłam. Zrzucam ubranie i przymierzam ją. Krzywię się, bo jest obcisła, ale nie, nie wygląda tak źle. Jest dobrze skrojona i podkreśla atuty, a mankamenty ukrywa pod błyszczącym czerwonym jedwabiem. Wyginam się przed lustrem – całkiem nieźle. Zdejmuję ją, pakuję do torby i wkładam piżamę.

Jest już prawie dziesiąta, więc piszę do Carla, pytając, kiedy wróci.

Już niedługo – odpowiada. – Przepraszam, nagły przypadek. Nie czekaj na mnie xx.

Odpisuję: OK. Kolorowych snów xx.

Oby tylko skończył do jutra, nic innego mnie nie obchodzi.

Czytam thriller o toksycznym małżeństwie, w którym wszystko się wali. Uśmiecham się – to nie my, już nie. My jedziemy na weekend. Zasypiam z uśmiechem na ustach i książka wysuwa mi się z rąk.

• • •

– Wolałbym samochodem – mówi rano.

Leżymy jeszcze w łóżku.

– Dlaczego? Pociągiem jest o wiele szybciej. – Nie chce mi się tkwić w tych korkach.

– Tak wolę. Będę mógł spędzić z tobą więcej czasu. – Pochyla się i całuje mnie.

– Więcej czasu w korkach? To denerwujące.

– Może ich nie będzie. Będziemy prowadzić na zmianę.

– Jak chcesz. – Wkurza mnie to, ale w ten weekend muszę się postarać.

– Spokojnie, jestem trochę zmęczony, ale cię zmienię.

– O której wróciłeś?

– Po pierwszej. Był w strasznym stanie, myślał o samobójstwie. Nie mogłem go tak zostawić. Wiesz, jak to jest. – Carl ma zatroskaną minę.

Na szczęście nie wiem i nie chcę wiedzieć. Ale przyznaję, że tak, to straszne.

– Okropne. Nie wiem, czy kiedykolwiek do tego przywyknę.

– Mam nadzieję, że nie będziesz musiał. Cóż, przynajmniej mu pomogłeś.

– O ile pomogłem. Nie wiem. Bardzo się martwię.

– Zrobiłeś, co w twojej mocy, i jestem pewna, że wspaniale ci poszło. Pamiętaj, że ty też musisz czasem odpocząć – mówię, obawiając się, że weekend nie wypali.

Carl wzdycha.

– Ma mój numer. I pod koniec spotkania trochę odżył.

– Widzisz? Nic mu nie będzie.

Zamiast odpowiedzieć, Carl przewraca się na bok i obejmuje mnie. Leżymy tak przez chwilę, ale przypomina mi się, że zaraz przychodzi jego matka. Wstajemy, bierzemy prysznic, dajemy Matyldzie śniadanie. Już nie nalegam na pociąg. Kiedy teściowa przychodzi, całuję ją na powitanie i idę do salonu, żeby Carl mógł ją ze wszystkim zapoznać. Nie żebym się z nią nie dogadywała, ale uważam, że on lepiej to zrobi. Siedzę na sofie i czekam, aż skończą. Tilly biegnie za nimi i nagle wskakuje jej na kolana.

– Ostrożnie, kochanie, nie tak gwałtownie. – Teściowa uśmiecha się, lecz tylko ustami.

– Przepraszam, babciu. – Matylda zeskakuje na podłogę i podbiega do Carla, który robi karuzelę i sadza ją obok siebie.

– Będziesz grzeczna, prawda? Będziesz jadła wszystko, co babcia ci poda, i pójdziesz spać, kiedy ci każe. Tak?

Tilly potakuje, zagryza usta i nie wytrzymuje.

– Kiedy wrócicie?

– Już ci mówiłem, będziemy tam tylko jedną noc – odpowiada Carl.

– I będę mogła z wami porozmawiać?

– Oczywiście. Możesz zadzwonić w każdej chwili, wystarczy, że poprosisz babcię.

Wkrótce potem wyjeżdżamy. Nie chcemy tego prze-
dłużać, to nie było fair. Teściowa jest coraz bardziej spięta: poprawia zasłony i poduszki na sofie, aż są idealnie
ułożone. Wychodząc z salonu, widzę, że ustawia bibeloty
na kominku w idealnym porządku, od najmniejszego do
największego. Matylda odprowadza nas do drzwi i rzuca
się nam na szyję. Nie mierzę czasu, ale wydaje mi się, że
Carla obejmuje dłużej niż mnie. Może to tylko moja wyobraźnia. Wmawiam sobie, że dobrze jej to zrobi, że powinna spędzać więcej czasu z innymi członkami rodziny.
Poza tym matka Carla nie jest taka zła. Historie, które czasem opowiada, są trochę... niepokojące, ale jeśli cieszy się
z tego, że pobędzie z Matyldą, cieszę się i ja.

– Będzie dobrze. Prawda? – pytam, włączając kierun-
kowskaz i wyjeżdżając na ulicę.

– Miejmy nadzieję. Nie mów tylko, że masz wątpliwości.

– Nie, absolutnie, tylko...

– To był twój pomysł – przerywa mi szorstko.

– Wiem, ale...

– Nie, dajmy temu spokój. Nic im nie będzie. Ostatecznie wyszedłem na ludzi, więc nie może być aż tak złą matką – dodaje łagodniej.

Milknę. Jest duży ruch i muszę się skupić. Kiedy prze-
bijamy się przez największe korki, chcę go spytać o tę konferencję, ale widzę, że oparł głowę o szybę, podłożył pod
nią szalik i zasnął. To dobrze, bo jest niewyspany, lecz im
dłużej jedziemy, tym bardziej jestem poirytowana. Nie
chcę go budzić, myśląc, że sam wstanie i mnie zmieni, ale
śpi jak zabity i przez ponad trzy godziny ani drgnie.

– Czemu mnie nie obudziłaś? – pyta, wysiadając.

– Chciałam, żebyś się wyspał – odpowiadam wesoło
z nadzieją, że wynagrodzi mi tę wspaniałomyślność. Ale
on idzie prosto do hotelu ani mi nie dziękując, ani w ogóle
tego nie komentując. Wlokę się za nim z torbą.

– Chcę się napić. – Wchodzimy do pokoju i idę prosto
do minibarku. – Kurwa mać. To jakiś żart? – Gwałtownie

przestawiam butelki, żeby sprawdzić, czy jakiejś nie przeoczyłam, ale nie. Tylko woda, gazowana i niegazowana. I puszka fanty. – Chyba się zabiję.

– Uspokój się. Nie musisz teraz pić. Dopiero druga, jest o wiele za wcześnie. – Carl mówi łagodnym, kojącym głosem, jakby rozmawiał z marudzącą Matyldą.

Mam ochotę go uderzyć.

– Może i nie muszę, ale chcę! – podnoszę głos. – Po tej jeździe padam na pysk, a ty cały czas spałeś!

– Poprosiłem, żeby zabrali z pokoju cały alkohol. Nie musimy pić, żeby dobrze się bawić.

– Czy ja dobrze słyszę? Ty świętoszkowaty kutasie!

– Zrobię ci gorącą kąpiel, zaparzę herbatę i od razu poczujesz się lepiej. – Wstaje i idzie do łazienki. Słyszę szum wody i pokój wypełnia kwiatowy zapach. Carl wraca i nastawia czajnik. Odbiera mi mowę. Na chwilę.

– Naprawdę poprosiłeś, żeby zabrali cały alkohol? Poważnie? – Z trudem panuję nad głosem.

– Tak. Przestań, Alison, dobrze wiesz, jaka jesteś po alkoholu. Nie psujmy tego wyjazdu. Nie chcę, żebyś tak wcześnie piła. Spędzimy miłe popołudnie i wypijemy coś wieczorem.

Podchodzi bliżej i wyciąga rękę. Wyciągam swoją, sztywno i z wahaniem, a on przyciąga mnie do siebie i przytula. Innym razem bym go zabiła, ale nie chcę psuć weekendu, chociaż coś mnie od Carla odpycha.

• • •

Po herbacie ucinam sobie drzemkę. Wiem, że czekają na nas słynne Lanes, wąskie alejki pełne sklepików, i Pawilon Królewski, ale lecę z nóg: dopada mnie całotygodniowe zmęczenie, poza tym jestem skonana po tej cholernej jeździe. Carl też drzemie, wciąż zmęczony, mimo że przez całą drogę spał. Kładę się obok niego, opieram głowę na jego piersi, odpływam i zaspana budzę się dopiero o zmierzchu. Carl też już nie śpi; podaje mi szklankę wody. To dziwne, ale bardzo chce mi się pić. Uśmiecha się do mnie.

– Pora na kolację, lepiej zacznijmy się szykować.

Odrzucam koc i wstaję. Nie zdążyłam nawet zobaczyć morza, ale światełka na molo są śliczne. Może rano będzie słońce? Pójdziemy na spacer plażą, będziemy wsłuchiwać się w chrzęst kamyków i krzyk mew. Czytałam, że niektórzy skaczą z mola do wody, codziennie się kąpią, bez względu na pogodę, członkowie klubu morsów czy czegoś tam. Jeśli wcześnie wstaniemy, może ich zobaczymy. Pływać na głębinie, nie wiedząc, co jest na dnie, nie zważając na zimno i na to, że mogą wciągnąć cię fale – próbuję wyobrazić sobie, jak to jest.

Biorę prysznic i ubieram się, kiedy Carl się kąpie. Wkładam tę sukienkę i im dłużej przeglądam się w lustrze, tym bardziej się sobie podobam. Niby ja, ale nie ja. Patrząc na siebie jego oczami, czuję się tak, jakbym popełniła jakieś wykroczenie, bo z matki jego dziecka stałam się nagle kimś, kto nie boi się błysnąć odrobiną biustu i tyłka opiętego czerwonym jedwabiem. Kupiłam nawet specjalną bieliznę, czarny pushup i majtki, też czarne, ale o wiele mniejsze od tych, które zwykle noszę, a nawet pończochy z podwiązkami. Pełny ekwipunek. Chce kiczowatej sztampy, to będzie ją miał, w dodatku zapakowaną w Gwiazdkową sukienkę. Nie pasuje do mnie, ale nieźle wygląda. Prawdziwa petarda.

Wychodzi z łazienki, ale nie od razu mnie zauważa. Stoję przed lustrem w sypialni, malując oczy kredką kohlową. Sprawdzam, czy kreski są równe i dopiero teraz widzę, że mi się przygląda.

– Idziesz… w tym? – Niemal słyszę, jak lustro pęka na pół.

Odwracam się.

– Przecież ci się podobała, sam mi ją dałeś.

– Mówiłaś, że źle leży. – Zdejmuje ręcznik z bioder i wyciera włosy.

– Zmieniłam zdanie. Nie podoba ci się? – Mam coś w gardle, gulę, która utrudnia mi oddychanie.

– Nie, dlaczego, jest w porządku. Ale chyba miałaś rację, nie umiem kupować ci ubrań. Zabrałaś coś innego? – Siada na łóżku i wkłada skarpetki.

Chce mi się płakać. Na miłość boską, przecież zrobiłam kreski à la Amy Winehouse! Nie płaczę, choć prawie.

– Aż tak źle wyglądam?

– Nie, coś ty. W czymś innym byłoby ci może wygodniej, i tyle. Ale skoro nie masz nic innego… – W samych skarpetkach podchodzi do torby i wkłada majtki. Potem dżinsy i niebieską koszulę. Ilekroć sugeruję, żeby przeszedł na inny kolor, zawsze puszcza do mnie oko i mówi, że niebieski podkreśla błękit jego oczu.

Podchodzi i staje obok mnie. Nasze odbicia zaglądają do pokoju, elegancki mężczyzna z iskrą w oku i ja, przesadnie odpicowana laska.

– Wyglądasz trochę jak zdzira, ale jak moja zdzira. – Całuje mnie w policzek. – To jak? Idziemy? Chciałaś się napić.

Wychodzi tak szybko, że nie zdążam zamknąć rozdziawionych ust. Jego słowa bardzo bolą, ale to, jak przebiegnie wieczór, zależy teraz tylko ode mnie. Albo będę przewrażliwiona i powiem mu, że zachowuje się jak palant, albo postawię na poczucie humoru i przestanę być żałosna. Ta pieprzona sukienka może mu się nie podobać, ale sam ją wybrał, poza tym bez względu na to, co mówi, nieźle w niej wyglądam. Biorę płaszcz i wychodzę na korytarz. Carl zamyka drzwi i schodzimy na dół.

• • •

Szczyt wzgórza, róg ulicy i jesteśmy na Lanes. Zarezerwował stolik w hiszpańskiej restauracji specjalizującej się w tapas – „Ma dobre recenzje w «Guardianie»". Restauracja jest rzeczywiście ładna, krzesła niemal wygodne, a stoliki stoją daleko od siebie. Jako jedyna jestem w sukience, przesuwam ukradkiem palcami po zębach, żeby sprawdzić, czy nie ma na nich czerwonej szminki, i wychodzę z tego z klasą. Jest kelner – proszę o dżin z tonikiem. Kiedy pyta jaki, przypomina mi się Madeleine i biorę hendrick'sa. Carl przegląda kartę koktajli i pyta kelnera, co może polecić, lecz mimo kilku sugestii długo cmoka i wzdycha, porównując zalety Mrocznego i Burzliwego z zaletami Staromodnego. W końcu ja też zaczynam się czuć mrocznie i burzliwie, lecz nagle wybiera Seksi Martini z zalewą z oliwek – może to jakiś omen, znak, że właśnie tak skończy się ten wieczór? Carl zachowuje się na razie jak ostatni ciul, ale mam nadzieję, że odpręży się po alkoholu.

– Wiesz już, co zamówić? – pyta.

Zaglądam do menu i stwierdzam, że wszystko wygląda dobrze.

– Obojętnie. Weź, co chcesz.

Kiedy wraca kelner, dyktuje mu listę potraw. Nie słucham, bo dżin przyjemnie drapie mnie w gardle i rozluźnia ramiona. Kiedy Carl kończy zamawiać, proszę o jeszcze jeden i otwieram kartę win.

– Białe czy czerwone? – pytam.

– Białe. Chyba. Podają je tu na kieliszki?

– Wezmę butelkę. Dobrze, niech będzie białe. – Przebiegam wzrokiem listę i widzę sauvignon, lecz opieram się pokusie. Jest i biała rioja, więc wzywam kelnera i wskazuję ją w karcie. Przynosi butelkę w chwili, kiedy drugi kelner zaczyna rozstawiać na stole talerze. Carl zamówił tonę jedzenia: krokiety z szynką, patatas bravas, tortille, coś z mackami ośmiornicy, krokiety innego rodzaju i, co naprawdę boskie, kozi ser z miodem. Milczymy. Wąchamy to wszystko i jemy. Przestałam nawet pić, lecz kiedy kończymy, siadam wygodnie i pociągam solidny łyk.

– Dużo lepiej – mówię. – Byłam głodna jak wilk.

– Coś takiego, wszystko zjedliśmy. Myślałem, że za dużo zamówiłem.

– Nie, w sam raz. – Dopijam wino, biorę dolewkę i przesuwam butelkę w jego stronę. – Co dalej?

Patrzy na zegarek.

– Już późno. Może wypijemy drinka w hotelu?

Krzywię się.

– Nie pójdziemy potańczyć?

Ucina dyskusję.

– Przecież wiesz, że nie lubię.

– Wiem. Zaraz wracam. – Upijam kolejny łyk i idę do toalety. Nie zataczam się, myślę jasno i trzeźwo. To jeden z plusów sutego podkładu.

Zostajemy jeszcze trochę, dopijając butelkę i pokolacyjny koktajl, choć w moim przypadku jest to kolejny dżin. Carl znów wdaje się w rozmowę z kelnerem i prosi o armagnac. Próbuję i aż mnie rzuca – jest dla mnie za mocny.

Wychodzimy około wpół do dwunastej. Noc jest ciemna, chłodna i przejrzysta. Brighton przygotowuje się do zimy, o ile zima już tu nie zawitała. Na niebie mrugają gwiazdy, których nie widać w Londynie, bo tu nie przesłania ich pomarańczowa łuna. Zahaczam obcasem o płytę chodnikową, potykam się i przytrzymuję jego ramienia. Początkowo pomaga mi niechętnie, ale w końcu bierze mnie pod rękę. Na szczycie wzgórza przystajemy, całujemy się i Carl mówi:

– Przepraszam, w hotelu zachowałem się jak ostatni cham. Wyglądałaś cudownie.

Kręci mi się w głowie. Wspomnienia z kolacji rozmazują się i jak przez mgłę pamiętam tylko nieliczne momenty. Krokiety. Tak, to pamiętam najlepiej. Były bardzo dobre. Zachował się jak ostatni cham? Musiało mi to umknąć. Jeśli tak mówi, to pewnie tak było, ale nie zauważyłam. Lubię, kiedy trzyma mnie pod rękę, lubię, kiedy mnie całuje. Zarzucam mu ręce na szyję, znów się całujemy, tym razem dłużej, i robi nam się coraz cieplej. Nie wiem, czy to na skutek tego, że zmieniliśmy otoczenie i uległam czarowi rozpustnego weekendu w Brighton, ale wyraźnie czuję, że mam ochotę. To coś więcej niż noc z Patrickiem.

– Wracajmy – mówię, ciągnąc go za rękę.

Ruszamy. Znów się potykam i Carl podtrzymuje mnie, żebym nie upadła. Całujemy się u stóp wzgórza, całujemy się przed wejściem do hotelu.

– Chodźmy na jeszcze jednego drinka – proponuje on i całujemy się w barze.

A potem nic. Czarna pustka.

● ● ●

Obserwuje mnie z krzesła. Na wpół ubrana leżę w poprzek łóżka. Jest rano i pokój wypełnia chłodne światło. Carl jest nieogolony i ma podkrążone oczy. Czuję pod pupą coś lepkiego. Dotykam tego i zbliżam rękę do twarzy. Mam czerwone palce. Przewracam się na bok i patrzę. W miejscu, gdzie spałam, jest duża czerwona plama. Wciąż mam na sobie pas, majtki i stanik. Ogarnięta strachem podnoszę wzrok.

– Co się stało?

– Dobrze wiesz co.

– Nie wiem, nie mam pojęcia. Pamiętam, że weszliśmy do baru, a potem nic, czarna pustka. – Jeden strach mija, lęgnie się drugi.

– Dlatego nie chciałem, żebyśmy pili.

Carl ma zmęczony głos. Dopiero teraz zdaję sobie sprawę, że wciąż jest w ubraniu, które miał na sobie wieczorem.

– Spałeś na krześle?

– W ogóle nie spałem. Cały czas myślałem, zachodziłem w głowę, co poszło nie tak, co takiego zrobiłem, że jesteś tak nieszczęśliwa i ciągle się upijasz.

Już myślę, że wstanie i podejdzie do mnie, ale on tylko poprawia się na krześle.

– Nie wypiłam tak dużo. – Liczę: dwa dżiny z tonikiem, pół butelki wina, jeszcze jeden dżin. Najwyżej tyle, nie więcej. To za mało, żeby urwał mi się film. – Przepraszam, nie chciałam.

135

– Powinnaś bardziej się postarać. Kiedy jesteś w takim stanie, ciężko z tobą żyć. Nie umiesz nawet o siebie zadbać. – Wskazuje łóżko. – Udało mi się tylko cię położyć i rozebrać, żeby było ci wygodniej. Byłaś tak pijana, że nie zorientowałaś się nawet, że dostałaś okresu. Spójrz na siebie.

Patrzę. I widzę. Wiem, że wygląda to dość paskudnie. Ale siedzi przede mną mężczyzna, którego po urodzeniu Matyldy wysyłałam po krem do sutków, krem na hemoroidy i podpaski poporodowe wielkości barki rzecznej. Zesrałam się przy nim podczas porodu! Odkąd to budzę w nim obrzydzenie?

– Jak to się stało? – Siadam i podciągam kolana do piersi. Kręci mi się w głowie, przełykam coś gorzkiego.

Zbywa mnie krótkim:

– Za dużo wypiłaś.

– Nie, jak to się stało, że… że tak w ogóle… – Mam coraz silniejsze mdłości.

– Ja też się…

Ale już nic nie słyszę, bo dzwoni mi w uszach, bo przed moimi oczami tańczą światła i gorzkie wymiociny podchodzą mi do gardła. Zrywam się z łóżka i biegnę, lecz nogi zaplątują się w leżącą na podłodze sukienkę. Wymiociny napierają, napierają i nagle wybuchają, tryskają na mnie i na cały pokój, mieszanina wina i kawałków hiszpańskich tapas. Carl robi unik. Ma wykrzywioną twarz.

– Nie potrafię nawet… – Kręci głową, patrzy na mnie, w bok i znowu na mnie. – Alison, mam tego dość, sama dojdź ze sobą do ładu. Każdy czyn pociąga za sobą konsekwencje, a te nie pójdą w zapomnienie. Wyjeżdżam. Przedłużę rezerwację pokoju, żebyś mogła się ogarnąć, ale ja jadę do domu. Wróć dopiero wtedy, kiedy będziesz mogła pokazać się Matyldzie.

Coś bym powiedziała, błagałabym, żeby został, ale zbyt fatalnie się czuję, bo kwas zżera mi przełyk. Leżę na podłodze we własnych rzygowinach zbyt żałosna, żeby choćby przeprosić. Carl wychodzi, zamyka drzwi, a ja znów dostaję mdłości. Tym razem dobiegam do toalety i wymiotuję, aż nie mam czym, aż z ust leje się żółć. Dopiero wtedy wstaję, wracam do łóżka i drzemię do zachodu słońca, dopóki jestem w stanie znieść ten smród.

13

Wracam do Londynu i wymazuję to wszystko z pamięci, zażenowanie sprzątaczek na widok pokoju i swoją ucieczkę. Jedynym plusem tego koszmaru jest to, że nie znają mojego nazwiska, tylko Carla. Każdego wieczoru próbuję z nim porozmawiać, dociec, w którym momencie zaczęło się między nami psuć, ale on za każdym razem zasłania się tarczą kurtuazji i sprytnie mnie unika, pracując do późna albo wcześnie chodząc spać. Jestem gotowa się poddać i w miarę upływu dni coraz częściej odsuwam chęć rozmowy na później. W czwartek jest przesłuchanie przygotowawcze Madeleine Smith i napływają materiały, których zażądałam, bogate w szczegóły i przydatne dla obrony. Carl nie chce ze mną rozmawiać, za to przemawiają do mnie potencjalni świadkowie.

Jestem zaskoczona, że nie doszło do tego wcześniej. Tyle musiała znieść. Widziałam te urazy, te siniaki na twarzy i ramionach. Najbardziej wstrząśnięta byłam latem dwa tysiące siedemnastego, gdy na jej ręku zobaczyłam trzy ślady po przypalaniu papierosem. Nie chciała powiedzieć, skąd je ma, ale nie wyglądało to na przypadek.

To jej przyjaciółka Maud, jedna z matek ze szkoły podstawowej Jamesa i florystka. W dodatku nie byle jaka florystka, bo mieszka w Mayfair, ma własne studio i prowadzi specjalistyczne kursy wieczorowe. Kiedyś chciałam się nawet zapisać.

Raz byłam świadkiem, jak się do niej odzywa. Mówił strasznym głosem, gniewnym, naprawdę okropnym. James, ich syn, często chorował i Edwin nie mógł tego znieść. Chyba uważał, że Madeleine za bardzo go rozpieszcza i skrzyczał ją za to, że zwolniła go wcześniej ze szkoły. „Nie mogę uwierzyć, że to zrobiłaś, nie będę tego dłużej tolerował!". Byłam przerażona.

Potwierdza to zeznania Madeleine. To, co mi powiedziała, doskonale pasuje do linii obrony, która zakłada, że zabiła go, tracąc nad sobą panowanie, a to już nie morderstwo, tylko zabójstwo umyślne. Musimy dowieść, że Edwin regularnie używał przemocy, że jego zachowanie tamtego tragicznego wieczoru było kroplą przepełniającą czarę i że na jej miejscu każdy straciłby nad sobą kontrolę. Z jej zeznań wynika, że tak rzeczywiście było.

Następne oświadczenie, jej lekarza.

Pracuję w klinice przy Wigmore Street jako internista i Madeleine Smith jest moją pacjentką od dwa tysiące szóstego roku. Przychodziła do mnie regularnie z serią urazów, głównie niewielkich, choć niektóre wymagały leczenia szpitalnego. Odświeżyłem pamięć dzięki notatkom, których kopię załączam jako dowód Nr 1, jednak dwie wizyty utkwiły mi w pamięci tak bardzo, że nie musiałem do nich zaglądać. Do pierwszej doszło latem dwa tysiące dziewiątego roku. James, jej syn, miał wówczas pięć lat i też był moim pacjentem. Ciężko zachorował, miał wymioty i biegunkę, był do tego stopnia odwodniony, że musiałem skierować go do szpitala na kroplówkę. Następnego dnia rano Madeleine Smith przyszła do mnie z poważnym oparzeniem na prawym udzie. Powiedziała, że poprzedniego wieczoru była tak zdenerwowana hospitalizacją syna, że oblała się wrzątkiem z czajnika. W jej zachowaniu było coś dziwnego, ale przypisałem to naturalnej trosce o dziecko. Za drugim razem zgłosiła się do mnie w dwa tysiące siedemnastym roku. Przyszła bardzo zdenerwowana. Kiedy przestała płakać, pokazała mi wewnętrzną stronę lewej ręki, na której zobaczyłem trzy oparzenia wskazujące na to, że zgaszono na niej papierosa. Spytałem, jak to się stało, ale nie chciała tego wyjaśnić, tylko znów wybuchnęła płaczem i powiedziała, że jest bardzo nieszczęśliwa, ponieważ mąż wysyła syna do szkoły z internatem. Opatrzyłem jej rękę i próbowałem nakłonić do zwierzeń. Jeszcze bardziej zaniepokoił mnie mały palec u jej lewej ręki, ponieważ był zakrzywiony, jakby kiedyś go złamała i źle się zrósł. Ponownie spytałem ją o oparzenia na wewnętrznej stronie ręki i ten palec, ale wyszła, nie udzielając mi odpowiedzi, i od tej pory jej nie widziałem. Szczegółowy opis tych przypadków znajduje się w załączonej karcie chorobowej.

Przeglądam załącznik, listę oparzeń, skaleczeń i siniaków. Chronologia wskazuje na to, że do incydentów dochodziło dwa, trzy razy w roku, a ich nasilenie nastąpiło między dwa tysiące dziewiątym a dwa tysiące siedemnastym rokiem. Opisane w oświadczeniu przypadki są prawdopodobnie najpoważniejsze, jednak lekarz wspomina także, że zszywał jej kiedyś ranę na lewym ramieniu („Jestem taka niezdarna"). Tego rodzaju uwag jest pełno. Nic nie wskazuje na to, że próbował wyciągnąć z niej więcej szczegółów, jednak jest oczywiste, że o tym myślał.

Uważałem, że jeśli za bardzo ją przycisnę, przestanie do mnie przychodzić, a tak miałem przynajmniej dokładną listę jej obrażeń i gdyby kiedyś zechciała wnieść oskarżenie, dysponowałbym pełną dokumentacją.

Tak brzmi końcowa uwaga.

Wszystko to jest pomocne. Niezwykle pomocne, jeśli nie rozstrzygające. Ale dla mnie prawdziwą złotą żyłą jest oświadczenie Petera Harrisona, nauczyciela francuskiego, który udzielał Jamesowi korepetycji podczas wakacji i ferii, ponieważ opisuje panującą w ich domu atmosferę — Kiedy Edwin wychodził do pracy, panował spokój, ale kiedy był w domu, Madeleine i James bardzo się denerwowali —

a konkretnie sytuację sprzed pół roku, gdy siedział z Jamesem przy kuchennym stole.

James chciał zdjąć sweter. Kiedy go zdejmował, podciągnął mu się podkoszulek i zobaczyłem jego klatkę piersiową. Byłem wstrząśnięty. Na bokach miał siniaki, czarne i jasnofioletowe. Zobaczył, że patrzę, i powiedział: „Rugby". Nie spytałem o nic i bardzo tego żałuję. Rzecz w tym, że latem nie gra się w szkole w rugby, tylko w krykieta.

Odrywam wzrok od kartki. Chociaż po rozmowach z Madeleine wiem, czego się spodziewać, ściska mnie w sercu.

Przyszło podsumowanie wyników nowej ekspertyzy psychiatrycznej i tak, jak myśleliśmy, jest niezwykle pomocne. Pełna ma być gotowa za dwa tygodnie i bardzo na nią czekam. Linia obrony jest coraz mocniejsza. Mam dobre przeczucia.

•　•　•

Kiedy przychodzą Madeleine i Patrick, w todze i peruce czekam przed salą rozpraw numer siedem. Francine też jest, ale trzyma się na uboczu. Swędzi mnie głowa pod peruką, ciąży toga. Nigdy dotąd tego nie czułam, ale gdy widzę Patricka, każda komórka mojego ciała staje się nadwrażliwa; mam wtedy rumieńce i zaczyna mnie swędzieć wewnętrzna strona dłoni. Maskuję to oficjalnym tonem głosu, tłumacząc Madeleine, co ją dzisiaj czeka.

– Obawiam się, że będzie pani musiała stanąć na miejscu dla świadków. Spytają panią o imię, nazwisko i adres, a potem urzędnik sądowy odczyta listę zarzutów i spyta, czy przyznaje się pani do winy.

– Naprawdę uważa pani, że nie powinnam się przyznać? – pyta Madeleine.

– Na podstawie tego, co mi pani powiedziała, tak, tak uważam. Byłabym bardzo nieodpowiedzialna, gdybym radziła inaczej. Jak już mówiłam, kiedy otrzymamy resztę dowodów, wniesiemy o zmianę zarzutu na zabójstwo umyślne. Wspominam o tym, ale dzisiaj tak daleko nie zajdziemy.

Odwracam się do Patricka i nie zważając na to, że gwałtownie ściska mnie w żołądku, pierwszy raz, odkąd przyszłam, nawiązuję z nim kontakt wzrokowy.

– Alison ma rację – mówi. – Dokładnie to przemyśleliśmy. Poza tym mamy zeznania świadków, które potwierdzają wszystkie aspekty pani zeznań.

– Tylko aspekty? – pyta Madeleine.

– Tej nocy była tam pani sama, ale dowody potwierdzają pani słowa.

Madeleine wybucha śmiechem. Ja też się uśmiecham, nie wiedząc, skąd u niej ta nagła wesołość, lecz mój uśmiech szybko zamiera. Madeleine nie przestaje, wciąż się śmieje, coraz bardziej histerycznie. Patrick bierze ją za ramię i delikatnie potrząsa.

– Proszę się uspokoić – mówi. – Musi się pani opanować.

Madeleine bierze głęboki oddech, trzęsą się jej ramiona.

– Przepraszam. Pomyślałam, że przecież Edwin tam wtedy był, ale nic nie może powiedzieć. Już nie... – Zaczyna płakać.

Chcę ją pocieszyć, lecz kątem oka widzę mojego przeciwnika, który idzie korytarzem w stronę sali. Jeremy Flynn, adwokat, o jakim marzy każdy oskarżony. Rosły, przystojny, absolwent prywatnych szkół – szyty na miarę trzyczęściowy garnitur leży na nim tak dobrze, że wygląda jak z żurnala. Nie jest zbyt bystry, lecz robi wrażenie tak inteligentnego i mądrego, że przysięgli jedzą mu z ręki. Odkąd zobaczyłam jego nazwisko w stanowisku oskarżenia, miałam nadzieję, że będzie zbyt zajęty, żeby wziąć tę sprawę. Niestety, ale może podczas procesu znajdzie ciekawszą.

– Witaj, Alison – dudni basem. – Pozwolisz na słowo?

– Oczywiście. – Uśmiecham się i odwracam do Madeleine i Patricka. – Przepraszam, to tylko rozmowy wstępne. Idziemy korytarzem i przystajemy we wnęce.

– Czy naprawdę mam uwierzyć, że twoja klientka się dzisiaj nie przyzna? – Każde słowo ocieka skroplonym poczuciem wyższości. – Bo o ile dobrze pamiętam z podręczników, prawo karne zabrania dźgać ludzi nożem, w dodatku wielokrotnie.

Super, wykład głupka przemawiającego arystokratyczną angielszczyzną. Jakby miał kluski w gębie. Nie przestaję się uśmiechać.

– Przestań, Allie. Co ty tu w ogóle robisz? Pomyśl, jaka to strata czasu i pieniędzy. Może kieruje tobą błędne przekonanie, że powinnaś pomóc innej kobiecie, ale uwierz, nie oddajesz jej przysługi. Stary wyga ci to mówi, a mądrej głowie dość dwie słowie.

– Stanowisko obrony trafi do was w stosownym czasie – odpowiadam z przyklejonym do twarzy uśmiechem. – Mimo poglądu, jaki reprezentujesz, pragnę cię poinformować, że rozważamy możliwość przyznania się do zabójstwa umyślnego, będącego rezultatem utraty panowania nad sobą. Tymczasem mam nadzieję, że dostarczycie nam resztę dokumentów. Nie otrzymaliśmy jeszcze materiałów, których nie zamierzacie wykorzystać.

Flynn wzdycha.

– Cóż, Bóg kocha tych, którzy próbują. Ale już teraz mogę ci powiedzieć, że tracisz tylko czas. Marnujesz się, Allie, naprawdę się marnujesz. Dlaczego przydzielają ci tak beznadziejne sprawy? Pewnie nie są pewni, czy należycie przykładasz się do pracy i…

– Co ty…? – Gryzę się w język. Niech to szlag, omal nie dałam się sprowokować. Ale nie, po moim trupie. Bez słowa kiwam mu głową i wracam do Patricka i Madeleine. Flynn tego nie wie, ale w myśli wbiłam mu kopniakiem perukę w głowę tak głęboko, że z pękniętej czaszki wypływa mózg z odłamkami kości.

– Powiedział coś ciekawego? – pyta Patrick.

– Nie.

– Co za palant.

Patrzymy na siebie, znów solidarni jak kiedyś.

• • •

Przesłuchanie rozpoczyna się mniej więcej o czasie i dwadzieścia minut później jest po wszystkim. Może to najpoważniejszy proces, w jakim kiedykolwiek występowałam, ale teraz, kiedy już się rozpoczął, mam wrażenie, że nie różni się niczym od innych. Odczytano zarzuty, odnotowano, że oskarżona nie przyznaje się do winy. Przejrzano i utrzymano warunki kaucji, obie strony wymieniły stosowne dokumenty. W ciągu dwóch tygodni muszę przygotować pełne stanowisko, żeby oskarżenie zapoznało się z naszą linią obrony. Muszę też przekazać im ekspertyzę psychiatryczną. Oni zobowiązani są do przekazania nam swojego stanowiska wraz z niewykorzystanymi materiałami, które mogą nam się przydać. Nie spodziewam się cudów. Tak jak mówiłam Madeleine, wszystko zależy od tego, czy przysięgłych przekonają jej zeznania, to, co opowie im o swoich relacjach z mężem i wydarzeniach tamtej nocy.

Kiedy wychodzimy z sądu, ciągnie mnie za togę.

– Uwierzą mi? – pyta.

– Kto?

– Przysięgli. Uwierzą?

– Nie mogę tego obiecać, ale robimy wszystko, co w naszej mocy, żeby uwierzyli. – Poklepuję ją po ramieniu. Chyba jej nie pocieszyłam, ale odchodzi z siostrą, nie oglądając się za siebie.

– Czy nasze największe atuty wystarczą? – U mojego boku wyrasta Patrick.

– Nie wiem. Zależy od tego, co powie syn. Wiadomo, kiedy przyśle zeznania?

– Wciąż czekamy, aż oskarżenie potwierdzi, że zamierzają wezwać go na świadka. Ale nawet jeśli go wezwą, nie powie chyba nic, co by im pomogło, więc raczej zrezygnują. W każdym razie dopóki tego nie potwierdzą, nie ruszymy z miejsca.

To prawda. Nikt nie chce świadomie narażać nastoletniego chłopca na koszmar zeznawania w procesie matki oskarżonej o zabicie jego własnego ojca, jednak słowa Jamesa mogłyby całkowicie zmienić sytuację.

– Zaczekamy i zobaczymy. Szkoda, że ten durny Flynn nam nie pomoże. Ale mogę z nim pogadać, a przynajmniej spróbować. Jeśli uzna, że naprawdę się staram znaleźć inną linię obrony, to może coś do niego dotrze… Dobra, idę się przebrać. – Ruszam w stronę szatni.

– Masz ochotę na kawę? – pyta obojętnie Patrick.

Przystaję. I myślę.

– Tak. – Odwracam się i idę dalej.

Czeka na mnie przed sądem i ramię przy ramieniu idziemy do kawiarni niedaleko Ludgate Circus.

• • •

Omówiliśmy już sprawę Madeleine, sprawę gwałtu i duży proces narkotykowy, który Patrick wkrótce zaczyna. Milczenie jest o krok i oboje staramy się od niego uciec. Jeśli przestaniemy rozmawiać i ustanie hałas, jeśli choćby na milisekundę spotkamy się wzrokiem, kto wie, co się stanie. Może nachylę się i dotknę jego policzka, może pocałuje mnie w rękę, może wstaniemy, wyjdziemy, pojedziemy prosto do jego mieszkania i będziemy się pieprzyć, nie pytając, dlaczego zrobiliśmy sobie tak długą przerwę. Brakuje mi tchu i maskuję to, co pół minuty pijąc wodę. Patrick opowiada właśnie długą anegdotę o procesie, który ma się zacząć za tydzień w Nottingham – coś o pistoletach czy karabinach – kiedy brzęczy moja komórka. Milkniemy i patrzymy na siebie, czując, że grozi nam powtórka kłótni sprzed kilku dni.

– Nie przeczytasz? – pyta.

Waham się. Jeśli to coś złego, nie chcę o tym wiedzieć, bo znów zaczynamy się dogadywać. Chociaż to może być coś ważnego, związanego z Matyldą. Wyjmuję telefon. Carl: Mama zaprosiła nas na kilka dni. W tych okolicznościach myślę, że tak będzie lepiej. Zabieram Matyldę. Wrócimy w niedzielę.

Szybko mrugam. I odpowiadam: A szkoła? Dopiero czwartek.

Przez chwilę nic się nie dzieje, ale na ekranie widzę poruszające się kropeczki, co znaczy, że Carl pisze. Wreszcie kończy: Jeden dzień jej nie zbawi. Spotkanie z babcią dobrze jej zrobi.

Ogarnia mnie gniew. Zaczynam pisać odpowiedź. Przestaję. Nie ma sensu. Kiedy Carl podejmie jakąś decyzję, jest to decyzja ostateczna. Piszę coś innego: Masz rację. Bawcie się dobrze. Mam nadzieję, że kiedy wrócicie, wszystko sobie wyjaśnimy. Kocham was oboje.

Carl odpowiada: Wiem, że tak myślisz. Do zobaczenia w niedzielę wieczorem.

Odbiera mi oddech, jakbym oberwała pięścią w brzuch. Tego się nie spodziewałam. Patrzę tępo na ekran i wyłączam telefon. Co tu jeszcze mówić?

Patrick z kimś rozmawia. Nie zarejestrowałam początku, ale teraz słyszę, co mówi. Słyszę także dobiegające z głośniczka cichutkie trzaski wypełniające luki między zdaniami.

– Nie, nic podobnego… To nieporozumienie… Cóż, przykro mi, że tak uważa… – Ma spiętą twarz i skupiony na ścianie wzrok, chociaż kiedy zerkam przez ramię, nic tam nie widzę. – Kompletne nieporozumienie… Tak, to nic takiego, co… Nie, nie, nie o to chodzi… Dobrze, porozmawiam z nią i wszystko wyjaśnię.

Zaciska zęby i rozłącza się bez pożegnania.

– Wszystko w porządku?

Patrzy na mnie nieobecnym wzrokiem, lecz po chwili rozjaśnia mu się twarz.

– Tak, tak. Klientka się wkurzyła. Doradziłem jej, żeby się przyznała i jest niezadowolona. Wiesz, jacy oni są. Nieważne. A u ciebie? Wszystko gra? Znów te anonimowe SMS-y?

– Nie, to mąż. SMS-y już nie przychodzą. Od naszej ostatniej rozmowy.

– To dobrze. Przepraszam, że nie byłem bardziej... pomocny. – Ostatnie słowo wypowiada bardzo starannie.

– Nie szkodzi. Spanikowałam, to wszystko.

– Nic dziwnego. Posłuchaj, nie wiem, co między nami jest, ale możemy spróbować jeszcze raz?

Jestem rozdarta. Wyobrażam sobie Carla i Matyldę, twarz przy twarzy, i z pełną premedytacją zmniejszam ich, wkładam do pudełka, a pudełko upycham w najgłębszych zakamarkach pamięci. Wyciągam do niego rękę.

– Po południu też pracujesz?

– Już nie – mówi i przyciąga mnie do siebie.

14

– Nie idź. – Trzyma mnie za rękę.
– Muszę. Nie chcę ryzykować.
– Ryzykować? Przecież wyjechali. – Siada na łóżku i chwyta drugą rękę.
Odsuwam się.
– Tak będzie lepiej. Możemy spotkać się jutro.
– Jutro mogę być zajęty. – Jest nadąsany.
– Więc postaraj się nie być.
Wstaję; usiadłam tylko po to, żeby pocałować go na do widzenia. Nie chcę wychodzić, ale jest prawie jedenasta. Spędziliśmy w łóżku dziewięć godzin. Ja wstawałam tylko na siusiu, a on, żeby donosić z kuchni wino i plasterki szynki iberyjskiej. Staję przed lustrem, poprawiam włosy i wyjmuję drobinki tuszu do rzęs, które utkwiły w zmarszczkach pod oczami.
– Żartuję – mówi. – Oczywiście, że będę wolny. Zaprosisz mnie do siebie na kolację?
Odwracam się szybko, zaskoczona propozycją. Nigdy dotąd nie interesował się moim prywatnym życiem, zamykając je starannie w szufladzie, tak jak ja zamknęłam dzisiaj moją rodzinę. Nie komentuje nawet moich rozstępów, dowodu macierzyństwa.
– Na kolację? Do domu? – Tak mnie zatkało, że mogę tylko po nim powtarzać.
– Właśnie. Ja cię zaprosiłem, teraz twoja kolej. Czemu nie? Przecież nikogo nie ma.
Przychodzi mi do głowy tak wiele powodów, że nie wiem, od czego zacząć. Koegzystencja, ich biegnące rów-

nolegle ślady, to jedno. Natomiast zestawienie czy porównanie to zupełnie co innego. Patrick miałby jeść z naszych talerzy, pić z naszych kubków... Zobaczyłby zdjęcia Matyldy, nasze zdjęcie ślubne z czasów, kiedy mogliśmy się jeszcze dotykać. Dostaję gęsiej skórki, stają mi dęba włoski na karku. Odwracam się do lustra i poprawiam coś na twarzy, żeby zyskać na czasie.

– Nie wiem, czy to dobry pomysł – mówię w końcu świadoma, jak nieprzekonująco to brzmi.

– To świetny pomysł! Widziałaś, jaki jestem w domu. Teraz ja chcę zobaczyć ciebie. Lepiej cię poznać. Ciebie całą. Chryste, nie wiem nawet, czy umiesz gotować. Bzykamy się od ponad roku, a ty nie ugotowałaś mi choćby jednego jajka. – Wstaje, podchodzi bliżej i obejmuje mnie.

– Nie wiem, czy gotowanie jajek ma z tym coś wspólnego – stwierdzam.

– A jeśli ma?

Jego głowa jest tuż przy mojej, opiera podbródek na moim ramieniu. Uśmiecha się do mnie w lustrze i pokusa jest zbyt silna. Jego ciepłe spojrzenie tak bardzo kontrastuje z pogardliwym spojrzeniem Carla, że nie mogę się oprzeć. Chciałabym zrobić kolację komuś, kto nie wzgardzi moim jedzeniem.

– O ile wcześniej nie wrócą. Mogę potwierdzić jutro? Odwraca mnie i przytula.

– Naturalnie. Powiedz tylko o której i gdzie. Zjem wszystko.

– Nie podniecaj się, kiepsko gotuję.

– Pozwól, że ja to ocenię. – Zaczynamy się całować i wkrótce staje się jasne, że zaraz znów wylądujemy w łóżku. Odsuwam się.

– Idę. Zadzwonię rano.

– Będę czekał. – Znowu mnie całuje, lecz tym razem pozwala mi wyjść.

• • •

149

Dom jest pusty. Pierwszy raz od narodzin Matyldy. Rzucam płaszcz na poręcz schodów, zostawiam przy drzwiach torbę. Idę na górę się przebrać, zachodzę do pokoju Matyldy i siadam na jej łóżeczku. Zostawiła różowego słonika, którego kupiliśmy jej, kiedy miała tydzień. Od tamtej pory się z nim nie rozstawała. Aż do teraz. Przyglądam się mu i widzę, że jest trochę sfilcowany i zbrylony. Podnoszę go do twarzy i niemal się krztuszę. Zalatuje zepsutym mlekiem. Kusi mnie, żeby wrzucić go do pralki. Matylda nie zaprotestuje, bo jej nie ma, ale nie – sytuacja jest delikatna i bez tego, nie chcę jej pogarszać. Kładę słonika na poduszce.

Zaciągam wszystkie zasłony w domu, gaszę światło i sprawdzam drzwi. Normalnie robi to Carl. Chodząc swobodnie po pokojach, czuję się trochę nieswojo, jakby wysiadły mi hamulce. Jednak myśl, że mogłabym pokazać Patrickowi mój dom, jest upajająca. Chcę, żeby mu się spodobał, żeby Patrick poznał mnie lepiej, widząc moje ulubione książki. Przestawiam na koniec półki serię *Zmierzch*, a na początek daję Diaza, Pelecanosa i *Skazaną na pamięć* Barbary Vine. Patrzę na nasze ślubne zdjęcie – jest niezłe, może być, chociaż gdyby zrobiono je pod innym kątem, miałabym ładniejszy podbródek.

Moją uwagę przykuwa fotografia ze stojącą między nami uśmiechniętą Matyldą. Zdejmuję ją z półki i oglądam. Jesteśmy na niej tacy szczęśliwi, dumni rodzice, tyle lat młodsi. Przeczesuję dom, zgarniam wszystkie zdjęcia Tilly i chowam je do kredensu w salonie. Chcę, żeby Patrick zobaczył, jaka jestem, ale nie w pełni. Jeszcze nie. Może kiedyś przyjdzie taka chwila, lecz na razie się wstrzymam. I tak robię wielki krok. Kto wie, dokąd nas to zaprowadzi, jeśli w ogóle dokądkolwiek.

Jest po północy i kładę się na środku łóżka. Nie muszę zwracać uwagi na Carla, więc śpię jak zabita i otwieram oczy dopiero o siódmej, kiedy włącza się budzik.

• • •

Z samego rana piszę do Carla: Tęsknię za wami. Jak sobie radzicie?

Odpisuje dopiero po dłuższej chwili, ale odpisuje: Bardzo dobrze. Dzisiaj idziemy na plażę, a jutro na zamek.

Jego lakoniczność trochę boli, ale przynajmniej wiem, że nie zamierza wrócić i mnie zaskoczyć. Piszę: Bawcie się dobrze; i o nim zapominam. Ale nie o Matyldzie. Przypomina mi się, że schowałam jej zdjęcia, wyrzuciłam ją z domu, i w gardle rośnie mi gula, która zsuwa się i utyka w piersi. Tilly zasługuje na coś lepszego. Nie mam prawa udawać, że nie istnieje i wykorzystywać jej domu w ten sposób. Podnoszę słuchawkę i dzwonię – rozpaczliwie chcę z nią porozmawiać. Carl nie odbiera. Próbuję jeszcze raz i jeszcze raz, lecz nie odpowiada. W końcu pisze: Właśnie wychodzimy, przecież ci mówiłem. Czego chcesz?

Porozmawiać z Matyldą – odpisuję.

Nie ma czasu i tylko ją zdenerwujesz. Nie bądź taka samolubna – pisze.

Chcę zadzwonić jeszcze raz, chyba już trzeci, i kategorycznie zażądać, żeby dał mi Tilly, ale to prawda, nie chcę jej denerwować. Wyjechała to wyjechała, lepiej nie robić zamieszania. Pojutrze wrócą i będę mogła ją przytulić i wysłuchać jej opowieści. Mocno pocieram twarz, żeby odpędzić wyrzuty sumienia. Muszę iść do sądu i zaplanować kolację.

Kolacja. Myślę o tym w autobusie do Holborn i w drodze do Old Bailey. Jagnięcina. Jagnięcina odpada, bo jadłam ją u niego. Googluję jak szalona, próbując znaleźć coś, co jestem w stanie zrobić i czym mogłabym mu zaimponować. Może nawet uwieść. Woźny wzywa mnie na salę trzy razy, zanim dociera do mnie, że to już moja kolej; zastępuję kolegę i moje wystąpienie, w którym wnoszę o kaucję, nie należy do najlepszych. Mimo to sędzia się zgadza, a ja pamiętam nawet, żeby zwracać się do niej per M'Lady. Cieszę się, że znów jestem w Old Bailey – szybka rozprawa, a potem do kancelarii, żeby podrzucić jedne papiery i zabrać drugie, na przyszłotygodniowy proces.

Resztę dnia mogę przeznaczyć na planowanie kolacji i zakupy.

Linią Piccadilly jadę na Holloway Road i wchodzę do Waitrose. Zakupy robi u nas Carl, który ze szczegółową listą w ręku śmiga między półkami jak zawodowiec, maksymalnie skracając odległość od przypraw do płatków – mnie zabiera to trzy razy więcej czasu. Najpierw idę do rzeźnika, gdzie oglądam różne gatunki mięsa i gdzie na widok strużek krwi przypomina mi się lunch z Madeleine. Ale tak, jedzenie było dobre – nie ma to jak inspiracja. Biorę dwa steki i cofam się do warzyw i owoców po szparagi i truskawki. Walić te sezonowe, będzie pysznie. Potem idę do mrożonek po frytki, a ponieważ nie pamiętam, czy mam w domu majonez, kupuję słoik. Na koniec znów wracam do mrożonek po mus czekoladowy. Mam nadzieję, że Patrick nie oczekuje ode mnie domowego deseru.

* * *

– Nie musiałaś się tak stroić – mówi, kiedy otwieram drzwi.

– I się nie wystroiłam.

– Coś ty! – Śmieje się i całuje mnie na dzień dobry.

Po ostatnim weekendzie nie mam ochoty się dla nikogo ubierać. Efekt jest wtedy odwrotny do zamierzonego. Na studiach kochałam się raz w tragicznych majtkach i z nieogolonymi nogami i był to najlepszy seks, jaki kiedykolwiek miałam. Szkoda, że nie pamiętałam o tym, wbijając się w sukienkę od Carla. Dlatego mam na sobie spodnie od dresu i stary podkoszulek opadający na nagie ramię, bez stanika. No dobrze, poświęciłam trochę czasu twarzy, doskonaląc „zdrową, błyszczącą cerę bez odrobiny makijażu" i zużywając przy okazji niemal wszystkie moje kosmetyki.

Patrick wpycha mnie do środka, zamyka drzwi i zrywa ze mnie podkoszulek. Puszcza szew, podkoszulek ląduje na podłodze, a on odwraca mnie do ściany i ściąga mi spodnie. Jedną ręką mocno uciska plecy, drugą rozpina rozporek, pluje na dłoń, nawilża się i gwałtownie wchodzi we mnie, nie zwracając uwagi na to, że z bólu głośno wciągam powietrze. Kilka ruchów i kończy. Odwraca mnie do siebie i całuje.

– Myślałem o tym przez cały dzień – mówi.

Brakuje mi tchu, nie wiem, co czuję. Ale nic nie mówię i dopiero teraz dociera do mnie, że mam spuszczone majtki. Podciągam je, potem spodnie i podnoszę z podłogi porwany podkoszulek.

– Miałeś przyjść na kolację.

– I przyszedłem. Na kolację i przystawki. Na deser też.

– Pójdę coś włożyć. – Następuję na coś ostrego, podnoszę to i oglądam. Klocek Lego, który przeoczyłam podczas sprzątania. Myślę o Tilly i czuję się coraz bardziej nieswojo jako kochanka w domu własnej córki.

Patrick protestuje, próbuje mi rozkazywać.

– Nie, tak ci ładnie. – Znowu ściąga mi spodnie, ale tym razem daje spokój majtkom.

– Naga szefowa kuchni? Trochę to kiczowate, nie sądzisz? – Odpycham go, ale zostawiam spodnie na podłodze.

– Odrobina kiczu nie zaszkodzi. Chodź, napijmy się. – Podaje mi plastikową reklamówkę z kilkoma butelkami wina, której przedtem nie zauważyłam.

Idziemy do kuchni. Jestem w pełni świadoma tego, jak wyglądam, lecz staram się o tym zapomnieć. Po narodzinach Matyldy zrezygnowałam z nagości – jej obecność i niszczące działanie czasu sprawiły, że chodzę po domu w brudnej piżamie i obszernym polarze, który kiedyś ukradłam Carlowi spod choinki. W kuchni świecą się lampy i wiem, że mogą mnie zobaczyć sąsiedzi. Zgoda, to Londyn i prawie z żadnym nie rozmawiamy, ale co będzie, jeśli któregoś ranka ktoś spyta Carla o to przedstawienie? Czy w ogóle go to obejdzie? Wkładam fartuch.

– Tchórz – mówi Patrick.

– Będę smażyła steki, nie chcę się poparzyć – odpowiadam z godnością i rozwiązuję zasłony. Normalnie tego nie robimy, więc z fałd sypie się kurz i martwe ćmy, ale przynajmniej nie widzą mnie sąsiedzi.

Słyszę, że Patrick szpera w szufladach. Kiedy się odwracam, ma w ręku korkociąg i otwiera wino. Wyjmuję kieliszki z kredensu, podaję mu, a on je napełnia.

– Twoje – rzuca i trącamy się szkłem. – Co jemy? Oprócz steku.

– Warzywa i frytki. Uprzedzałam, kiepska ze mnie kucharka.

– Na pewno będą pyszne. – Trzeba mu oddać, że umie się zachować. Czasem, kiedy chce.

On chodzi po pokoju, a ja wysypuję frytki na blachę. Wraca do kuchni ze zdjęciem w ręku.

– To twój mąż?

– Tak. A myślałeś, że kto?

Nagle pojawia się napięcie, którego przedtem nie było. Patrzymy na siebie, odnosi zdjęcie do pokoju i słyszę, jak stawia je na półce.

– Od początku wiedziałeś, że jestem mężatką.

– Wiedziałem. I wciąż wiem.

– Naskoczyłeś na mnie, kiedy nie chciałam, żebyś się z kimś spotykał. Nie chcę do tego wracać, ale musiałam to powiedzieć.

Wzdycha.

– Zgoda, nie wracajmy do tego. Przepraszam, że zepsułem nastrój. Nie myślmy już o tym. Co z oczu, to z serca. Prawda?

Łatwo ci mówić, myślę, lecz z tym nie polemizuję. Wkładam frytki do piecyka i obcinam końce szparagów.

• • •

Wino. Steki. Znów wino. Przypalone frytki na boku talerza. Więcej wina. Potem leżymy na sofie, karmiąc się wzajemnie musem czekoladowym. Popycha mnie delikatnie na podłogę i choć raz się nie spiesząc, sunie powoli w dół mojego ciała. Próbuję się odprężyć, aż za bardzo świadoma tego, że smarując mnie musem, może zabrudzić dywan. Jak wytłumaczę to Carlowi?

– Hej, spokojnie, nie bądź taka spięta. Myślałem, że ci się spodoba.

Unosi głowę. Twarz ma całą w czekoladzie, więc parskam śmiechem. On też się uśmiecha.

– No właśnie – mówi zadowolony i kontynuuje to, co przerwał.

Zamykam oczy, chcę dopasować się do jego nastroju. Ale szorstki dywan drapie mnie w plecy, a od musu swędzi brzuch. Rozglądam się po pokoju: w półmroku jarzą się światełka na telewizorze i odtwarzaczu. Nie chcę go z siebie spychać, wiem, że to ja powinnam się bardziej postarać, ale nie mogę.

– Nie jestem w nastroju. Nie mogę się odprężyć, przepraszam.

Podnosi wzrok i uśmiecha się.

– Zaraz cię odprężę, tylko mi pozwól.

Znów zaczyna swoje, a ja znów go powstrzymuję. Chwyta mnie za ręce i przyciska je do podłogi tak mocno, że bolą mnie nadgarstki i ramiona. Wierzgam pod nim, próbując się uwolnić, ale przygniata moje nogi i nie mogę się poruszyć. Napiera na mnie głową, zębami i językiem – boli mnie coraz bardziej, więc szarpię się i wiję na wszystkie strony, lecz on nie reaguje, nie przestaje.

– Zaraz będzie ci dobrze…

– Przestań! – Wciąż szarpię się i wiję, ale on liże mnie coraz natarczywiej. Nagle puszcza moją prawą rękę i wbija we mnie palce.

– Przestań! – krzyczę jeszcze głośniej i zapominając o sofie, dywanie i czekoladzie, wytaczam się spod niego, wpadam na nogi stolika do kawy i z trudem wstaję. Boli mnie udo, boli ręka. On też wstaje i przez chwilę myślę, że znów mnie chwyci, ale nie, podnosi do góry ręce i się cofa.

– Przepraszam – mówi. – Przepraszam. Myślałem, że tak lubisz.

– To źle myślałeś.

Na fotelu leży narzuta, owijam się nią. Włączam światło i oceniam szkody. Na dywanie jest długa, brązowa smuga. Siadam ciężko na sofie.

– Przepraszam. Jestem za bardzo spięta. Może przez ten dom.

– Nie masz za co przepraszać. Powinienem był przestać, kiedy powiedziałaś. Poniosło mnie. – Siada obok i wyciąga rękę. Luźno ujmuję jego dłoń. – Ale nigdy dotąd nie protestowałaś.

– Bo nie chciałam. Ale dzisiaj coś było nie tak.

W kuchni brzęczy telefon.

– Zobaczę kto to. Może... – urywam, wstaję i idę do kuchni. SMS. Anonimowy. Tylko tego brakowało: Ty zepsuta dziwko.

Wspaniale. Wracam i podaję mu komórkę. Patrick czyta.

– Cholera, chyba nie traktujesz tego gówna poważnie?

– O co ci chodzi? W ogóle tego nie traktuję. Mam tego serdecznie dosyć.

Znów patrzy na ekran, kasuje wiadomość, wyłącza komórkę i kładzie ją na stoliku.

– Czy możemy dzisiaj o tym nie myśleć? Proszę. Ktokolwiek to jest, pisze bzdury. Bez żadnego znaczenia. To tylko irytujący szum.

Siadam na sofie naprzeciwko niego i opatulam się narzutą. Jest mi zimno.

– To nie jest bez znaczenia. Przeciwnie. Nie mogę tego tak po prostu zignorować.

– Możesz. Wystarczy chcieć. Ten palant chce cię sprowokować. Nie dawaj mu satysfakcji.

– Mówisz jak ktoś, kto tłumaczy dziecku, co ma zrobić, kiedy na boisku zaczepi go szkolny bandzior.

– No to co? Nie chcę psuć wieczoru.

– A nie jest już zepsuty? – Patrzę na plamę na dywanie.

– Będzie, jeśli do tego dopuścisz. Przeprosiłem cię. Powiedziałem, że mnie poniosło.

– Kiepska wymówka.

– Lepszej nie mam. – Patrick wstaje. Klęka przede mną, obejmuje mnie i w końcu się do niego przytulam. Awantura wisi na włosku, a ja nie chcę się kłócić. Ostatecznie przestał, kiedy tego zażądałam, poza tym może byłam zbyt spięta.

– Zacznijmy od początku – proponuje. – Przyniosę wino.

On idzie do kuchni, a ja włączam telefon. Kiedy był wyłączony, Carl przysłał mi zdjęcie Matyldy piekącej z babcią ciasto. Tilly ma rączki w mące i czekoladę na ustach i robi wrażenie szczęśliwej. Zalewa mnie fala tęsknoty, a kiedy mija, czuję się zupełnie wypalona, pozbawiona wszystkiego, co dobre i czyste. Siedzę niemal naga w salonie, w pokoju, gdzie Tilly się bawi i ogląda telewizję, siedzę i czekam na kogoś, kto nie rozumie, że nie powinien wracać i znów mieszać mi w głowie. Gdybym była moją przyjaciółką, wrzeszczałabym teraz wniebogłosy, każąc mi natychmiast przestać i wyzywając mnie od głupich, samolubnych suk. Syf z czekoladą mogę robić tylko z moją córką. W piersi rośnie mi gula, sztywnieje podbródek, z oczu płyną łzy.

Wraca Patrick z dwoma kieliszkami. Siada obok mnie na sofie. Wstaję i przesiadam się na fotel.

– Cholera jasna, przecież cię przeprosiłem. – Wypija wino jednym haustem.

– Nie o to chodzi.

– Tylko mi nie mów, że znów masz wyrzuty sumienia.

– To skomplikowane… – urywam, bo wychodzi i wraca z butelką w ręku. Napełnia kieliszek, rozlewając wino na dywan, gdzie pojawia się kolejna plama.

Upijam łyk. Milczenie się przedłuża. Widzę nas z daleka, z kąta pokoju, dwoje ludzi, którzy stali się sobie obcy. Patrick bierze głęboki oddech.

– Chcesz fajkę? – pyta.

– Nie, dzięki.

Znów zapada cisza.

– Lepiej już pójdę.

Owijam się szczelniej narzutą.

– No i? Chcesz, żebym został?

– Posłuchaj…

– Przecież lubisz na ostro – przerywa mi naburmuszony.

– To chyba przez ten dom. Przepraszam. Nie chciałam zepsuć wieczoru.

Dotyka mojego kolana. Próbuję się nie odsuwać.

– Chyba tak, to dla ciebie za dużo. Idę. – Wstaje. – Ja też przepraszam. Nie powinienem był przychodzić. To twój dom, dom twojej córki. Nic tu po mnie.

Idę za nim, kiedy krąży, zbierając ubranie. Potem się ubiera, a ja, opatulona narzutą, stoję na środku salonu i obserwuję go. Z trudem powstrzymuję płacz, coraz bardziej ściska mnie w gardle, drżą mi usta. Chcę, żeby wyszedł, i chcę, żeby został, i jeśli powiem choć jedno słowo, tama pęknie i rozpłaczę się na całego.

Kurtka, zasznurowane buty – jest już ubrany. Z torbą w ręku całuje mnie w czoło.

– Zadzwonię.

I wychodzi. Czuję podmuch zimnego powietrza, gdy otwiera i zamyka frontowe drzwi. Wciąż stoję tam, gdzie stałam. Kiedy przestaje mnie ściskać w gardle, nalewam sobie wina. Gaszę światło na dole i biorę kąpiel. Mam lepkie dłonie i zimne stopy. Długo leżę w wannie, a potem zanurzam głowę. W uszach mam pełno wody i słyszę jedynie dzwonienie rur, kiedy centralne ogrzewanie wyłącza się na noc. Siadam prosto – woda jest już letnia, a moje palce sine i pomarszczone. Na dole uporczywie dzwoni telefon, ale kładę się do łóżka i zwijam w kłębek z mokrą głową na poduszce.

Myślę, że nie zasnę, ale przelewa się nade mną fala za falą i zasypiam prawie natychmiast. Telefon wciąż dzwoni, lecz jego dźwięk działa na mnie jak kołysanka. Nie wiem, ile razy dzwoni tej nocy, ale nie reaguję, jestem jak trup. W rytm dzwonka we śnie krążą wokół mnie Patrick i Carl.

15

Wracają w niedzielę. Matylda przywiera do mnie jak pijawka i pokazuje swoje rysunki. Carl zachowuje się obojętnie. Odpowiada tylko na pytania, ale nawet wtedy mówi zdawkowo. W domu jest nieskazitelnie czysto. W ciągu tych dwóch samotnych dni wyczyściłam i wyglansowałam każdy centymetr kwadratowy parteru i piętra, nie zapominając o zdjęciach Tilly, które wróciły na swoje prawowite miejsce. Upiekłam kurczaka i zrobiłam makaron z serem – Matylda zjada do czysta jedno i drugie. Z ulgą stwierdzam, że flirt z wegetarianizmem okazał się bardzo krótki i cieszę się, że tak szybko jej przeszło. Carl też nie próżnuje i opycha się, nie patrząc, co je. Jestem pewna, że nawet nie czuje smaku, ale przynajmniej nie narzeka.

Po kolacji kąpię Matyldę i czytam jej bajkę. Skończywszy jeść, Carl siada ciężko na sofie w salonie i otwiera laptop. Pytam, czy chce mi pomóc z Tilly, a on, nie odwracając się, mruczy coś niezrozumiałego. Przyjmuję, że nie. Matylda tuli się do mnie, kiedy rozczesuję i suszę jej włoski, i o wpół do dziewiątej zasypia. Kusi mnie, żeby też się położyć, bo znów grożą mi długie godziny milczenia. Staję na szczycie schodów i biorę się w garść.

– A więc mieliście udany weekend…

Schodzę do salonu i siadam naprzeciwko niego. Brązowa plama na dywanie jest teraz ledwo widoczna; niemal całą sobotę zmywałam vanishem wszystkie ślady piątkowego wieczoru. Staram się na nią nie patrzeć, ale zważywszy że Carl w ogóle nie zwraca na mnie uwagi, nie ma to żadnego znaczenia.

– Mieliście udany weekend? – powtarzam, bo nie raczył odpowiedzieć.

– Co? A tak. Dobrze jest wyrwać się na trochę z domu – mówi, cały czas patrząc na ekran.

Mam ochotę wyrwać mu laptop z rąk.

– Przysłałeś mi bardzo ładne zdjęcia. – Nie, nie dam się zbyć.

– Tak, tak – mówi. Musi oglądać coś cholernie ciekawego.

– Carl, możesz na mnie spojrzeć?

– Próbuję pracować... – zaczyna, ale zabieram mu komputer.

Wyciąga ręce, lecz zamykam klapę, odwracam się i kładę laptop na półce.

– Oddaj – mówi. Jest wściekły, ale przynajmniej na mnie patrzy.

– Nie. Musimy porozmawiać.

– Nic nie musimy. Oddaj komputer! – Wstaje i obchodzi fotel, lecz jestem szybsza. Biorę laptop i przyciskam go do piersi. Będzie musiał odebrać mi go siłą.

– Nie chcę zrobić ci krzywdy. – Najwyraźniej mówi poważnie, bo chwyta mnie za przedramiona i próbuje rozewrzeć ręce.

– Co ty robisz? – Odpycham go łokciem.

– Oddaj! – krzyczy mi prosto w twarz.

– Masz, zabieraj swój pieprzony laptop! – Wyszarpuję się, kładę komputer na podłodze i popycham go nogą tak mocno, że sunie po dywanie i uderza w ścianę. Carl biegnie za nim, ostrożnie go podnosi i siada na sofie.

Podciągam rękawy pulowera i widzę czerwone ślady na przedramionach.

– Mam siniaki.

Nie podnosi wzroku.

– Carl, ścisnąłeś mnie tak mocno, że mam siniaki! Spójrz na mnie, do jasnej cholery! – Jestem tak wstrząśnięta jego atakiem, że wisi mi to, czy go zdenerwuję, czy nie.

W końcu na mnie patrzy.

– Nie trzeba było mi go zabierać.

– Musimy porozmawiać. A ty nie chcesz. Nigdy dotąd nie użyłeś wobec mnie siły i zachowujesz się tak, jakby przestało ci zależeć. – Płaczę wbrew sobie, niezrozumiale bełkoczę i buczę.

– A o czym tu jeszcze mówić? – pyta.

– Rozwodzimy się? Chcesz rozwodu? – Głośno szlocham.

– Alison… – Pewnie chce powiedzieć coś głębokiego, lecz urywa. Patrzy na drzwi. Przestaję szlochać, czekam, aż się odezwie, i nagle widzę, dlaczego zamilkł. Drzwi lekko się poruszają i dochodzi zza nich cichutki płacz. Carl wstaje i otwiera je – w progu stoi Matylda, tuląc do siebie różowego słonika. Od płaczu ma skurczoną twarzyczkę i usta w podkówkę. Carl bierze ją na ręce i Tilly opada bezwładnie na jego ramię.

– Rozwodzicie się? – pyta, kiedy w końcu się uspokaja.

– Nie – odpowiadamy chórem.

– Kłóciliście się, słyszałam. Zeszłam na dół i słyszałam, jak mamusia mówi „rozwodzimy się". Nie znoszę, kiedy się kłócicie. Proszę, przestańcie. – Znów wybucha płaczem.

Czuję się tak, jakby ktoś wbił mi rękę w brzuch, chwycił garść wnętrzności i zaczął powoli przekręcać dłoń. Boli mnie w piersi, mam tam gulę, która wypuszcza zimne macki. Carl też jest zdenerwowany i obojętna mina ustępuje miejsca zatroskanej. Siada, bierze Tilly na kolana i przytula ją.

– Carl, musimy porozmawiać. Zobacz, jaki to ma wpływ na Matyldę, na nas wszystkich. – Niemal go błagam, ale wszystko mi jedno. Coś musi przełamać ten impas.

Carl odchyla się, obejmując córkę. Nie potrafię rozszyfrować wyrazu jego twarzy. Porażka? A może tylko zmęczenie?

– Dobrze, porozmawiamy, ale później – mówi. Odwraca Matyldę przodem do siebie. – Tilly, kochanie. Przykro mi, że słyszałaś, jak się kłóciliśmy, ale mamusia i tatuś przechodzą teraz trudne chwile. To nie znaczy, że chcemy się rozwieść, po prostu czasem się sprzeczamy. Wiesz, jak to jest, ty też sprzeczasz się czasem z Sophie, prawda?

Mówi dalej, lecz nie rozumiem co, bo jego słowa przelatują przeze mnie jak przez sito. Słyszę dopiero sam koniec.

– ...ale rozwiążemy nasze problemy, bo jesteśmy twoimi mamusią i tatusiem i bardzo cię kochamy. – Zerka na mnie, wciąga mnie do rozmowy.

Kiwam twierdząco głową, klękam przy nich i obejmuję Tilly, na próżno starając się nie dotknąć Carla. Nie zabiera ręki, to już coś.

– Tak, kochanie – powtarzam. – Naprawdę bardzo, bardzo cię kochamy.

Uspokajamy ją, niesiemy do łóżka i zostajemy z nią do chwili, gdy zaczyna głęboko oddychać i zasypia. Carl wraca na dół, więc idę za nim z nadzieją, że wreszcie porozmawiamy.

– Właśnie ona jest najważniejsza – mówię. – Matylda. Nie tylko my. Musimy nad tym popracować choćby ze względu na nią. Nie uważasz?

Ma wrogie oczy. A może tylko ostrożne. Próbuje ocenić moją szczerość. Dobrze go rozumiem.

– I przepraszam cię za ostatni weekend – ciągnę. – W Brighton. Nie chciałam się tak upić. Nie wiem, co się stało.

– Ty nigdy nie wiesz. – Mówi cicho, lecz wyraźnie słyszę każde słowo.

– Przestań. Nie widzisz, że się staram? Naprawdę mi przykro. Postaram się jeszcze bardziej.

– To nie wystarczy. Tyle razy to powtarzałaś. – Odchyla głowę i zamyka oczy. Robi wrażenie pokonanego.

– Daj mi jeszcze jedną szansę – proszę. – Musimy to jakoś naprawić ze względu na Matyldę.

Wzdycha, otwiera oczy i patrzy na mnie pierwszy raz od powrotu od matki. A właściwie odkąd zostawił mnie w Brighton. On pierwszy odwraca wzrok.

– Jestem zmęczony, Alison, mam dość tego dramatu. Chcę mieć święty spokój. Chcę spokojnie pracować, opiekować się córką i nie oglądać tych... tych przedstawień.

– Ja też. Zawsze tego chciałam.

– Tak ci się wydaje – mówi niemal życzliwym głosem. – Ale ja w to nie wierzę, Alison, przynajmniej w tej chwili. Ty sama nie wiesz, czego chcesz. I właśnie to nas zabija.

Nie może mówić o tym, o czym myślę, bo nie wie o Patricku – to po prostu niemożliwe – mimo to drga mi serce i ślina zasycha w ustach. Nagle zalewa mnie fala adrenaliny.

– Dobrze wiesz, że chodzi nie tylko o mnie. Nie dotykasz mnie prawie od dwóch lat, a od zeszłego lata w ogóle. To ty nie chciałeś się ze mną pieprzyć. Wiele razy dawałeś mi to wyraźnie do zrozumienia.

– Widzisz, Alison? O to mi właśnie chodzi. Pieprzyć się. Dlaczego tak to nazywasz? Powinniśmy się kochać. Nie zamierzam pieprzyć się z własną żoną. – Pochyla głowę zatroskany, że jestem taka tępa i wulgarna. Taka prostacka.

– Pieprzyć się, kochać, nazywaj to, jak chcesz, ale to ty straciłeś zainteresowanie. Dobrze wiesz, że to ty. Powiedziałeś, że jesteś zestresowany i na tym się skończyło. Nie możesz zwalać na mnie całej winy.

– Małżeństwo to nie tylko seks, to wielki gmach. Budujemy go razem, Alison, dla nas i naszej córki.

Uśmiecha się, jakby miał mnie zaraz poklepać po głowie.

– Przestań. Tak. Do mnie. Mówić! – cedzę. – Kurwa mać, mam tego dość!

– Nie krzycz. Obudzisz Matyldę i znów się zdenerwuje.

Tłumię krzyk i z całej siły walę ręką w podłokietnik. Boli jak jasna cholera. Chwytam się za dłoń, on zerka na mnie i mam wrażenie, że zaraz wybuchniemy śmiechem, bo sytuacja jest naprawdę absurdalna. Przecież to my, on i ja. Spędziliśmy razem większość dorosłego życia, tyle razem przeszliśmy. Jednak chwila szybko mija i znów tężeje mu twarz.

– Spróbujemy jeszcze raz, Alison. Dla Matyldy. Ale pod wieloma względami będziesz musiała dorosnąć. Na dobre i złe. Pamiętasz?

Złe, gorsze i najgorsiejsze. W moim gardle wciąż narasta śmiech, ale w tej chwili byłby raczej niestosowny. Carl nie jest w nastroju. Początkowo nie poznaję tej miny i dopiero po kilku sekundach dociera do mnie, że jest teraz psychoterapeutą, który ze szczerą troską marszczy brwi. Chwytam tę myśl i przytrzymuję. Całe zło zaczęło się być może od niego, ale to ja je pielęgnowałam. I to ja pieprzę się (tak, definitywnie się pieprzę) z kimś innym. Wmawiam sobie, że poprawię się dla dobra Matyldy. Tak, będę dla niej lepsza, będę lepszą matką i lepszą żoną.

– Pamiętam. Na dobre i złe. Wyjdziemy z tego, obiecuję.

Tym razem nic nie mówi. Po chwili wyciąga do mnie rękę. Ma chłodne palce i choć moja dłoń jest gorąca i spocona, nie wzdryga się z obrzydzenia. Co prawda, nie ściska jej, lecz to wystarczy.

• • •

Mało śpię, bo aż za dobrze wiem, że leżący obok Carl wciąż mnie unika. Spina nas rozchwierutany most, który nie wytrzyma tak dużego ciężaru. Jest poniedziałek, więc wstaję o szóstej i wcześniej wychodzę z domu – nie zniosłabym kolejnej awantury. Na stole zostawiam liścik z wiadomością, że musiałam już wyjść i słowem „Kocham" na końcu. Nie wiem, czy mam na myśli Matyldę, Carla, czy ich oboje, niech sami zdecydują. Autobus jest pusty, ulice też – do Fleet Street docieram w okamgnieniu. Powinnam częściej wychodzić o tej porze. Sądy też są opustoszałe, nie licząc kilku oświetlonych okien, za którymi pracują najbardziej oddani adwokaci.

Mijam ciemne gmachy i wspominam swoją aplikaturę, opiekuna-pracoholika, który zawsze przychodził do pracy najpóźniej o siódmej i jako ostatni wychodził do domu. Miałam też takiego, który lubił pić i włóczyć się po klubach i często sypiał pod biurkiem w kancelarii. Piętnaście lat temu byłam zbyt naiwna, żeby dostrzec łączące ich podobieństwo, widząc jedynie olbrzymie różnice charakteru. Dziś rozumiem, że obydwaj nie chcieli po prostu wracać do domu, tak jak ja teraz. Jeden mnie rozpijał, drugi prawie nie ukrywał, że nie akceptuje ani mnie, ani mojego picia. Zawsze traktował mnie z ledwie zakamuflowaną pogardą, chociaż chętnie przejmował przygotowane przeze mnie pisma i nie płacąc mi ani grosza, bez żadnych poprawek wysyłał je dalej. Nauczyli mnie pisać pisma prawne i po mistrzowsku kontrolować kaca, więc może przez osmozę nauczyłam się od nich także sztuki nawalania w prywatnym życiu. Może jest to nieodłączny element funkcjonowania w todze i peruce, umiejętność manipulacji, która doskonale sprawdza się wśród podsądnych, ale nie w świecie za murami.

Odsuwam te myśli i wchodzę do kancelarii. Mogę zrzucać winę na wszystkich dookoła, co jednak nie zmienia faktu, że moje małżeństwo wciąż leży w gruzach. Carl nie może na mnie patrzeć i jego rzekoma doskonałość zaczyna mnie nużyć. Zgoda, opiekuje się Matyldą lepiej ode mnie, ale ma większą wprawę. Spędza z nią całe dnie, podczas gdy ja na to wszystko zarabiam. Ogarnia mnie coraz większy gniew, myśli wymykają się spod kontroli. Przemykam przez kancelarię, wchodzę do swojego pokoju – z biurka uśmiecha się do mnie Tilly. Nie kupiłam nowej ramki – gniew przygasa i wracają wyrzuty sumienia. Tak, jako matka jestem do dupy. Opadam na fotel i ukrywam twarz w dłoniach.

Po chwili słyszę, że w drzwiach ktoś cicho kaszle. Odwracam się i widzę Marka.

– Co tak wcześnie? – pytam.

– Mnóstwo pracy, wprowadzamy nowy system segregowania dokumentów. A pani?

– Nie mogłam spać, więc przyszłam przejrzeć papiery. Zawsze jakieś są.

– Fakt, i coś jeszcze dorzucę. – Podaje mi dokumenty. – Z piątku.

– Nie było mnie. – Po co to mówię? Mark doskonale o tym wie. Patrzę na dokumenty. Zeznanie Jamesa, syna Madeleine Smith. Z poprzedniego czwartku.

– Kiedy oskarżenie je wysłało?

Mark wzrusza ramionami.

– Nie mam pojęcia. Kurier przywiózł je w piątek ostatnim kursem, około szóstej, nic więcej nie wiem. Przepraszam, ale muszę już lecieć.

– Tak, oczywiście. Bardzo dziękuję.

Dzwonię do Patricka, żeby spytać, kiedy przyszło zeznanie i co myśli o Jamesie jako potencjalnym świadku. Wątpię, czy odbierze, bo nie ma jeszcze ósmej, lecz odbiera po drugim sygnale.

– Wszystko w porządku? – pyta.

– Tak, jak najbardziej. Chciałam porozmawiać…

– O piątku? Przepraszam, zachowałem się jak ostatni palant. Coś mi odwaliło, może dlatego, że byliśmy u ciebie w domu.

Jestem zaskoczona. Tego się nie spodziewałam. Przeprosin. Szczerego przyznania się do winy.

– Nie, ja w innej sprawie, ale dziękuję. Szkoda, że ci odwaliło.

– To był miły wieczór, a jedzenie naprawdę mi smakowało. Idiota ze mnie, i tyle. Nie gniewasz się?

– Nie, nie. – Wiem, że przegiął, ale w końcu przestał. Ja też nie byłam w najlepszym nastroju. Zazwyczaj lubię ostry seks. – Posłuchaj, chciałam cię spytać o zeznanie Jamesa, syna Madeleine. Naprawdę chcą go wezwać na świadka?

– Nie sądzę. Rozmawiałem z adwokatem z prokuratury, który się tym zajmuje. Z drugiej strony James mógłby naświetlić sprawę relacji między Madeleine i jej mężem.

– Na pewno. Madeleine się z nim widziała? – Gryzę się w język i zerkam na dokumenty. Oczywiście, że nie, nie mogła: obowiązuje ją zakaz kontaktu ze świadkami oskarżenia, kimkolwiek by byli.

– Tak czy inaczej, przeczytaj jego zeznanie. Moim zdaniem dużo wnosi. Jeśli Madeleine powtórzy w sądzie to, co z niej wyciągnęłaś, myślę, że uda nam się zmienić zarzut na zabójstwo umyślne.

– Jasne, przeczytam. Dlaczego nie wspomniałeś o tym w piątek?

– Przepraszam, zupełnie zapomniałem. Miałem głowę zaprzątniętą innymi myślami. Pamiętasz?

Owszem, pamiętam. Niektóre były nawet zabawne.

– Tak.

Zapada długa cisza. Już mam coś powiedzieć, żeby ją przerwać, ale Patrick mnie uprzedza.

– Alison, wiem, że się powtarzam, ale jeszcze raz cię przepraszam. Poniosło mnie. Powinienem był natychmiast przestać.

Zaczynam coś mówić, lecz on brnie dalej.

– Następnym razem będzie inaczej.

– Następnym razem?

– Tak. Chciałbym cię częściej widywać, dużo częściej. Myślałem o tym cały weekend. Nigdy się nie angażowałem, chodziło mi tylko o seks, ale może nadeszła pora, żebym wreszcie przestał uciekać. Myślę o tobie cały czas…

– Naprawdę?

– Naprawdę. Uważam, że moglibyśmy stworzyć razem coś wyjątkowego. Posłuchaj, porozmawiamy o tym później? Muszę lecieć do sądu.

Rozłącza się, a ja patrzę na telefon, jakby zdradził mi więcej myśli Patricka niż sam Patrick. Coś wyjątkowego? Mam ciepłe policzki, w piersi też czuję ciepło i nagle wracam do rzeczywistości. Jasne, moglibyśmy spróbować, gdyby nie mały drobiazg: mój mąż i dziecko. Patrick zmienia zasady gry, proponuje wspólną przyszłość, o której nigdy nie było mowy. Oczywiście, jeśli mu wierzyć, jeśli jego słowa nie są rezultatem wyrzutów sumienia, że przesadził. Kątem oka widzę zdjęcie Matyldy i ściska mnie w sercu. Nieważne, co czuje Patrick – Carl i ja musimy to rozwiązać. Jakoś.

Czytam zeznanie Jamesa.

Nazywam się James Arthur Smith i mam czternaście lat. Jestem w dziewiątej klasie. Od ponad roku chodzę do Queens School, szkoły z internatem w Kent. Przedtem chodziłem do szkoły blisko domu, w Clapham, i mieszkałem z rodzicami, chociaż ojciec często wyjeżdżał w sprawach służbowych.

Wakacje i święta spędzam w domu. Poza tygodniową przerwą międzysemestralną, w ciągu roku szkolnego możemy trzy razy wrócić na weekend do domu. Piątego września byłem już w Kent, ale chociaż szkoła dopiero się zaczęła, postanowiłem wrócić na weekend piętnastego, ponieważ mój przyjaciel ze szkoły podstawowej robił domówkę. Przyjechałem do Londynu w piątek późnym wieczorem i mama zrobiła kolację. Tata był w pracy; wrócił dopiero w nocy. Leżałem już w łóżku, ale słyszałem, jak się kłócą. Tata krzyczał, a mama płakała. W końcu zasnąłem. Nie zszedłem na dół, żeby zobaczyć, co się dzieje, bo tata tego nie lubił.

W sobotę obudziłem się późno. Śniadanie zjadłem sam, ponieważ rodzice gdzieś wyszli. Na podłodze w kuchni leżała kupka podmiecionego szkła, chyba z rozbitej butelki. Wieczorem nie słyszałem, żeby się zbiła, dlatego nie wiem, jak to się stało. Rozejrzałem się, żeby sprawdzić, czy na podłodze nie ma krwi, ale nie było. Zawinąłem szkło w gazetę i wrzuciłem do kosza na śmieci. Myślałem, że się ucieszą, że posprzątałem. Zmyłem talerze, poszedłem na górę, ubrałem się i zacząłem odrabiać lekcje.

Rodzice wrócili około jedenastej. Nie wiem, gdzie byli i ich nie pytałem. Kiedy się kłócą, lepiej jest tego nie robić. Zszedłem na dół, żeby z nimi porozmawiać. Mama była trochę zdenerwowana i chyba płakała, a tata prawie nic nie mówił. Zjedliśmy razem lunch i było w porządku. Mama zrobiła grzanki z serem, moje ulubione.

W sobotę wieczorem poszliśmy na kolację do restauracji ze stekami. Rodzice ze sobą nie rozmawiali, ale ze mną tak. Nie wiem, czy tata był zły, ale starałem się być grzeczny. Ja piłem colę, a oni wypili dwie butelki wina. Tata wypił też whisky. Nie jestem tego pewny, ale wieczorem zwykle pije. Po kolacji pojechałem na domówkę, metrem, bo to aż w Balham, ale do domu wróciłem uberem; mama załatwiła to przez telefon. Domówka się udała. Był alkohol, ale nie piłem, bo źle się potem czuję i wiem, że po alkoholu ludzie wpadają w złość. Wróciłem do domu przed jedenastą, tak jak miałem. Rodzice jeszcze nie spali. Tata musiał coś wypić, bo chwiał się i miał zaczerwienioną twarz. Oczy też miał czerwone i załzawione. Był w bardzo złym humorze, ale nie wiem dlaczego. Kiedy tylko wszedłem, rzucił się na mnie, krzycząc, że się spóźniłem, a przecież wiedziałem, że to nieprawda. Pchnął mnie na drzwi i kiedy się zatrzasnęły, zaczął bić mnie po głowie i wszędzie. Mama krzyczała i ciągnęła go za rękę. Zgiąłem się wpół i upadłem na podłogę, ale nie dlatego, że mnie powalił, tylko po to, żeby się osłonić, zwłaszcza głowę.

Tata kopnął mnie dwa razy w nogi i przestał, ale chyba nie dlatego, żeby nie zrobić mi krzywdy. Myślę, że się zmęczył, bo miał świszczący oddech i bardzo czerwoną twarz, jeszcze bardziej niż przedtem. Ciągle otwierał i zamykał usta. W końcu powiedział: „Spierdalaj stąd, nie chcę cię widzieć!". Pobiegłem na górę i zabarykadowałem się w pokoju, podstawiając krzesło pod klamkę. Usiadłem na podłodze, owinąłem się kołdrą i nasłuchiwałem, żeby sprawdzić, czy tata bije mamę, ale nic nie było słychać i w końcu zasnąłem.

Myślałem, żeby zadzwonić na policję, ale to tylko pogarsza sprawę. Policja była u nas dwa razy, kiedy rodzice się kłócili, ale go nie aresztowali, a potem tata zawsze znajdował sposób, żeby zrobić mamie krzywdę. Nie pamiętam dokładnie, kiedy to było. Chyba trzy lata temu i na pewno w ostatnie Boże Narodzenie, bo tata się wściekł, że dostałem od mamy więcej prezentów niż on.

W niedzielę rano mama obudziła mnie bardzo wcześnie. Spałem na podłodze. Kiedy otworzyłem drzwi, zobaczyłem,

że jest w tym samym ubraniu co wieczorem. Dziwnie pachnia-
ła, a ubranie było pogniecione, jakby w nim spała. Przytknęła
palec do ust, powiedziała „ciii", weszła i zaczęła pakować moją
walizkę. Nie wiedziała, co chcę zabrać, więc zrobiłem to sam,
a mama usiadła na łóżku. Ubrałem się i zeszliśmy na dół. Prze-
chodząc obok ich sypialni, słyszałem, że tata chrapie. Mama
otworzyła frontowe drzwi i kiedy wyszliśmy na dwór, dała mi
pięćdziesiąt funtów i szepnęła: „Nic mi nie będzie, wracaj do
szkoły. Zadzwonię wieczorem". Pocałowałem ją na do widzenia i wtedy widziałem ją ostatni raz. Nie zadzwoniła, a kiedy
próbowałem się do niej dodzwonić, od razu włączała się poczta głosowa. W poniedziałek po lekcjach kierownik internatu
powiedział mi, co się stało.

Kochałem tatę, ale nie lubiłem, kiedy wpadał w złość i krzyczał na mamę i na mnie. Wiem, że nie jestem takim synem,
jakiego chciał mieć, bo często choruję, a on wolałby kogoś, kto
lubi grać w piłkę i rugby, a latem w krykieta. Ja też lubię sport,
ale nie aż tak, dlatego nie gram w szkolnej reprezentacji ani
nawet w rezerwie. Tata mówił, że jestem żałosny, gorszy niż
dziewczyna. W tę sobotę uderzył mnie nie pierwszy raz, ale
nigdy przedtem nie bił tak mocno.

Cieszyłem się, że wysyłają mnie do szkoły z internatem,
bo miałem dość ich kłótni. Bardzo się martwiłem, że nie mogę
opiekować się mamą, ale powiedziała, że jeśli zostanę i będę to
wszystko oglądał, przysporzę jej jeszcze więcej smutku.

Nie widziałem jej od śmierci taty. Wiem, że nie może ze
mną rozmawiać, ale nic mi nie jest. Wszyscy są dla mnie bardzo dobrzy.

Żałuję, że nie rozwiedli się dawno temu. Chyba się niena-
widzili i nie wiem, dlaczego zostali razem. Byłoby lepiej, gdyby
wzięli rozwód, tak myślę. Nie chciałem, żeby się rozwodzili, ale
gdyby to zrobili, tata by żył, a mama nie trafiłaby do więzienia.

Odkładam kartki na bok i w uszach pobrzmiewają mi
ostatnie słowa Jamesa. Patrzę na zdjęcie Matyldy. Ja i Carl
jeszcze się wzajemnie nie zabijamy, ale trudno jest uciec
od wiszącej między nami trucizny. Tłumiąc strach przed

upadkiem w otchłań separacji, kłótni o prawo do opieki nad dzieckiem i o finanse, próbuję zrobić listę praktycznych kroków, które mogłabym podjąć. Może nadszedł czas, żeby być odważną i przełamać ten impas. Ceny podskoczyły i nasz dom jest na pewno wart więcej niż przedtem. Moglibyśmy go sprzedać i podzielić się pieniędzmi. Kupiłabym albo wynajęłabym mieszkanie. Gdzieś dalej, tylko dla mnie i dla Matyldy, więc niekoniecznie duże. Poza tym między Carlem i mną nie może tak dłużej być. Do głowy zakrada mi się myśl o przyszłości z Patrickiem, lecz ją odpędzam. Najpierw muszę ogarnąć sytuację z Carlem.

Dość tego. Wracam do zeznań Jamesa i czytam je ponownie, zaznaczając najistotniejsze szczegóły. Jeszcze jedna rozmowa z Madeleine i linia obrony będzie gotowa. Dzwonię do Patricka późnym popołudniem, aby podzielić się moimi uwagami po przeczytaniu zeznań. Rozmawiamy krótko, ma ciepły głos, jakby cieszył się, że mnie słyszy. Następnie pakuję dokumenty i wracam do domu. Postępy w sprawie Madeleine są powolne, ale w końcu zbliżam się do sedna.

16

Nazajutrz o drugiej przyjeżdżam do domu Francine. Francine pierwszy raz szczerze cieszy się na mój widok i omal nie całuje mnie na powitanie, w ostatniej chwili przypominając sobie, że nie jestem jej przyjaciółką, tylko adwokatką jej siostry. Madeleine jest bardziej powściągliwa, ale zrywa się z kanapy i czule mnie obejmuje. Sugeruję, żebyśmy przeszły do kuchni, gdzie mogłabym rozłożyć papiery.

– Przekazano pani kopię zeznań Jamesa?

– Tak – odpowiada krótko Madeleine; cała wylewność odeszła w zapomnienie.

– Chociaż jest to zeznanie świadka oskarżenia, jednoznacznie potwierdza to, co mi pani powiedziała. Uważam, że jest pomocne. Jeśli go nie powołają, a raczej tego nie zrobią, możemy wezwać go sami. – Próbuję ją do tego zachęcić.

– Potwierdza, ponieważ mówiłam prawdę – odpowiada Madeleine. Przez chwilę mam wrażenie, że chce mnie zganić za to, że widzę potrzebę weryfikacji, ale nie, chyba się nie gniewa.

– Naturalnie, chciałam tylko powiedzieć, że ze względu na charakter sprawy…

– Wiem, Alison, wiem. Proszę się nie przejmować. Po prostu… czytać jego zeznania, dowiedzieć się, co o tym wszystkim myślał… To straszne. – Spuszcza wzrok i zmusza się do uśmiechu. – Ale tak, rozumiem, że to ważne.

– No więc tak – podsumowuję z optymizmem. – Mamy nową, korzystniejszą dla pani ekspertyzę psychiatryczną, zeznanie przyjaciółki, lekarza i Jamesa. Oraz kartę chorobową, która też potwierdza pani wersję. Wszystko się zgadza.

– Tylko że nikt nie widział, co się wtedy stało. W niedzielę nikogo tam nie było. Przysięgli będą musieli się zdecydować, uwierzyć mi czy nie. Prawda?

– Tak, ale jak już wspomniałam, pozostałe dowody potwierdzają to, co pani mówiła. Nadają temu kontekst.

– Rozumiem. Czy mogę jeszcze raz zerknąć na moje zeznanie?

– Oczywiście. – Wyjmuję je z pliku dokumentów.

Madeleine pochyla się i czyta, a ja czytam kopię. Mogłabym ją wyrecytować na wspak, opowieść, którą ułożyłam ze splątanych słów, wymruczanych podczas lunchu u Jaspera, odrzucając jednocześnie wszystkie półprawdy usłyszane w trakcie pierwszego spotkania. Analizowałam je tyle razy, że wryły mi się w pamięć: wczesne etapy ich znajomości i rozwój przemocy, powolny i podstępny. Mniejsze i większe urazy. Zniewagi, podkopywanie pewności siebie, plucie, drapanie, ciągnięcie za włosy, narażanie na wstyd i poniżenie. Chwile, kiedy maskowała makijażem podbite oczy, mówiąc, że uderzyła się o drzwi samochodu. Kłamstwa, którymi zasypywała znajomych, lekarza i rodziców z klasy Jamesa. To, jak całymi latami próbowała chronić syna przed mężem, skupiając na sobie jego gniew.

Nie mogłam już bronić Jamesa. Rósł, stawał się za duży. Był wyższy ode mnie, dorównywał wzrostem Edwinowi. A Edwin nie tolerował obecności innego mężczyzny. Na początku maja tego roku James mu się sprzeciwił. Nie pamiętam, o co chodziło. Kiedy syn wyszedł, Edwin uderzył mnie w twarz, krzycząc, że nastawiam syna przeciwko niemu, że James robi, co chce i trzeba mu dać nauczkę. Powiedziałam, że to nieprawda, że James bardzo go szanuje. Myślałam, że go uspokoiłam, ale kiedy syn wrócił do domu, Edwin uderzył go, powalił na podłogę i kilka razy kopnął. Odciągnęłam go, ale wiedziałam, że to się powtórzy, że to tylko kwestia czasu. Wysłałam Jamesa na obóz sportowy na całe lato, a gdy jesienią wrócił do szkoły, myślałam, że wszystko będzie dobrze, przynajmniej przez jakiś czas. Ale syn chciał przyjechać na tę domówkę. Wiele razy próbowałam wybić mu to z głowy, lecz się uparł.

Edwin miał gdzieś wyjechać, więc przestałam się martwić, jednak w ostatniej chwili wyjazd odwołano. Gdy w czwartek powiedziałam mu, że James przyjeżdża na weekend, wpadł w złość i krzyknął, że jego dom to nie przedszkole. „Kurwa, po co go tu ściągnęłaś? Mój dom to nie przedszkole! Nie płacę za ten pierdolony internat po to, żeby nigdy go tam nie było!". To jego słowa. Próbowałam go uspokoić, ale nie chciał mnie słuchać. „Sram na to, jutro wychodzę".Tak powiedział.

James przyjechał w piątek około siódmej. Edwin rzeczywiście wyszedł i trochę mi ulżyło. Zrobiłam zapiekankę rybną. Zjedliśmy, a potem oglądaliśmy telewizję. O wpół do jedenastej James poszedł spać, a ja zostałam przed telewizorem, żeby obejrzeć film. Edwin wrócił o północy. Był pijany i kiedy poczuł zapach ryby, dostał szału, krzycząc, że celowo zasmrodziłam dom. Wpadł jak burza do kuchni. Poszłam za nim, bo nie wiedziałam, co chce zrobić, i kiedy tylko tam weszliśmy, rzucił we mnie naczyniem z resztkami zapiekanki. Uchyliłam się i trafił w ścianę. Naczynie nie pękło, ale zapiekanka wypadła na podłogę. Wtedy powalił mnie, pociągnął w tamtą stronę i wepchnął w nią moją twarz. Sos, kawałki jajka i ryby zatkały mi usta i nos, trudno mi było oddychać. Zapach był obrzydliwy, zrobiło mi się niedobrze. Szarpałam się, ale coraz mocniej mnie przygniatał i prawie nie mogłam wciągnąć powietrza. Bardzo bolał mnie kark i ramiona i już myślałam, że się uduszę, gdy nagle ze mnie zszedł. Chciałam usiąść, ale krzyknął, żebym zjadła te resztki. „Narobiłaś syfu, to teraz posprzątaj, kurwo!". Więc pochyliłam się i zaczęłam jeść. Kiedy Edwin taki jest, lepiej nie protestować. Trzeba robić, co każe.

W tym momencie Madeleine przestaje czytać, bo widzę, na którym fragmencie zatrzymuje wzrok. Mnie też zamurowało, kiedy opowiedziała mi o tym w barze. Jest dla mnie wcieleniem elegancji, ilekroć ją widzę, wygląda jak z żurnala. Patrick też to zauważył, mówi, że nawet w areszcie potrafiła o siebie zadbać. Próbuję wyobrazić sobie, jak je na kolanach rozbabraną rybę z podłogi, lecz to mnie przerasta. Madeleine wzdycha i skupia wzrok na kartce. Idę w jej ślady.

Zjadłam, ile mogłam, lecz na podłodze trochę zostało. Edwin kopnął mnie w plecy. „Trochę zostało. Wyliż do czysta!". Więc zaczęłam lizać. Mdliło mnie, bardzo się wstydziłam. Byłam przerażona, że James zejdzie na dół i zobaczy, co się dzieje. Edwin odszedł i po chwili tuż nad moją głową coś rozbiło się z głośnym trzaskiem. Odłamek szkła trafił mnie w policzek. Zapiekło. Na podłodze rozlała się kałuża wina. Edwin zachichotał i powiedział: „Do kolacji miło jest wypić kieliszek wina". Nie śmiałam się odwrócić ani przestać lizać podłogę, ale najbardziej bałam się tego, że wepchnie mi twarz w rozbite szkło. Śmiał się coraz bardziej histerycznie i w końcu chyba się rozpłakał, ale byłam zbyt przerażona, żeby to sprawdzić. Kopnął mnie w plecy jeszcze raz i poszedł na górę. Trzasnęły drzwi i zapadła cisza. Siedziałam na podłodze jeszcze pół godziny, żeby mieć całkowitą pewność, że już nie wróci. Potem posprzątałam, wytarłam podłogę i podmiotłam szkło. Kiedy weszłam na półpiętro, przez słupki balustrady zobaczyłam, że drzwi do sypialni są zamknięte, więc uznałam, że lepiej będzie, jeśli prześpię się na kanapie.

Obudził mnie o siódmej rano. Był zupełnie innym człowiekiem. „Chrapałem i nie mogłaś spać?", spytał. „Dlatego zeszłaś na dół?". Zaproponował, żebyśmy pojechali gdzieś na śniadanie. Zgodziłam się, szybko się umyłam i ubrałam, żeby nie zmienił zdania. Nie chciałam wychodzić bez pożegnania z Jamesem, ale pomyślałam, że lepiej nie przypominać Edwinowi, że jest w domu. Pojechaliśmy taksówką do Wolseley. Edwin lubi tę restaurację. Dla siebie zamówił śniadanie angielskie, a dla mnie jajecznicę i wędzonego łososia. Nie byłam głodna, ale wszystko zjadłam, chociaż mdliło mnie od zapachu ryby. Edwin był bardzo miły i uprzejmy. Żartował, opowiadał dowcipy i zaczęłam się powoli odprężać.

175

Około jedenastej wróciliśmy taksówką do domu. James musiał już wstać, bo na podłodze w kuchni nie było szkła. Zrobiło mi się smutno, że syn musiał sprzątać pobojowisko po naszej kłótni. Miałam wyrzuty sumienia, bo przecież to ja miałam go chronić, tymczasem to on chronił mnie, sprzątając na wypadek, gdyby Edwin znów wpadł w szał. Ale mąż był spokojny. Kiedy James zszedł na dół, porozmawialiśmy we troje o jego szkole i sporcie. Zrobiłam grzanki z serem i było w miarę normalnie. Przestałam się denerwować.

Po południu zajęliśmy się swoimi sprawami. James odrabiał lekcje, a ja musiałam trochę poczytać, przygotować się do wystawy, którą organizowała galeria. Edwin siedział w gabinecie, więc mu nie przeszkadzałam. Na wieczór zarezerwowałam stolik w restauracji, do której lubił nas zabierać. Zamówiliśmy steki i wino. Po kolacji Edwin wypił whisky. Możliwe, że pił już przedtem, ale nie wiem. Na pewno wypił więcej wina niż ja.

Potem James pojechał do Balham na domówkę, a my wróciliśmy do domu. Edwin wypił kilka szklaneczek whisky i znów wpadł w złość, krzycząc, czemu go nie ma, że skoro już przyjechał, to nie powinien nigdzie wychodzić, tylko z nami rozmawiać. Wtedy popełniłam błąd, mówiąc, że przecież nie chciał go widzieć, więc uderzył mnie dwa razy w twarz za to, że mu się stawiam. Ciągle chodził po pokoju, tam i z powrotem, tam i z powrotem, czekał na Jamesa. O jedenastej, kiedy tylko syn otworzył drzwi, rzucił się na niego, powalił na podłogę i zaczął kopać go w głowę i gdzie popadnie. Udało mi się go odciągnąć i James uciekł na górę. A Edwin wrzeszczał: „Zabiję tego skurwysyna, zabiję!". Wpadł do salonu, znów sobie nalał, a ja siedziałam cicho na schodach. W końcu mu przeszło i zasnął na kanapie.

Madeleine podnosi wzrok.

– Naprawdę uda się wam zmienić zarzut na zabójstwo umyślne?

– Nie wiem. To zależy od wielu rzeczy. Najlepiej by było, gdyby oskarżenie przyjęło pani zeznanie. Wysyłamy im ekspertyzę psychiatryczną, a oni zechcą na pewno, żeby porozmawiał z panią psychiatra z prokuratury. Ale nawet jeśli odrzucą nasz wniosek, zawsze możemy przedłożyć go przysięgłym. Rezultat może być dwojaki, ale zważywszy na okoliczności, warto spróbować.

Madeleine wstaje i idzie na drugi koniec kuchni.

– Ale to prawda. Nie widziałam innego wyjścia. Nie mogłam zrobić nic innego. – Przyciska ręce do twarzy, opiera się o ścianę, osuwa po niej i przykuca. Oczyma wyobraźni widzę, jak zlizuje zapiekankę z podłogi. Widzę but, który ją kopie. Madeleine cicho szlocha. Czytam dalej.

W nocy nie zmrużyłam oka. Ciągle o tym myślałam. Wiedziałam, że muszę coś zrobić, tylko nie wiedziałam co. Rano obudziłam Jamesa i wyprawiłam go do szkoły. Nie chciałam, żeby mąż znów zaczął go bić. Potem wzięłam prysznic i przebrałam się. Edwin wstał późno i nie odzywał się do mnie cały dzień. Zamknął się w gabinecie; nie mam pojęcia, co tam robił. Bałam się wyjść z domu, bo nie wiedziałam, czy nie każe mi czegoś zrobić. Czekałam na niego w kuchni i ugotowałam zupę na wypadek, gdyby zgłodniał. Zszedł na dół około szóstej i znów zaczął pić. Ja też wypiłam kieliszek, żeby się uspokoić, bo trzęsłam się ze strachu. Spytał, gdzie jest James, więc odparłam, że już wyjechał. To go zdenerwowało, bo syn się z nim nie pożegnał. Uderzył mnie dwa razy w brzuch, ale na tym się skończyło. Powiedział: „Nastawiłaś go przeciwko mnie, straciłem syna. Postaram się, żebyś ty też go straciła".

Wtedy coś we mnie pękło. Krzyknęłam: „Przestań mi grozić!", a on roześmiał się i spytał: „Bo co, Madeleine? Bo co?". Uderzył mnie tak mocno w skroń, że upadłam, wtedy dwa razy kopnął mnie w brzuch. „Nie powstrzymasz mnie", dodał. „Mogę zabić was oboje, kiedy tylko zechcę". Wypił jeszcze kilka kieliszków, poszedł na górę i zapadła cisza. Nie mogłam już tego znieść. Tyle razy mnie pobił. Robił to coraz częściej i częściej i nie zamierzał przestać. Bił Jamesa, groził, że go zabije. Naprawdę wierzyłam, że kiedyś spróbuje i zabije nas oboje. Byłam przerażona, nie wiedziałam, co przyjdzie mu do głowy. Doszłam do wniosku, że nie mam wyboru, tak bardzo się go bałam. Sprawdziłam, czy śpi, wzięłam nóż do krojenia mięsa i zaczęłam go dźgać. Nie wiem, skąd wzięłam siłę. Chciałam mieć pewność, że nie żyje i już nigdy nie zrobi nam krzywdy. Coś mnie opętało, dźgałam go i dźgałam, raz słabiej, raz mocniej. Było tyle krwi, że ściekała mi po rękach i tryskała na twarz, ale nie mogłam przestać.

– Dobrze się pani czuje?
Madeleine wciąż siedzi na podłodze, lecz już nie szlocha.
– Tak, chyba tak.
– Nie mogę zagwarantować, że przysięgli pani uwierzą, ale moim zdaniem to, co pani mówi, podpada pod działanie w samoobronie po utracie panowania nad sobą. A to nie jest już morderstwo, tylko zabójstwo umyślne. Musimy wykazać, że bała się pani nie tylko o siebie, ale i o syna. Poza tym mąż groził wam śmiercią, pani i Jamesowi. Uważam, że mamy wystarczająco mocne dowody, żeby przedstawić je ławie przysięgłych: zabiła pani męża, ponieważ ze strachu przestała pani nad sobą panować. Mamy ekspertyzę psychiatryczną, tę drugą, w której mówi pani prawdę, dowód, że wykazuje pani objawy stresu pourazowego i depresji. Mamy dowody agresji męża. Mamy zeznanie Jamesa. Musimy spróbować. Nie sądzi pani? – Pod koniec przemowy wstaję. Mam kamienną twarz. Madeleine się poddaje i nie mogę na to patrzeć.
– Nie wiem, Alison, naprawdę nie wiem. To, że tak bardzo pani we mnie wierzy, dużo dla mnie znaczy, ale naprawdę nie wiem. Muszę to przemyśleć. I porozmawiać z mecenasem Saundersem. Jeśli będzie miał zastrzeżenia, przyznam się do morderstwa. – Madeleine wstaje i obejmuje mnie. Ja ją też, ze łzami w oczach. Nie potrafię sobie wyobrazić jej cierpień. Wykazała się siłą, o jakiej ja mogę tylko pomarzyć. Obejmujemy się przez chwilę, a potem Madeleine podchodzi do zlewu i zaczyna zmywać kubki. Składam papiery i sprawdzam telefon.

Dziesięć nieodebranych połączeń. Pięć SMS-ów. Cholera, co się dzieje? Boże, to Matylda. To na pewno Matylda.

Nie, to nie Matylda.

Pierwszy SMS. Patrick: Zadzwoń.

Drugi. Patrick: Proszę zadzwoń do mnie.

Trzeci. Patrick: To jedno wielkie nieporozumienie. Zadzwoń.

Czwarty. Patrick: Proszę. Błagam zadzwoń.

Piąty. Mark z kancelarii: Proszę o pilny kontakt z kancelarią.

Wychodzę przed dom i dzwonię do niego.

– Nie może pani tego nikomu mówić ani wspominać o tym klientce, ale Patrick jest na komisariacie.

Zamieram, nie jestem w stanie odpowiedzieć.

– Chloe mówi, że o nic go na razie nie oskarżyli, ale to oficjalne przesłuchanie z pouczeniem.

– Czy powiedzieli… Czy Chloe powiedziała, o co chodzi? – Myślę o jego SMS-ach, o tym, co napisał – To jedno wielkie nieporozumienie – i czuję, że w brzuchu rośnie mi ołowiana gula.

– Była bardzo powściągliwa, ale przypuszczam, że ktoś złożył na niego skargę.

– Ale kto? – pytam.

– Chyba jakaś kobieta, nic więcej nie wiem.

Mark dodaje, że jutro nie mam żadnej rozprawy, więc umawiamy się, że nie muszę przychodzić do kancelarii.

– Wszystko w porządku? – pyta Madeleine, kiedy wracam do kuchni.

– Nie… To znaczy tak, oczywiście. Jeden z kolegów ma kłopoty, to wszystko. – Jestem zaskoczona, że mówię tak czystym głosem, tak składnie dobieram słowa. Głowa pęka mi od myśli. – Przepraszam, ale muszę już iść.

– Tak oczywiście. Mam nadzieję, że wszystko będzie dobrze.

– Na pewno – mówię, wierząc, że się nie oszukuję.

Ogarnięta narastającą paniką żegnam się, nie widząc jej twarzy ani nie słysząc głosu. Jak automat idę ulicami

Beaconsfield, bo wezwanie taksówki staje się nagle zbyt skomplikowane. Siadam na peronie i patrzę na odjeżdżające pociągi, najpierw jeden, potem drugi. Dużo później zaczyna padać, więc wsiadam do pierwszego, który się zatrzymuje, nie sprawdzając, dokąd jedzie. Wszystko mi jedno. Robi się ciemno i SMS-y Patricka zlewają się w mojej głowie z tymi, które mogłabym mu wysłać. Zadzwoń wal się to jedno wielkie wal się chyba tego nie zrobiłeś? Wal się! – piszę, kasuję, piszę i znów kasuję. Wiem, że powinnam z nim porozmawiać, ale nie wiem, co powiedzieć. W końcu dzwonię, ale od razu włącza się poczta głosowa i zanim zdążam się nagrać, w telefonie pada bateria.

Wchodzę do domu. Mijam Carla, mijam Matyldę, idę do łazienki i stoję pod prysznicem, aż kończy się ciepła woda. Carl chyba coś do mnie mówi, lecz jego słowa spływają wraz z wodą do kratki w podłodze. Kładę się z nadzieją, że bez względu na to, jakie strachy przyniesie noc, jutro nigdy nie nadejdzie.

17

Ale nadchodzi. Jest środa.

Wskakuje na mnie Matylda.

Nie zwracam na nią uwagi.

Carl potrząsa mnie za ramię.

Na niego też nie zwracam uwagi.

Mój telefon ani nie dzwoni, ani nie brzęczy.

Ale i tak bym nie zareagowała.

Z głową wepchniętą w poduszkę leżę szczelnie owinięta kołdrą. Jutro już nadeszło i nic się nie zmieniło. Nic nie zniknęło. W uszach pobrzmiewają mi fragmenty rozmowy z Markiem. „Jeszcze go nie oskarżyli, przesłuchanie z pouczeniem". Co wcale nie znaczy, że to prawda.

Cofam się myślą do piątku, tego w moim domu. Krzyczałam: Przestań! Przestań!

I przestał. W końcu przestał. Nie jest gwałcicielem. To Patrick.

A jeśli nie przestał?

Jeśli tym razem…

Niemożliwe. Przecież to Patrick.

Nie chcę w to wierzyć.

Nie wiem, co o tym myśleć.

●　●　●

– Alison, musisz odebrać, dzwonią z kancelarii. – Carl wpycha słuchawkę do mojego kokonu. Chcę mu powiedzieć, żeby dał mi święty spokój, ale nie mogę, już nie. Wykopuję się spod kołdry i przykładam słuchawkę do ucha.

– Halo? – Mam dwa razy grubszy język.

– Dzień dobry, pani mecenas. – To Mark. – Przepraszam, że zawracam głowę. Wiem, jak się umawialiśmy, ale chciałem przekazać pani najnowsze wiadomości.

– Wiadomości?

– Tak. Przed chwilą dzwoniła Chloe. Dziś o siódmej rano Patrick wyszedł za kaucją. Musi się stawić za tydzień. Grozi mu oskarżenie o gwałt. Ponieważ jest zawieszony do czasu wyjaśnienia sytuacji, Chloe przejmuje jego obowiązki. Prosi panią o telefon w sprawie Madeleine Smith.

– Rozumiem. – Siadam i szukam długopisu. Daję się zwieść normalności, lecz tylko na chwilę. Opadam na poduszkę. – O gwałt? Na pewno?

– Tak. Niestety.

– Wiadomo kto… – urywam. – Przepraszam, nie powinnam o to pytać.

– Nie, nie, nic poza tym nie wiemy. Chloe prosi o telefon na komórkę albo do kancelarii. Radziłbym nie zwlekać. Jest zdenerwowana.

Mark kończy rozmowę. Patrzę na słuchawkę, zastanawiając się, jak jego słowa trafiły przez eter do mojego ucha.

– Gwałt? – powtarza Carl.

Omal nie podskakuję. Nie zdawałam sobie sprawy, że wciąż jest w pokoju.

– Nowa sprawa – mówię. – Ale dopiero za tydzień.

– Aha. – Carl nie wychodzi, uważnie mi się przygląda. – Źle wyglądasz. Jesteś zielona. Znowu kac?

– Nie. Wczoraj byłam w terenie. Nie wiem, parę razy zrobiło mi się niedobrze. Wzięłam wolny dzień – mówię w miarę normalnym głosem, choć kosztuje mnie to dużo wysiłku. W piersi budzi się do życia wulkan Krakatau, grozi mi tsunami łez i nie chcę, żeby Carl je widział.

– Wymiotowałaś? Boże, mam nadzieję, że nie złapałaś żadnego wirusa. Nie pozwolę Matyldzie tu wchodzić. – Idzie szybko do drzwi. – Chcesz czegoś?

– Nie – odpowiadam, choć tak naprawdę chcę. Chcę cofnąć czas i zabić ten koszmar. Chcę, żeby przestały mnie wciągać ruchome piaski.

Chowam się pod kołdrę i zamykam oczy.

• • •

Leżę do końca dnia. Carl jest dla mnie dobry. Po powrocie z pracy gotuje zupę i przynosi mi ją do łóżka. Jem, Carl zabiera tacę, a ja znów zamykam oczy. Chwilę później wraca i siada obok mnie z laptopem na kolanach. Cieszę się, że nic nie mówi i szanuje moje milczenie. Przez cały wieczór widzę twarz Patricka, szarą i nabiegłą krwią. Dzwonię do niego jeszcze raz, chociaż ręce trzęsą mi się tak bardzo, że z trudem wybieram numer. Wciąż ma wyłączony telefon.

O ósmej przychodzi SMS. Nareszcie. Słyszę brzęczenie komórki i gwałtownie drgam, ale Carl tego nie zauważa, bo jest zbyt pochłonięty komputerem.

Alison, ona kłamie, to nieprawda.

Kasuję wiadomość i piszę: Nie wiem, co o tym myśleć.

Odpowiada natychmiast: Proszę, zaufaj mi, przecież mnie znasz. Nie zrobiłbym tego. Przynajmniej daj mi szansę to wytłumaczyć.

Tę wiadomość też kasuję. I myślę.

Odpisuję: Dobrze, ale niczego nie obiecuję. Porozmawiamy jutro.

Długie milczenie i wreszcie: Dziękuję.

Wyłączam telefon i znów owijam się kołdrą, żeby uciec od świata.

Carl się trochę uspokoił, bo przynajmniej nie wymiotuję, więc odwiedza mnie Matylda. Kładzie się obok mnie, pozwala się objąć i leżymy tak we dwie. Czuję na szyi jej ciepły oddech i żelazna obręcz ściskająca moją pierś trochę się rozluźnia. Carl patrzy na mnie ponad głową Tilly i uśmiecha się szczerze, pierwszy raz od wielu miesięcy.

Siada obok nas i kładzie mi rękę na ramieniu. Obręcz prawie pęka i wzdycham.

– Muszę na trochę wyjść – mówi Carl. – Lepiej się czujesz?

– Tak. Chyba mi przeszło.

– To dobrze. Położę Tilly spać. Będziesz grzeczna, prawda?

Wyraźnie zmęczona Matylda kiwa główką i Carl bierze ją na ręce.

– Mam spotkanie z pacjentem, tym niedoszłym samobójcą. Wciąż źle się czuje. Niedługo wrócę.

Nie żeby mnie to nie obchodziło, ale nie mam siły z nim rozmawiać. Najważniejsze, żeby zadbał o Matyldę.

– Jasne – mówię. – Nic nam nie będzie.

Śpiewa jej coś i niesie ją do pokoju. Zakopuję się w kołdrę.

• • •

Następnego dnia zaraz po śniadaniu jadę do pracy. Carl i Matylda odprowadzają mnie na ulicę i czekamy razem na autobus. Kiedy nadjeżdża, macham im na pożegnanie i wsiadam.

Mark jest powściągliwy i rzeczowy – wręcza mi kilka nowych akt. Dokumenty dotyczą nie tylko Madeleine Smith, ale ciągnącej się od miesięcy sprawy o gwałt i oszustwo. Wkrótce mają wyznaczyć datę rozpoczęcia procesu i przeglądając papiery, myślę, o ile łatwiej mi będzie, kiedy wreszcie ruszy: trzy miesiące w Chichester Rents o krok od Fleet Street. Od dziewiątej do piątej, prawie normalne życie. Będę mogła odprowadzać Tilly do szkoły i ją odbierać. Dzwonię do Marka.

– Mógłbyś podrzucać mi więcej oszustw? Albo dochodzeń? Chciałabym dostać wreszcie coś bardziej przewidywalnego.

Mark obiecuje, że się postara. Uśmiecham się do siebie. Oto rozwiązanie. Może powinnam pomyśleć o przejściu do Koronnej Służby Prokuratorskiej. Gdybym miała mniej skomplikowaną pracę, może bym się tak nie denerwowała. A gdybym była spokojniejsza, mogłabym w pełni skupić się na Matyldzie i Carlu, a wtedy Carl przestałby się na mnie wściekać.

● ● ●

Patrick dzwoni do mnie w porze lunchu. Patrzę z wahaniem na ekran komórki i odbieram.

– Patrick? Próbowałam się do ciebie...

– Wiem, przepraszam. Było mi... ciężko. Możemy się spotkać?

Zwlekam z odpowiedzią. Z jednej strony chcę się uspokoić i utwierdzić w przekonaniu, że nie jest potworem, a z drugiej mam ochotę uciec gdzie pieprz rośnie. Ale po tym, co razem przeżyliśmy...

– Dobrze. Gdzie?

Proponuje kafejkę przy Cut na wschód od dworca Waterloo i zgadzam się z ulgą, że to daleko od Fleet Street. Idę i przechodzę przez most. Im bliżej celu, tym bardziej zwalniam.

Siedzi w głębi sali, obejmując kubek dłońmi. Kiwa mi głową na powitanie, a kiedy podchodzę do stolika, wstaje i wyciąga do mnie ręce. Waham się, lecz pozwalam mu się objąć. Jego dotyk przypomina mi, że to on, Patrick, mój przyjaciel, kolega i kochanek, więc odwzajemniam uścisk. Gwałtownie wciąga powietrze, szlocha i czuję na szyi jego łzy, czuję, jak drży. Poklepuję go delikatnie po plecach i siadamy naprzeciwko siebie. Znów obejmuje dłońmi kubek, ale nie pije, tylko do niego zagląda. Milczenie staje się nie do zniesienia.

– Patrick, musisz ze mną porozmawiać – ponaglam go w chwili, kiedy zaczyna mówić.

– Chcę ci to wyjaśnić, przynajmniej spróbować. To nie tak, ona chce mnie wrobić, żeby wyjść z tego suchą stopą.

Otwieram usta, lecz nie wydobywa się z nich żaden dźwięk.

– Mówię poważnie, musisz to zrozumieć – dodaje z nutą paniki w głosie.

– Dlaczego muszę? – Z trudem wypowiadam słowa.

– Bo to dla mnie ważne. Innych mam gdzieś, ale na tobie mi zależy.

Długo milczę, próbując się pozbierać. Muszę to wreszcie rozgryźć, połączyć kropkę z kropką.

– Wyszedłeś za kaucją.

– Tak.

– Nie postawili ci zarzutów?

– Za tydzień idę na policję. W poniedziałek. Pewnie weryfikują teraz moje zeznania. Powiedzieli, że wrzucą mnie na szybką ścieżkę.

– Na szybką ścieżkę? – Kropki skaczą po papierze. Wiem, że mówię bez ładu i składu i tylko za nim powtarzam. – Dlaczego?

– To przez osobę, o którą chodzi.

– To znaczy? Kto to jest?

Patrick ukrywa twarz w dłoniach.

– Powiedz, co się stało – napieram bardziej zdecydowanym głosem.

– To trudne, naprawdę trudne. – Patrzy przed siebie, ale nie na mnie. Ma ziemistą cerę i podkrążone oczy. Jak dusza towarzystwa, która straciła swój ogień.

– Patrick, musisz mi powiedzieć. Zaczynam się bać.

Bierze głęboki oddech.

– Dobrze. To było w poniedziałek.

– Kiedy w poniedziałek?

– Pod wieczór. Wtedy mnie aresztowali.

Cofam się w czasie. W poniedziałek rano rozmawialiśmy o Madeleine, po południu też.

– Przecież dzwoniłam do ciebie o wpół do czwartej czy piątej. Rozmawialiśmy.

– Tak, ale już po lunchu. Byłem wlany. Nie wyczułaś?

– Nie. – Zawsze miał mocną głowę.

– Potem też piliśmy, więcej, niż powinniśmy.

– Z kim byłeś na lunchu? – pytam powoli i z rozmysłem.

Milczy.

– Patrick, z kim byłeś na lunchu? Rozumiem, że to ta sama osoba, która złożyła skargę.

Osuwa się na krześle. Jest szary, zmęczony. Wygląda jak sześćdziesięciolatek. Rozkłada ręce na stole, wachlarz w rozlanej herbacie.

– Proszę – nalegam.

– Przysięgnij, że nigdy nikomu nie powiesz. Powiedziałem tylko Chloe.

– Przysięgam. Mów.

– Z Caroline Napier. Byłem na lunchu z Caroline Napier. I tak, to ona złożyła doniesienie.

Brakuje mi tchu, odrzucam do tyłu głowę. Długo wstrzymuję oddech i powoli wypuszczam powietrze. Niech to szlag.

– Ta z Rady Królewskiej?

– Ta z Rady Królewskiej.

– Przecież ona ma męża, tego dziennikarza... – Caroline Napier to legenda, najmłodsza kobieta, która jako mężatka i matka trojga dzieci dorobiła się tak wysokiego stanowiska.

– Zostawił ją dla jakiejś trenerki, jest zupełnie rozbita. Urżnęliśmy się, okej? Wpadliśmy na siebie w sądzie, w Luton. Przed południem wracaliśmy razem pociągiem do Londynu. Zaproponowałem lunch. Zgodziła się. Zaczęliśmy pić i piliśmy coraz więcej. Rozpadło się jej małżeństwo, puściły jej hamulce. Szliśmy przez Clerkenwell, tam gdzie są te ogrody, wiesz. Przeszliśmy przez płot. Byliśmy tam kiedyś, pamiętasz? Myślałem, że nikt nie zobaczy...

– Nie zobaczy czego? – Przypominają mi się jego słowa i czuję, że mam zimne dłonie. „Stworzymy razem coś wyjątkowego". Prawie mu uwierzyłam.

– Nas. Tego, co robiliśmy.

– A co robiliście? – pytam spokojnie głosem zimnym jak moje dłonie.

– Mam to przeliterować? – Zaraz się rozpłacze, drży mu podbródek.

– Tak.

– Miejsce wydawało się odizolowane. I było ciemno. Całowaliśmy się już w restauracji. Potem w pubie. Przeszliśmy przez płot. Dobrze się bawiła, było cicho i spokojnie, czułem, że chce tego tak jak ja…

– Chce czego?

– Przestań, Alison. Pieprzyliśmy się na ławce, i tyle. Dlaczego każesz mi to mówić?

– A dlaczego nie chcesz mówić sam?

– Bo znów będziesz zazdrosna, a to ostatnia rzecz, jakiej mi teraz potrzeba.

Jego słowa osiadają mnie jak natrętne muchy. Nie mogę ich odpędzić.

– Nie wiem, czy to teraz najważniejsze – mówię, siląc się na spokój.

– Przepraszam. Ciężko mi się dzisiaj myśli. Nie to chciałem powiedzieć. – Osuwa się na krześle jeszcze bardziej. – Aresztowali nas. Ktoś nas zobaczył i zadzwonił na policję.

Milknie, jakby czekał, że coś powiem, ale nie potrafię znaleźć odpowiednich słów.

– Zabrali nas na najbliższy posterunek i wsadzili do celi, żebyśmy wytrzeźwieli. We wtorek rano zaproponowali nam mandat za obrazę moralności publicznej. Ja się zgodziłem, ona nie. Kiedy wytrzeźwiała, oświadczyła, że była zbyt pijana, żeby wyrazić zgodę na stosunek. Twierdzi, że wiedziała, że mnie całuje, ale kiedy weszliśmy do ogrodu, nie było już zabawnie i chciała przestać, lecz zmusiłem ją do seksu. Że próbowała protestować, ale była zbyt pijana. Cokolwiek się wydarzy, ma zagwarantowaną anonimowość. Moim nazwiskiem prasa będzie podcierała sobie tyłek, ale jej nie tkną.

Odbiera mi mowę. To macanie, obłapywanie, ściskanie, szarpanie – czuję każdy dotyk. Ja też to przerabiałam. Byłam w tym ogrodzie. Rododendrony, ławka, zapach gnijących liści. Oparłam się o tył ławki, wciąż pamiętam to chropowate drewno. Wszedł we mnie gwałtownie i po paru sekundach było po wszystkim.

– Nic nie powiesz? – pyta.

– Nie wiem, co o tym myśleć. To poważny zarzut. Wątpię, żeby to zmyśliła.

– Czyli kłamię, tak? Wielkie dzięki, Alison – mówi gniewnie, lecz po chwili się uspokaja. – Dobra, rozumiem. Rozumiem, że to trudne. Ale ona myśli tylko o sobie. Jeśli spojrzeć na to obiektywnie, to cholernie sprytne. Przypuszczam, że nie postawią mnie przed sądem. Jest za mało dowodów. Być może Caroline wycofa nawet oskarżenie, żeby nie mieć wyrzutów sumienia. Ale jako powódka w tego rodzaju sprawie ma zagwarantowaną dożywotnią anonimowość. Nikt jej tego nie wytknie, nie wymieni jej nazwiska. Wygra tak czy inaczej.

Gapię się na niego z otwartymi ustami. Znów przypomina mi się ten piątkowy wieczór, kiedy nie chciał przestać. Tak, muszę założyć, że jest zdolny do gwałtu. Mimo to wciąż się waham. To, co mówi, jest zupełnie niedorzeczne, bez wątpienia, lecz nie pozbawione pewnej logiki. Być może zrodzonej z desperacji, ale jednak logiki.

– Naprawdę sądzisz, że…

– Tak, tak sądzę. – Nachyla się ku mnie i jego szarą twarz ożywia rumieniec. – To ma sens, ona myśli tylko o sobie. Zakłada, że mnie nie oskarżą. Spójrz na statystyki. W sądzie nic by mi nie udowodnili. Cały dzień piła, była pod wpływem alkoholu. Nie ma fizycznych dowodów przemocy, nie ma świadków, którzy potwierdziliby, że nie wyraziła zgody na…

– Wystarczy, rozumiem. Mimo to bardzo ryzykuje, bo mogą oskarżyć ją o wprowadzenie policji w błąd. Albo o coś gorszego.

– Ją? Caroline Napier z Rady Królewskiej? Kto będzie ją o coś takiego podejrzewał? Wszyscy jej uwierzą. Liczę tylko na to, że z braku dowodów wycofa oskarżenie i na tym się skończy. Jestem niemal pewny, że tak będzie.

Rzecz w tym, że ktokolwiek o tym usłyszy, powie, że nie ma dymu bez ognia. – Milknie. – Wierzysz mi?

Kręci mi się w głowie.

Wiem, jaki jest. Wiem, jaka jest Caroline Napier.

Nie powiedziałaby tego, nie skłamałaby. Po co miałaby się narażać? Broniłam w paru procesach, w których oskarżała. Doskonale wie, co się dzieje, kiedy ktoś składa tego rodzaju doniesienie. Cała ta procedura, te badania, te wszystkie wymazy – musiała przez to przejść. Zalewa mnie fala współczucia. Nie, żadna kobieta nie zmyśliłaby tego.

– Proszę, powiedz coś. Cokolwiek.

Jednak z drugiej strony… Caroline jest teraz w złym stanie psychicznym, a ludzie w złym stanie psychicznym robią głupie rzeczy. Rozbite małżeństwo, za dużo alkoholu, to, że przyłapano ją na gorącym uczynku…

– Tak, sprawa jest niejasna, ale znalazłeś się w cholernie trudnym położeniu. – Nie wytykam mu, że się z kimś przespał. Ten etap mamy chyba za sobą.

– Moja wina, niepotrzebnie się z nią spotkałem. Nie mówiąc już o reszcie. Wiem, że mnie potępiasz, i nie chcę cię zranić. Jesteś światłem mojego życia.

Drga mi serce, lecz nagle dopada mnie rzeczywistość. Mam męża. Mam córkę. Mimo zamieszania i dramatyzmu, jakie towarzyszą mojemu romansowi z Patrickiem, trudno go nazwać znaczącym. Tak, dawał mu podniecającego kopa, mnie też. Był dla mnie pocieszeniem i ucieczką, bo chciałam, żeby ktoś mnie pragnął, a nie odpychał. Ale czy Patrick jest światłem mojego życia? W żadnym wypadku. Światłem mojego życia jest Matylda, tylko ona. Patrzę na niego. Nagle rozdziela nas przepaść, otchłań, której nie sposób pokonać. Patrick nie wygląda już tak jak kiedyś. Jest nieogolony, zapadnięty w sobie, grozi mu utrata reputacji. A jeśli coś pójdzie nie tak, może stracić wolność i zaprzepaścić karierę. Szukam w sobie współczucia, lecz za bardzo przytłacza mnie to, przez co Caroline musiała przejść.

– Proszę, Alison, powiedz, że jesteś ze mną. Potrzebuję teraz przyjaciela.

Waham się i biorę go za rękę, starając się nie wzdrygać przed dotykiem jego palców. Potem wstaję i wychodzę.

W drodze do kancelarii kupuję papierosy, staję w bramie i palę. Tłumaczę sobie, że to przez ten stres. Bo kiedy mam kupować papierosy, jeśli nie teraz? Dym wciska się do nosa, łzawią oczy i nagle ogarnia mnie odraza. Ten zapach, ten smak – wyjmuję paczkę, gniotę ją i wrzucam do najbliższego kosza na śmieci.

• • •

Kilka godzin siedzę nad papierami i o trzeciej mówię Markowi, że idę do domu. Piszę do Carla, że odbiorę Tilly, a on cieszy się, bo może przyjąć dodatkowego pacjenta. Potem wyłączam komórkę. Nie chcę oglądać tych anonimowych SMS-ów. Jadę metrem do Holloway i znów zaliczam Waitrose, tym razem dużo szybciej, przemykając alejkami jak zawodowiec. Żadnych tam steków czy warzywnych afrodyzjaków, proste, domowe jedzenie, składniki do zapiekanki rybnej, lasagne i czekoladowego ciasta, które chcę upiec z Matyldą dokładnie tak, jak piekła je z matką Carla.

Matylda cieszy się, kiedy ją odbieram. Rozmawiam z matkami czekającymi przed szkołą, jest miło i swobodnie. Nie pamiętam, dlaczego uważałam, że są straszne. Przeciwnie, są bardzo serdeczne. Kobieta w okularach i obszernym swetrze mówi, że jej córka Salma lubi bawić się z Tilly, więc może dziewczynki spotkałyby się kiedyś po szkole, w domu? Okazuje się, że obie nie znosimy chodzić na basen, i kobieta śmieje się wesoło, kiedy udaję straszną panią Anderson, tę ze świetlicy.

W pewnej chwili kładzie mi rękę na ramieniu i mówi:

– Pracować zawodowo i wychowywać dziecko: naprawdę nie wiem, jak pani to robi. – Jest tak otwarta i prostolinijna, że te wyświechtane słowa mnie nie rażą.

Ściska mnie w gardle i muszę odkaszlnąć.

– Nie jest łatwo, ale Carl świetnie się spisuje.

– Macie uroczą córeczkę.

– Dziękuję – mówię szczerze.

Dzieci wybiegają ze szkoły i rozchodzimy się w poszukiwaniu córek, ale tuż przedtem zanim się rozstaniemy kobieta dodaje:

– Mam na imię Rania. Miło mi się rozmawiało.

– Mnie również. A ja jestem Alison.

– Za dwa tygodnie kilka mam wybiera się na kolację. Nie chciałaby pani do nas dołączyć?

Odruchowo chcę odmówić, ale w warstwie zmrożonego śniegu zaczyna kiełkować coś zielonego. Minęło tyle czasu...

– Tak, chętnie. Wiem, że rzadko tu przychodzę, ale...

– Tym lepszy powód, żeby wybrać się z nami na kolację. Bardzo chciałybyśmy panią poznać. Chyba mam pani adres mejlowy. Wpiszę panią na listę zaproszonych.

– Dziękuję, jest pani bardzo miła. – Bo naprawdę jest. Jej otwartość sprawia, że coś we mnie topnieje.

– Jest pani na WhatsAppie? Mamy tam grupę klasową.

Kręcę głową, uśmiecham się i zielona siewka chowa się w śniegu. Zainstalowałam WhatsAppa i niemal od razu go odinstalowałam, bo to ciągłe jęczenie, narzekanie na prace domowe i zgubione skarpetki odbierało mi chęć życia.

– Nie dziwię się, to cholernie irytujące – mówi Rania i siewka znów wystawia główkę spod śniegu.

– Miałam dość. Te wszystkie ogłoszenia, zawiadomienia...

– Ja od razu je wyłączyłam – przerywa mi ze śmiechem. – Tylko niech pani nikomu nie mówi.

Mam ochotę ją wyściskać. To moja pierwsza normalna rozmowa od wielu miesięcy. Zmarnowałam tyle czasu, zadręczając się głupimi facetami i stresując polityką szkolnych bram. Ale dość tego.

• • •

Matylda i ja, trzymając się za ręce, wracamy do domu. Ja robię zapiekankę, a Tilly odrabia pracę domową, rysuje pieski i pisze opowiadanie o słoniu. Kończy i pozwalam jej włączyć iPad. Ugotowałam jajka do zapiekanki i obieram je pod kranem. Chcę je pokroić, lecz nagle przypominam sobie o krajalnicy, którą dostałam na Gwiazdkę od matki Carla, kiedy Matylda chodziła jeszcze do żłobka i codziennie musiała zabierać ze sobą lunch. Rozwinęłam prezent i zajrzałam do pudełka. Krajalnica, foremki w kształcie dinozaurów, śliczne pudełeczka na owoce – aluzja była tak wyraźna, że aż ogłuszająca. Uśmiechnęłam się sztucznie i schowałam to wszystko do pakamery.

Idę tam teraz z nadzieją, że krajalnica leży gdzieś za środkami czyszczącymi i plastikowymi torebkami. Wszystko wyjmuję, no i proszę, nie ma to jak obowiązki domowe, od których tak długo uciekałam. Pudełko jest zakurzone, lecz krajalnica, dinozaury i pudełeczka są jak nowe. Wyjmuję krajalnicę i wracam do kuchni.

– Mamusiu, co ty robisz? – Tilly spogląda na mnie znad ekranu iPada.

– Będę kroiła jajka do zapiekanki.

– Super, lubię jajka. Mogę ci pomagać?

– Pewnie, muszę tylko zobaczyć, jak to działa.

Stajemy obok siebie przy blacie. Biorę ugotowane na twardo jajko, wkładam je do krajalnicy i naciskam część ze stalowymi drucikami. Przez chwilę nic się nie dzieje, jajko wciąż wygląda normalnie, ale kiedy je podnoszę, rozpada się na cieniutkie, równiutkie plasterki z żółtym środkiem.

– Ekstra! – mówi Matylda i w pełni się z nią zgadzam. Nie wiem, dlaczego wypróbowuję ten gadżet dopiero teraz. – Mogę pokroić resztę?

Staję z boku, a ona kroi pozostałe trzy jajka. Iluzja jest za każdym razem taka sama, jajka są niby całe, a po chwili okazuje się, że jednak nie całe. Robimy zapiekankę, wstawiamy ją do piecyka i pieczemy, aż ziemniaki stają się złociste, w zagłębieniach i szczelinach pojawia się bielutki sos, a kuchnię wypełnia zapach wędzonej ryby.

Kiedy jest gotowa, wyjmuję ją z piecyka, żeby się ostudziła i włączam komórkę. Chcę sprawdzić, o której Carl wraca do domu. Kolacja gotowa, praca domowa odrobiona – powinien być pod wrażeniem. Zostawiam Matyldę z iPadem i spięta idę do salonu, przygotowując się na najgorsze, na kolejne anonimy lub wiadomość od Patricka. Ale nie, nie ma żadnych SMS-ów, ani jednego. Zalewa mnie fala ulgi, rozluźniają mi się ramiona. Siadam na kanapie i sprawdzam mejle. Też nic ważnego. Tylko kilka wiadomości z kancelarii, to wszystko. Zamykam oczy i odchylam głowę, ciesząc się, że nic nie zepsuje nam wieczoru. Brzęczy telefon – wiadomość głosowa. Znów spięta patrzę na ekran, ale to tylko Carl: Będę koło ósmej, nie czekajcie na mnie z kolacją. Na razie.

Wracam do kuchni, gotuję zielony groszek, siadamy przy stole i jemy. Resztę zapiekanki przykrywam folią i zostawiam dla Carla. Matylda opowiada mi o grze, w którą grała, i o koleżankach, i cieszy się, kiedy mówię, że pewnie pójdę na kolację z mamami z jej klasy. Śmieję się i mam lekki głos bez czających się w nim zmartwień. Ale zmartwienia tam są, nie odstępują mnie przez całą rozmowę: Patrick i jego sytuacja.

Kładę Tilly spać i sama też idę do łóżka. Trochę za wcześnie, ale jest mi zimno i lecę z nóg. Wstrząs powoli mija, mija poczucie nierzeczywistości, które dręczyło mnie cały dzień, mimo podtrzymujących na duchu prac domowych. Nareszcie wiem, gdzie jestem: w łóżku, w swoim domu. W pokoju obok śpi moja córka, zaraz wróci mąż. Kiedy słyszę, jak przekręca klucz w zamku, czuję ulgę, że jesteśmy wszyscy razem, pod jednym dachem.

– Przepraszam, że dopiero teraz – mówi, siadając na brzegu łóżka. – W kuchni pysznie pachnie.

Uśmiecham się, Carl schodzi na dół, a ja sprawdzam telefon. Nic. Wraca Carl z zapiekanką, więc wyciszam telefon.

– Chcesz coś obejrzeć? – pyta. – Nowy serial?

Jestem zaskoczona. Miła niespodzianka. Dawno temu, kiedy jeszcze nie było między nami tak źle, oglądaliśmy razem *Prawo ulicy*.

– Chętnie. Jaki?

– Może coś zagranicznego? Scandi-noir? Pójdę po laptop.

Siedzimy obok siebie z głowami na poduszce, zalani poświatą z ekranu. Film jest z napisami, więc muszę się skupić i wkrótce wciąga mnie bez reszty. Kończy się pierwszy odcinek i od razu zaczynamy oglądać następny. Zbliża się północ i jestem zbyt zmęczona, żeby obejrzeć trzeci, ale Carl nie ma nic przeciwko temu i leżymy blisko siebie, choć raz zapominając o kłótniach.

– Spokojny wieczór, tylko ty i ja – mówi. – Lubię, kiedy tak jest.

Zamiast coś odpowiedzieć, obejmuję go i już wie, że ja też.

• • •

Mija piątek, dwa wnioski o kaucję i krótki wypad do sądu koronnego w Belmarsh. Ani jednego drinka – wracam prosto do domu, wpadając jedynie do kancelarii po akta na poniedziałek. Rozmawiam przez telefon z Chloe o sprawie Madeleine Smith. Chcę ją spytać o Patricka, ale gryzę się w język i Chloe niczego nie wyczuwa.

Kolejny spokojny wieczór. Matylda idzie wcześnie spać, a my oglądamy kolejne dwa odcinki serialu. Może będzie dobrze. I choć w głębi serca w to wątpię, nie chcę myśleć inaczej.

18

Carl pracuje cały weekend, więc w sobotę rano zabieram Tilly na basen i nie jest tak źle, jak myślałam. Są krzesła, na których można usiąść i popatrzeć, wszyscy są przyjaźnie nastawieni. W niedzielę rano świeci słońce, więc jedziemy do Hampstead Heath, gdzie Matylda wspina się na wielkie dęby w pobliżu wejścia do Kenwood. Robię jej zdjęcia, kiedy zwisa jak małpka z niższych gałęzi. Liście już opadły i Tilly rozrzuca nóżkami sterty, które zebrały się pod drzewami.

– Lubię chodzić z tobą po drzewach – mówi. – Tatuś nie pozwala tak wysoko się wspinać.

Zastanawiam się, czy jej nie zabronić, ale tak się cieszy, że nie chcę psuć jej zabawy.

– Tylko nie spadnij, bo będzie zły.

Tilly chichocze, a ja tłumię w sobie przebłysk nielojalności. Idziemy na szczyt wzgórza, do kiosku z kawą po prawej stronie, który choć raz jest otwarty. Sobie kupuję espresso bez pianki, a ona waha się między gorącą czekoladą i lodami.

– Jest za zimno na lody – mówię.

Matylda myśli przez chwilę i odpowiada:

– Na lody nigdy nie jest za zimno.

Sprzedawczyni wybucha śmiechem i podaje jej dwie gałki lodów w rożku.

Wracamy do dębów i śmieję się, bo Tilly ma całą twarz w czekoladzie; ślinię chusteczkę i z grubsza ją wycieram. Matylda zaczyna biegać. Biega w kółko, odbiega, wraca, chwyta mnie z ręce, obraca, rzuca do góry garściami liści. Ja też rzucam, a ona próbuje je złapać.

– Zamknij oczy – mówi.

– Po co?

– Pobawimy się w chowanego. Ja się schowam, a ty będziesz mnie szukała.

– Dobrze. – Zasłaniam rękami oczy.

– Ale obiecaj, że nie będziesz patrzyła. I musisz policzyć do stu.

– To za długo, skarbie. Może do pięćdziesięciu?

– Tatuś tak zawsze liczy, ale to niesprawiedliwe, bo wtedy nie można dobrze się schować.

Waham się, nie chcąc burzyć naszego sojuszu.

– To może do siedemdziesięciu pięciu? – proponuję.

– Nie, do stu. Prooooszę… – przeciąga sylabę tak błagalnie, że nie potrafię jej odmówić.

– No dobrze, do stu. Tylko nie odchodź za daleko.

– Obiecuję. A ty obiecujesz, że nie będziesz patrzyła?

– Obiecuję. Raz, dwa, trzy… – zaczynam liczyć.

Matylda tłumi śmiech, przytula się do mojej nogi i słyszę jej kroki, szelest liści.

– Liczysz, mamusiu? Bo nie słyszę!

Śmieje się gdzieś za moimi plecami. Szybko ją znajdę.

– Trzydzieści jeden, trzydzieści dwa…

Kroki się oddalają, cichnie szelest liści. Już nie słyszę jej oddechu.

– Czterdzieści osiem, czterdzieści dziewięć… – Rozglądam się ukradkiem.

– Mamusiu! Miałaś nie patrzeć! – Słyszę ją, lecz jej nie widzę. Zasłaniam oczy.

Czyjeś kroki: dzieci, dorosłych, truchtanie psa. Ktoś się śmieje.

– Pięćdziesiąt sześć, pięćdziesiąt siedem…

Zaczynam się nudzić. Nie liczyłam do stu od lat i jestem zaskoczona, że tak długo to trwa. Nie mam ochoty stać z zamkniętymi oczami, wolę patrzeć na błękitne niebo i jej twarzyczkę.

Ale obiecałam.

– Sześćdziesiąt siedem, sześćdziesiąt osiem…

Czyjeś głosy, najpierw blisko, potem daleko. „Piłka" i „zapiekanka mięsna" – wyraźnie słyszę tylko te słowa. Potem niewyraźne mamrotanie i śmiech. Jeszcze później odległy krzyk i skrzypienie gałęzi na wietrze.

– Osiemdziesiąt jeden, osiemdziesiąt dwa…

Wyostrzają mi się pozostałe zmysły. Otacza mnie jesień. Słaby zapach ogniska, stęchły zapach gnijących liści, cichutki pomruk przelatującego wysoko samolotu, który skręca na północ w kierunku któregoś z lotnisk. W kabinie zalatuje potem i brudnymi skarpetami, z toalety dochodzi lekki odór amoniaku, ilekroć ktoś otwiera drzwi. Pasażerowie wyglądają przez okna, szukając znajomych miejsc: Wembley, Kenwood House, Hampstead Heath, wielkie placki zieleni – są za wysoko, żeby dostrzec poruszające się punkciki: ludzi i psy biegające po Parliament Hill.

– Dziewięćdziesiąt dziewięć, sto. Idę! – wołam.

Otwieram oczy i rozglądam się. Nigdzie jej nie widać. Zapamiętuję miejsce, gdzie kryłam i obchodzę drzewa, zaglądając za nie i wypatrując srebrno-zielonej kurtki z kapturem. Tu jej nie ma. Idę na skos, śmiejąc się, że tak dobrze się ukryła.

– Za dobrze się schowałaś! – wołam. – Nie mogę cię znaleźć!

Odpowiada mi tylko szumiący między drzewami wiatr. Przyspiesza mi puls, w żyłach krąży coraz więcej adrenaliny. Jedno drzewo, drugie – wszystkie są takie same, wszystkie wyciągają do mnie swoje konary. A może to ja ją mam? – mówi dąb. Nie, to ja! – krzyczy buk. Z pnia dębu gapi się na mnie jedna twarz, z pnia buka druga, szyderczo uśmiechnięta. Zatrzymuję się, żeby złapać oddech. Nie, drzewa nie ożyły. Nie czają się w nich złe moce, to nie one połknęły Matyldę.

Jednak wciąż nigdzie jej nie widzę.

– Matylda! – wołam. – Matylda! Możesz już wyjść, wygrałaś!

Cisza. Z krzaków nikt nie wybiega. Ze ściśniętym gardłem obracam się dookoła, wypatrując małej blondyneczki. Coraz szybciej oddycham.

– Matylda! Matylda!

Podchodzi do mnie mężczyzna w stroju do biegania.

– Szuka pani psa? Tam jest jakiś spaniel, chyba się zgubił.

– Nie, szukam córki. Bawiłyśmy się w chowanego. – Mówię z trudem. Zaczyna ogarniać mnie panika, panika i strach.

– Jak wygląda? – pyta biegacz.

– Jest mniej więcej tego wzrostu… – Wskazuję biodro. – Ciemna blondynka. Musi gdzieś tu być. Zamknęłam oczy i liczyłam do stu.

Mężczyzna okrąża drzewa, wołając ją po imieniu. Dołącza do niego drugi. Widząc zamieszanie, dwie kobiety z psami pytają mnie, co się stało. Próbuję im to wytłumaczyć.

– To trwało ledwie dwie minuty, zamknęłam oczy na niecałe dwie minuty. Tak bardzo chciała pobawić się w chowanego, nie powinnam była jej słuchać…

– Uspokój się, złociutka, znajdziemy ją. Pewnie weszła do Kenwood. Matylda, tak?

Żelazną bramą wchodzą na teren posiadłości i słyszę, jak nawołują. Po mojej lewej stronie woła biegacz. Do poszukiwań przyłącza się coraz więcej ludzi, biegaczy, spacerowiczów z psami, dwie zakonnice i dziewczyna w trampkach na grubej podeszwie o twarzy czarnej od kredki do oczu. Idą tyralierą, rozgarniają krzaki, głośno krzyczą. Ja stoję w miejscu, gdzie widziałam ją ostatni raz, gdzie się do mnie przytuliła, zanim odbiegła. Wyjmuję telefon z kieszeni i piszę do Carla: Nie mogę znaleźć Matyldy.

Patrzę na ekran i przełykam gorzką żółć, która podchodzi mi do gardła. Kasuję wiadomość. Tilly zaraz się znajdzie, nie warto go niepokoić.

Przejeżdża mały samochód ze strażnikami parkowymi. Zatrzymują się, zagadują jednego z szukających, a on wskazuje mnie. Biegnę do nich, niemal płacząc z ulgi na widok zielonych mundurów. Wysłuchują mnie, łączą się z kimś przez radio, a ja kręcę się w kółko, wciąż szukając jakiegokolwiek śladu. Żeby zwrócić moją uwagę, strażnik kładzie mi rękę na ramieniu. Mam ochotę go uderzyć.

– Niech pan mnie puści, muszę...

– Proszę dokładnie opisać, jak była ubrana – przerywa mi z twarzą tuż przy mojej twarzy. Mówi pokrzepiającym głosem, lecz milknę na widok jego oczu, tego, jak na mnie patrzy.

– Już mówiłam, w niebieskie dżinsy, różowe trampki i srebrno-zieloną kurtkę z kapturem.

– Srebrną i zieloną czy srebrno-zieloną?

– Co? Przepraszam. Przepraszam, już rozumiem. Zieloną na dole i srebrną na górze. Kaptur też jest srebrny. – Moją córkę zredukowano do listy ubrań, jakie na sobie miała; rozpaczliwie odpędzam strach, tłumię przerażenie.

Mijają minuty. Nie wiem, czy zostać tu, gdzie jestem, czy wejść do Kenwood, przedzierając się przez krzaki pod ogrodzeniem. Tak, chciałabym poczuć, jak drapią mi ręce, jak liście chłoszczą twarz, ale jeśli odejdę, Tilly mnie nie znajdzie. W tym miejscu widziałam ją ostatni raz. Może straciła orientację, bo ścieżki są ciemne i poplątane – wystarczy kilka minut i można zabłądzić w gęstych zaroślach. Kiedyś też się tu zgubiłam, szukając starego domku strażnika i miejsca, gdzie się kiedyś pojedynkowano. Domek strażnika...

– Mogła wejść do tej chaty, tego starego domku? Może weszła i nie może wyjść? – pytam stojącego obok mnie strażnika. Rozmawia przez radio, ale odwraca głowę.

– Policja już jedzie, sprawdzimy.

Policja – czuję się tak, jakby uderzył mnie pięścią w brzuch. Dlaczego nikt mi nie mówi, że przesadzam, jestem niemądra, że Tilly zaraz się znajdzie? Zamiast tego wezwali policję i dzielą szukających na grupy. Żółć podchodzi coraz wyżej, gorzka i paląca.

I nagle przyjeżdżają policjanci, tym razem troje, dwóch młodych mężczyzn i starsza kobieta. Kobieta ma krótkie, siwe włosy i opanowaną okrągłą twarz, choć po jej jasnych oczach widzę, że nic nie ujdzie jej uwagi.

– Posterunkowa Murray z Hampstead. – Podchodzą do mnie, ona w środku, między nimi. – To pani córka zaginęła? Ile ma lat?

– Sześć. Bawiłyśmy się w chowanego, miałam zamknięte oczy…

– Jak długo?

– Liczyłam do stu, ani szybko, ani wolno. Niecałe dwie minuty.

– Więc spuściła ją pani z oczu na niecałe dwie minuty?

– Mniej więcej.

– I nie wie pani, dokąd mogła pójść?

– Bawiłyśmy się w chowanego – powtarzam. – Obiecałam nie patrzeć, bo chciała dobrze się schować, bardzo jej na tym zależało. Próbowałam ją podejrzeć, ale zobaczyła. – Staram się opanować, lecz nie potrafię i zaczynam zawodzić. Mam ochotę zadrzeć do góry głowę i wyć, wyć, dopóki Tilly się nie znajdzie.

– Zna ten teren? – Słowa policjantki docierają do mnie jak zza ściany. Wycieram twarz rękawem.

– Przychodzimy tu, ale nieregularnie. Zna, ale mogła zabłądzić.

Posterunkowa Murray zapisuje to w notesie.

– O której widziała ją pani ostatni raz?

– Nie wiem, nie patrzyłam na zegarek. Doliczyłam do stu, zaczęłam jej szukać, a potem wołać. Wtedy podbiegł ten pan w dresie, potem inni i… – mówię tak szybko, że słowa zlewają się ze sobą, a to taka strata czasu, bo przecież powinniśmy być tam, w lesie przede mną i za mną, powinniśmy jej szukać za każdym krzakiem, za każdym pniem, aż…

– Musimy wiedzieć, jak długo jej nie ma – mówi policjantka grzecznie, lecz stanowczo. – Może pani określić to dokładniej?

– Kwadrans? – rzucam z powietrza.

Policjanci odchodzą. Wsiadają do radiowozu i ten za kierownicą rozmawia z kimś przez radio. Chcę do nich podejść, ale już skończyli, już zamykają drzwi. Jeden wchodzi za ogrodzenie, wołając Matyldę, drugi idzie zboczem wzgórza i też woła. Poszukiwania nabierają rozpędu, jak magnes przyciągają każdego, kto tędy przechodzi. Krzyki są coraz głośniejsze, coraz bardziej niespokojne. Wszystko kręci się wokół mnie i wiruje, a ja stoję jak sparaliżowana, czując, że zaraz zemdleję.

Wraca posterunkowa Murray. Obejmuje mnie, delikatnie popycha w dół i klękam.

– Jest pani bardzo blada. Proszę głęboko oddychać.

Próbuję, ale nie mogę, za bardzo ściska mnie w piersi.

– Nad wszystkim panujemy. Córka pewnie gdzieś się oddaliła. U dzieci w tym wieku to normalne.

– Nigdy dotąd nie oddalała się sama.

– I pewnie już się więcej nie oddali, kiedy zobaczy, jakiego zamieszania narobiła.

Wiem, że policjantka chce mnie pocieszyć, ale mówiąc, cały czas strzela oczami ponad moim ramieniem i ocenia sytuację.

– Z kim mieszka?

– Ze mną i jej ojcem. Mieszkamy we troje.

– W domu wszystko w porządku? Nie ma żadnych problemów?

– Nie. Co to ma do rzeczy?

– Chcę się tylko upewnić, czy nie ma problemów z tatą – odpowiada policjantka, lecz brzmi to jak pytanie.

– Co pani…? Aha, czy mąż mógł ją porwać? Nie, nic z tych rzeczy. – Milknę i po chwili dodaję: – Przecież sama pani powiedziała, że Tilly po prostu za bardzo się oddaliła.

– Musimy uwzględnić wszystkie możliwości. Gdzie jest jej ojciec?

– Pracuje, jest terapeutą. Cały dzień przyjmuje pacjentów.

– Gdzie pracuje? Wyślemy tam kogoś – mówi obojętnie policjantka. Im jest spokojniejsza, tym większe ogarnia mnie przerażenie. W jej głosie jest coś, czego wolę nie rozumieć. – Jaki to adres?

Podaję go jej jak automat, nazwy i numery. Zewsząd dobiega mnie echo imienia Tilly, więc wytężam słuch, żeby usłyszeć jej głosik, cokolwiek, co dałoby mi choć odrobinę nadziei. Ścieżką biegnie jakaś dziewczynka z matką i w ostatniej chwili powstrzymuję się, żeby do niej nie podbiec i nie sprawdzić, czy to Matylda, ale nie, jest w różowej kurtce i ma jasne włosy z płasko zaplecionymi warkoczykami.

Słyszę głośny krzyk, gdzieś niedaleko, i z sercem w gardle widzę, jak jeden z policjantów wybiega zza ogrodzenia, coś niosąc. W pierwszej chwili myślę, że to ona, moja córeczka, mój skarb, ale coś jest nie tak, bo zawiniątko zwisa bezwładnie, pod dziwnym kątem, i nagle zalewa mnie fala olbrzymiej ulgi, bo to nie ona, to nie jej martwe ciało, lecz kiedy podbiegam bliżej, ulga momentalnie znika i wpadam w jeszcze większą panikę, i brakuje mi tchu, i słyszę czyjś przeraźliwy krzyk, chyba mój, kiedy policjant podaje mi kurtkę, pustą kurtkę, na górze srebrną, na dole zieloną. Tulę ją do piersi, a tamci patrzą na mnie z posępnymi minami, które mówią aż za wiele.

Policjantka wyciąga rękę, chce mi ją zabrać. Kurczowo trzymam, nie puszczam, lecz posterunkowa nie ustępuje.

– Jest potrzebna do poszukiwań – mówi. – Potem ją pani oddamy.

– Nie rozumiem. Miała ją na sobie. Gdzie była? – Patrzę na policjanta, który ją znalazł. Ten waha się, szuka odpowiednich słów.

– Pod krzakiem. – Wskazuje ręką w stronę Kenwood.

– Dlaczego ją zdjęła? Jest zimno.

– Może biegała, próbując panią znaleźć, i się zgrzała – odpowiada. – Poza tym kurtka rzuca się w oczy.

Zmieniam się w bryłę lodu. Zegar tyka, dobrze wiem, o czym policjant mówi. Słyszałam te przekazywane z ust do ust mrożące krew w żyłach opowieści o dzieciach porwanych w domach towarowych, którym golono głowy i które natychmiast przebierano. Ściągnąć kurtkę, owinąć dziecko czymś i wynieść z parku, zanim ktoś się zorientuje – nie ma nic łatwiejszego. Stałam z zamkniętymi oczami tak długo, że praktycznie podałam im ją jak na tacy.

W moich żyłach buzuje adrenalina, serce omal nie wyskakuje z piersi, ręce drżą i ściskają kurtkę, wyrzuty sumienia biją jak dzwon, coraz głośniej i głośniej. To moja wina. Moja wina. Zgrzeszyłam, a ona za to płaci. Jestem straszną matką, nie umiem się nią opiekować i właśnie to ją zgubiło, być może na zawsze. Opadam na kolana. Mdli mnie na myśl o tym, co zrobiłam i co mogłabym zrobić; na myśl, że już za późno, że już nigdy nie usłyszę jej śmiechu, nie wyszczotkuję jej włosków, nie odprowadzę do szkoły czy na basen... Boże, basen! Tam na dole jest staw! Chcę krzyknąć, lecz się powstrzymuję – tamci o tym wiedzą, już go pewnie przeszukali. Nie jestem wierząca, mimo to modlę się świadoma, że nie zasługuję na niczyją interwencję, boską czy jakąkolwiek inną, jednak próbuję się targować. Ze wszystkiego zrezygnuję, przysięgam, nie odstąpię jej na krok. Jeśli dostanę jeszcze jedną szansę, tylko jedną, jeśli znów będę mogła ją zobaczyć i przytulić, przestanę być samolubną krową i będę cieszyła się każdą spędzoną z nią chwilą. Żałuję, że zapatrzona w siebie nie robiłam tego od samego początku.

Poszukiwania trwają. Jak przyklejona klęczę w miejscu, gdzie widziałam Tilly ostatni raz. Nie wiem, jak długo jej nie ma. Czas to zwalnia, to gwałtownie przyspiesza, wpadając w spiralę moich oszalałych myśli.

– Alison. Alison! Co tu się dzieje?

Jest Carl – przywieźli go z kliniki.

– Matylda się zgubiła. Bawiłyśmy się w chowanego i zniknęła. – Znów zaczynam płakać. Próbuję się podnieść, żeby go przytulić, żeby mnie objął i pocieszył, powiedział, że Tilly zaraz się znajdzie, lecz mnie odpycha.

– Mówiłem, żebyś uważała, nie można ci ufać. – Jest wściekły. – Powiedziałaś im, czym się zajmujesz? Może to któryś z twoich klientów?

– Czym się pani zajmuje? – pyta natychmiast posterunkowa Murray.

– Jestem prawniczką, adwokatką. Specjalizuję się w sprawach karnych, ale naprawdę nie przypuszczam, żeby...

– A pan jest terapeutą, tak? – Policjantka przenosi wzrok na Carla. – Wyklucza pan swoich pacjentów?

– Żaden z nich by czegoś takiego nie zrobił – odpowiada Carl, patrząc na mnie z pogardą.

Posterunkowa przygląda się nam uważnie, najpierw mnie, potem jemu. Podchodzi do nas jej kolega, odciąga ją na bok i wdają się w krótką rozmowę. Funkcjonariusz idzie do radiowozu i podnosi mikrofon policyjnego radia.

– Wzywamy śmigłowiec – wyjaśnia Murray. – To czasem pomaga.

Bałam się już przedtem, ale teraz jestem zupełnie przerażona i spanikowana.

– Na pewno nie zdenerwowała pani ostatnio jakiegoś klienta? – pyta policjantka.

– Nie sądzę. Na pewno nie aż tak.

– A pan?

– Wykluczone – odpowiada gniewnie Carl. – To niewiarygodne, że tracicie na to czas. Powinniście jej szukać, a nie nas przepytywać.

Wciągam i wypuszczam powietrze, wciągam i wypuszczam. Boję się wstać, bo wiem, że zemdleję.

– Robimy, co w naszej mocy – zapewnia go spokojnie posterunkowa.

Carl pochyla się i wrzeszczy mi prosto w twarz:

– Cholera jasna, jak mogłaś zgubić naszą córkę!

Zasłaniam rękami uszy, kiwam się w przód i w tył.

– To twoja wina, ty głupia suko! Spieprzyłaś nasze małżeństwo, a teraz zgubiłaś córkę. Kurwa mać! – Prostuje się, gwałtownie odchodzi, wraca i patrzy na policjantkę.

– Gdzie ona jest? – Znów się pochyla i krzyczy: – Do kurwy nędzy, gdzie jest moja córka?!

– Proszę się uspokoić – mówi posterunkowa. Nie cofa się, stawia czoło jego furii. – Rozumiem, że jest pan rozemocjonowany...

– Rozemocjonowany? Moja durna żona zgubiła córkę, a pani myśli, że jestem rozemocjonowany? – Pochyla się jeszcze bardziej, jakby chciał ją uderzyć.

Wstrzymuję oddech. Jeśli się odezwę, jeśli zwróci na mnie uwagę, na pewno to zrobi, a wtedy zamkną go za czynną napaść na policjantkę.

Murray ani drgnie i przez chwilę mierzą się wzrokiem. Carl opuszcza ręce, zapada mu się twarz.

– Przepraszam – mówi. – Nie chciałem. – Odchodzi, wraca i wymierza mi kopniaka. – Dziwka! – wrzeszczy.

Odskakuję i but chybia. Carl chwieje się, zatacza i odzyskuje równowagę. Jak ścięta lodem obserwuję jego siną z wściekłości twarz. Powinnam się bać, ale się nie boję. Nie ma we mnie miejsca na strach. Zasługuję na kopniaka. Lepiej bym się wtedy poczuła. Ale teraz nie ma to już żadnego znaczenia. Liczy się tylko Matylda, to, że jej nie ma, Matylda i pustka w moim sercu. Nie rozumiem, jak może go obchodzić cokolwiek innego.

– Przestań, kurwa, tak na mnie patrzeć! – mówi. – Przestań! – Chwyta mnie za ramiona i potrząsa, coraz mocniej i mocniej. – Ty głupia suko! – Słowa więzną mu w gardle.

Zaniepokojona policjantka podchodzi jeszcze bliżej, lecz nie zdąża zainterweniować, bo Carl nagle przestaje. Kuca i wciąż z rękami na moich ramionach, zaczyna szlochać.

– Gdzie ona jest, Alison? Gdzie ona jest?

– Nie wiem – mówię. – Nie wiem.

Siedzimy na ziemi złączeni strachem. Carl płacze, smarka, wyciera rękami twarz. Chcę go przytulić, powiedzieć, że wszystko będzie dobrze, ale wiem, że nie mogę. Wyciągam do niego rękę i cofa się tak gwałtownie, że znów prawie traci równowagę. Próbuję wymyślić coś, co nie pogorszy sytuacji, ale niczego takiego już nie ma.

Krzyk po mojej prawej stronie, tupot nóg. Początkowo nie zwracam na to uwagi, lecz krzyk narasta. Odwracam się i widzę policjanta, tego od kurtki, ale tym razem niesie coś żywego i ruchliwego, i w mroku błyska światełko nadziei.

– Mamusiu! – krzyczy Matylda.

Wybiegam im na spotkanie, chwytam ją i mocno tulę.

– Mamusiu… – mówi Tilly i nigdy w życiu nie byłam tak szczęśliwa, słysząc jej głos, czując zapach jej włosów. Zwija się w kłębek, tuli główkę do mojego podbródka. Ból w piersi mija, wypełnia się pustka.

Carl bierze ją na ręce. Nie chcę jej puścić, ale wiem, że muszę. Mąż obejmuje ją i tuli w nieskończoność. Gdy po chwili stawia ją na ziemi, Tilly znów biegnie do mnie. Siadam i sadzam ją sobie na kolanie.

– Przemarzłaś. – Dopiero teraz czuję, że jej zimno.

– Zdjęłam kurtkę, bo szukałam cię i się zgrzałam. Nie wiem, gdzie jest.

– Nie martw się, kochanie, jest tutaj. – Rozglądam się i widzę ją w rękach posterunkowej Murray, która uważnie przygląda się nam z oddali. Macham do niej i wskazuję kurtkę. Policjantka podchodzi do nas i też kuca.

– Była w Kenwood House – mówi. – Trochę zdenerwowana i zziębnięta, więc któryś ze zwiedzających zawiadomił personel. Słyszeli, jak wołamy, więc…

– To cudowne, że już jest. Dziękuję.

– Nie ma to jak szczęśliwe zakończenie. – Murray przysiada na piętach. – Matyldo, powiesz mi, co się stało? Jak się zgubiłaś?

– Bawiłyśmy się w chowanego – trajkoce Tilly. – Weszłam do lasu i zabłądziłam. Biegałam i biegałam, ale chyba w kółko i się zgrzałam, więc zdjęłam kurtkę, a potem weszłam do tego dużego domu i przyszedł pan policjant.

– Rozmawiałaś w lesie z jakimś dorosłym panem lub panią?

– Nie, z nikim. Mamusia mówi, że nie wolno rozmawiać z nieznajomymi.

– To rozsądne. Grzeczna dziewczynka.

Pomagam jej włożyć kurtkę, mimo to wciąż trzęsie się z zimna.

– Czy możemy na razie skończyć? – pytam. – Chciałabym zabrać ją do domu.

Posterunkowa potwierdza skinieniem.

– Oczywiście. Mamy pani namiary. Niewykluczone, że w tygodniu wpadniemy na krótką rozmowę. Jeśli poda mi pani swój numer telefonu, zadzwonię i uprzedzę kiedy.

Podaję jej numer, biorę Tilly i wstaję. Carl czeka w pobliżu. Unika mojego wzroku.

– Wracajmy – mówię.

Wzrusza ramionami i idzie obok mnie. Siadam za kierownicą i jedziemy do domu. Carl milczy.

• • •

Robię Matyldzie kąpiel. Jest dopiero czwarta, lecz czuję się tak, jakby nie było mnie w domu od lat. Carl zostaje na dole, ale ja nie chcę się z nią rozstawać ani na krok. Tilly jest wesoła, nie okazuje ani stresu, ani zdenerwowania. Pluska się w wodzie, robi perukę i brodę z piany. Nie widzę na jej ciele żadnych podejrzanych śladów, które mogłyby wskazywać na to, że skłamała.

– Na pewno z nikim nie rozmawiałaś?

– Przecież mówiłam. – Tilly znika pod wodą. Nie chcę na nią bardziej naciskać.

Po kąpieli wkłada spodnie do spania i bluzę z kapturem. Idziemy na dół. Carl siedzi przy kuchennym stole i gapi się w dal. Kiedy Matylda wchodzi mu na kolano, obejmuje ją krótko i spycha na podłogę.

– Przytul się do matki – burczy.

Nic z tego nie rozumiem. Nigdy nie ma jej dosyć, zawsze tuli ją bez końca, nie dając mi żadnych szans. Wiem, że wciąż jest w szoku, ale to nie ma sensu. Siadam obok niego.

– Tilly, tatuś i ja musimy porozmawiać. Pooglądaj telewizję, dobrze?

– Dobrze. – Matylda idzie do salonu, włącza telewizor i słychać przytłumiony gwar piskliwych głosów.

– Musisz być taki zły? – pytam. – Przecież jest z nami. Czy to nie najważniejsze?

Patrzy na mnie pustym wzrokiem. Odchrząkuje.

– Mogę myśleć tylko o jednym, Alison. O tym, że było o włos, o mały włos od tragedii. Mieliśmy szczęście. Ale dość tego, miarka się przebrała. – Odsuwa się od stołu i wstaje. – Pogodziłem się z twoim piciem, z tym, że nigdy nie ma cię w domu, że nie obchodzi cię moja praca i nie chcesz mnie wspierać. Jakoś to przełknąłem. Przełknąłem nawet to, co stało się w Brighton.

Pochylam głowę pod gradem zarzutów.

– Ale twoja nieostrożność, to, że jako matka jesteś do niczego i omal nie zgubiłaś mojej córki… Dłużej tego nie zniosę.

Nie krzyczy. Nie musi. Jego słowa obdzierają mnie żywcem ze skóry.

Kręci głową.

– Ale wiesz, co jest najgorsze? To, że kiedy ją znaleźli, podbiegła do ciebie. Jesteś gównianą matką, mimo to kocha cię bardziej niż mnie. Trudno to znieść. Obróciłaś ją przeciwko mnie. Dlatego jestem taki zły. Nie mogę nawet na nią patrzeć.

– To nie jej wina, Carl. Jesteś niesprawiedliwy.

– Nic nie jest sprawiedliwe. Nic a nic. – Wychodzi ciężko z kuchni, idzie na górę i słyszę, jak otwiera i zamyka szuflady. Schodzi na dół.

Zaglądam do holu i widzę, że stoi z torbą w drzwiach.

– Gdzie idziesz? – pytam.

– Przenocuję w klinice. Nie chcę być z tobą pod jednym dachem. Boję się powierzyć ci Matyldę, ale nie mam wyjścia. Nie dzisiaj. Ale jeśli coś jej się stanie, jeśli choćby zadrapie się w mały palec, przysięgam na Boga, że cię, kurwa, zabiję. – Z tymi słowami wychodzi i cicho zamyka drzwi.

Stoję przez chwilę porażona jego furią i świadomością, że coś się między nami skończyło, tym razem nieodwracalnie. Wszystko runęło. Przeze mnie.

Z salonu wychodzi Matylda.

– Gdzie tatuś?

Z trudem przełykam ślinę.

– Musiał iść do pracy, skarbie. Niedługo wróci – mówię z nadzieją, że tak będzie. Siadam obok niej na kanapie i oglądamy telewizję. Potem robię kolację i kładę ją spać w naszej sypialni, ale nie ze względu na nią, tylko na siebie. Długo nie mogę zasnąć, bo wciąż wraca do mnie popołudniowy strach, w końcu ostrożnie kładę rękę na jej małej rączce i koi mnie jej równy oddech.

19

Matylda śpi mocno, jak kamień. Nie przeszkadza jej alarm samochodowy, który włącza się na ulicy, ani szczekliwy wrzask lisów w ogrodzie, który o piątej wyrywa mnie ze snu. Wali mi serce, mam spoconą szyję i pierś. Już nie zasypiam.

Kiedy dzwoni budzik, robię śniadanie. Szczęście, że przesłuchanie zaczyna się dopiero wpół do jedenastej; muszę przedtem porozmawiać z kancelistami, bo nie wiem, co z Carlem. Na pewno wkrótce wróci. Na pewno... Patrzę na Matyldę, która je jajecznicę. Widzę zarys mojego podbródka, widzę jego czoło. Tilly podnosi wzrok.

– Czemu mi się przyglądasz, mamusiu?

– Przepraszam, kochanie. Myślałam właśnie, jak bardzo cię kocham. – Przytulam ją mocno.

– Tatuś wróci wieczorem?

– Nie wiem.

Ona myje zęby, ja się ubieram, idziemy do szkoły i Matylda wbiega radośnie na boisko. Macham do znajomych rodziców, idę na stację i wsiadam do pociągu. Opieram się o ścianę wagonu i zamykam oczy. Ze względu na Tilly musiałam się trzymać, ale teraz, gdy jest w szkole, uginam się pod ciężarem przytłaczającego smutku, bo nie muszę się już uśmiechać i mówić wesołym głosem. Kiwam się wraz z pociągiem, podskakuję, chwieję się i kołyszę do rytmu stalowych kół.

Całą drogę do Belmarsh stoję ze spuszczoną głową, nie patrząc na innych. W sądzie, nie wdając się z nikim w rozmowę, szybko wkładam togę. Wniosek o kaucję w imieniu Roberta, wyrok w moim procesie sprzed wielu miesięcy. Trzy razy przekładany termin raportu osobowego, za każdym razem nie z winy mojej klientki.

– Długo to potrwa? Jest u mojej matki, ale matka musi wyjść. – Klientka stoi teraz obok mnie, pociągając ukradkiem taniego e-papierosa.

Patrzę na nią tępo.

– Kto jest u pani matki?

– Jak to kto? Mój syn. A myślała pani, że kto?

Jej zirytowanie rozprasza mgłę zamyślenia.

– Przepraszam, tak, oczywiście. Jestem trochę zmęczona.

– Jak wszyscy, skarbie, jak wszyscy – mówi udobruchana. Mniej więcej.

– Nie, mam nadzieję, że niedługo. Przed nami tylko kilka rozpraw. Przynajmniej zaliczymy raport.

– Myśli pani, że do niczego się nie przyczepią?

– Nie powinni, wykonała pani nakaz. Ma pani pracę, przeprowadziła się pani z powrotem do mamy. Powinno być dobrze.

I na szczęście jest. Sędzia przyjmuje zalecenia z raportu i nie muszę się nawet wysilać podczas wystąpienia. Dwa lata prac społecznych – tym razem klientka ma fart, bo nigdy dotąd nie była notowana za czynną napaść. Ofiara, dziewczyna z pubu, która okazywała za dużo uwagi jej ówczesnemu chłopakowi, będzie nosiła blizny znacznie dłużej, lecz jej tu nie ma, więc przynajmniej nie składa odwołania. Dzisiaj bym tego nie zniosła.

● ● ●

Wracam do miasta najszybciej, jak mogę. Przesłuchanie mam z głowy i mogę się zastanowić nad następnym krokiem. Minęła noc – może Carl się uspokoił? Wątpię. Skręca mnie w brzuchu z niepewności. Włączam telefon z nadzieją, że zadzwonił albo przysłał SMS: Porozmawiajmy o tym. Wszystko, byle tylko przełamać ten impas i cofnąć zegar do czasów, kiedy byliśmy tacy szczęśliwi. W skrzynce nic nie ma. Dzwonię do niego, lecz nie odbiera. Dzwonię jeszcze raz. Dwa sygnały i cisza – wiem, że patrzy na ekran. Piszę wiadomość: Przepraszam, Carl. Czy możemy porozmawiać? xx.

Widzę, że wiadomość została dostarczona, widzę poruszające się kropeczki, które mówią, że Carl być może coś pisze. Ale nie, ani odpowiedzi, ani choćby pojedynczego dzwonka.

Próbuję jeszcze raz: Proszę zadzwoń do mnie. Proszę xx.

Tym razem nie ma nawet kropeczek. Chowam telefon do torebki, opieram się o ścianę i aż do Londynu stoję z zamkniętymi oczami, wyczerpana na myśl o czekających mnie zmianach.

• • •

Podaję akta Markowi. Ma współczującą minę i czuję, że zaraz coś powie, więc próbuję uciec. Za późno.

– Rozmawiała pani z nim?

– To bardzo trudna sytuacja – mówię, chcąc go spławić.

– Bardzo chce porozmawiać. Dzwonił do nas kilka razy, pytał, czy pani jest.

– Naprawdę? – Drga mi serce. – Dlaczego nie na komórkę?

– Pewnie nie mógł się dodzwonić.

Wyjmuję telefon i dzwonię do Carla. Znów włącza się poczta głosowa.

– Nie odbiera – mówię prawie we łzach.

– Zostawił trzy wiadomości. Na pewno go pani złapie.

Mark podaje mi kilka karteczek. Czytam: Wiadomość dla Alison 10.37. Dzwonił Patrick. Prosi o kontakt.

Mnę karteczki i wrzucam je do kosza przy drzwiach. To Patrick. Nie Carl. Markowi chodziło o Patricka. Oczywiście. Iskierka nadziei gaśnie, ramiona znów przygniata nieznośny ciężar.

– Tak, na pewno. – Wychodzę na korytarz, zamykam się w swoim pokoju i odcinam od świata. Ulga, jaka ogarnęła mnie wczoraj po tym, jak Tilly się znalazła, była tak wielka, że przesłoniła nawet naszą wieczorną rozmowę, jednak teraz znowu wraca świadomość, że Carl zostawił mnie i wyszedł. Trudno, muszę stawić temu czoło.

• • •

Wychodzę z kancelarii o wpół do trzeciej. Powiedziałam Markowi, że nie chciałabym się ruszać z Londynu, przynajmniej na razie, dopóki nie omówimy z Carlem, kto kiedy odprowadza i odbiera Matyldę. Grafik jest luźny, więc ustalamy, że na parę dni znikam, chyba że wyskoczy coś pilnego. Mój wcześniejszy optymizm wyparowuje, jednak wciąż mam nadzieję, że Carl ochłonie i zechce ze mną porozmawiać. Z tego, co czytałam, najważniejsze będą mediacje. Ostatecznie jesteśmy rodzicami naszego dziecka i spędziliśmy razem wiele lat – nie wierzę, żeby nie chciał tego spokojnie przedyskutować.

Zdążam na czas i rozmawiam przed szkołą z czekającymi mamami i ojcami. Dzwoni dzwonek, dzieci wybiegają na boisko i pędzą do rodziców, ale Matyldy nie ma, ani w pierwszej fali, ani w drugiej. Nie ma jej nawet z chłopcem, który zawsze wychodzi jako ostatni, ciągnąc za sobą sweter i brudny plastikowy tornister, z którego sterczą źle spakowane książki. Wszyscy odchodzą i boisko jest puste. Powracają strachy z wczorajszego dnia – ktoś porwał Matyldę i już mi jej nie odda. Ale nie, to niemożliwe. W szkole jest bezpiecznie, na pewno by się nie zgubiła. Nienazwany lęk szybko ustępuje miejsca innemu, bardzo konkretnemu.

Wchodzę do recepcji i czekam, aż ktoś mnie zauważy. Młoda kobieta przekłada jakieś papiery na zapleczu, więc kilka razy powtarzam: Przepraszam, przepraszam panią. W końcu mnie dostrzega.

– Tak?

– Przyszłam po Matyldę, Matyldę Bailey z drugiej klasy.

– Nie wyszła?

– Jeszcze nie, dlatego chciałabym sprawdzić, czy nie została w klasie. Mogę wejść?

– Chwileczkę, zadzwonię. – Kobieta bierze listę nazwisk, przesuwa po niej palcem i zatrzymuje się w trzech czwartych długości. Wybiera numer. – Szukam Matyldy Bailey, mama po nią przyszła. Jest u was?

Cisza. Słyszę głos w słuchawce, lecz nie mogę rozróżnić słów.

– Aha, świetnie, dzięki. Powiem mamie. – Kobieta odkłada słuchawkę. – Tata odebrał ją trochę wcześniej. Nie uprzedził pani?

– Musiałam... Musiałam zapomnieć, przepraszam. – Czuję się tak, jakbym oberwała kopniaka w pierś i z trudem panuję nad głosem. – W takim razie wracam do domu. – Uśmiecham się, ale ona już na mnie nie patrzy.

• • •

Idę szybko, w uszach dudni mi krew. Carl jest po prostu bardziej operatywny, i tyle. Na pewno nie zrobił tego specjalnie, żeby mi pokazać, że to on ją odebrał, a nie ja. Nie, nie chcę o tym myśleć i jeszcze bardziej przyspieszam kroku.

Otwieram drzwi, wchodzę i przez chwilę wszystko jest normalnie. Tilly podbiega do mnie, przytula się, siadamy na kanapie i opowiada mi o swoim dniu, o tym, że jej wczorajsza rozmowa z policjantami zrobiła wielkie wrażenie na koleżankach. Gawędzimy i już mam iść z nią do kuchni po jakiś owoc, gdy staje nade mną Carl.

– Matyldo, idź do swojego pokoju – rozkazuje.

– Ale mamusia ma mi dać coś do jedzenia.

– Przyniosę ci pomarańczę i pójdziesz do siebie, bardzo cię proszę.

Czekamy w korytarzu. Carl krząta się w kuchni, wraca i podaje jej talerzyk.

– Co to? – pyta Tilly. – Dziwnie wygląda.

– Pomarańcza. A teraz idź do siebie. – Przez okienko nad frontowymi drzwiami wpadają promienie słońca. Oświetlają go od tyłu i Carl wydaje się wyższy, potężniejszy.

– Ale to jest czerwone.

– Bo to krwawa pomarańcza. Organiczna. Bardzo zdrowa. Idź i zjedz u siebie. – Wskazuje schody.

Tym razem Tilly go słucha. Nadąsana, z westchnieniem odpycha się od mojego kolana i żeby podkreślić swoje niezadowolenie, głośno tupiąc, idzie na górę.

– Pozwól, Alison. Musimy porozmawiać.

Mam ochotę powiedzieć mu, żeby się odwalił i przestał zgrywać nadętego dupka, lecz brawura szybko mija. Podnoszę się i chowam ręce do kieszeni, by nie widział, że się trzęsą. Wchodzę do salonu i siadam na kanapie, myśląc, że Carl też usiądzie, ale on przystaje obok kominka po drugiej stronie pokoju. Czekam, aż coś powie, lecz on milczy i cisza coraz bardziej ciąży. Czuję, że jeśli moje serce zacznie bić choćby odrobinę mocniej, na pewno je usłyszy.

– Carl… – Nie wytrzymuję, nie mogę dłużej milczeć, lecz kiedy zaczynam mówić, odzywa się i on, zagłuszając moje niepewne słowa.

– Myślałem o tym całą noc. I cały dzisiejszy dzień. Tyle musiałem przez ciebie znieść, że dłużej już nie mogę.

– Co to znaczy? – Beczę jak owca.

– Nie przerywaj proszę. Bardzo mi trudno, ale muszę powiedzieć, co myślę. Za daleko to zaszło.

Niemo kręcę głową. Zasłaniam ręką usta, choć nie pamiętam, kiedy podniosłam rękę.

– Wnoszę o rozwód, Alison. To nieodwołalne. Rozmawiałem dziś z adwokatem. Twierdzi, że mam druzgoczące powody, przede wszystkim twoje nieodpowiedzialne zachowanie. Sama wiesz, na co mnie naraziłaś, zwłaszcza w tym roku.

– Przecież…

– Nie, pozwól mi skończyć. Jest mi bardzo ciężko, więc przynajmniej mi nie przerywaj.

Czuję, że zaraz wybuchnę. Oskarżenia, przeprosiny, słowa, którymi mogłabym się bronić lub wyrazić narastający ból, kłębią się we mnie i wirują tak szaleńczo, że jeśli nie wypłyną ustami, zaraz rozsadzą mi głowę. Jednak milczę. Mogę zrobić przynajmniej tyle.

– Chcę, żebyś się wyprowadziła. Jeszcze dzisiaj. Resztę rzeczy możesz zabrać później, ale teraz spakujesz torbę i wyjdziesz. Ze względu na twoje zachowanie, nie będę miał żadnych problemów z uzyskaniem opieki nad Matyldą, a zważywszy że to ja wyłożyłem na dom pieniądze z odprawy po stracie pracy, mam większe prawo w nim przebywać.

Jestem oszołomiona. Słowa wyparowały, pozostał jedynie wściekły syk, którego nie potrafię zrozumieć.

– Oczywiście masz prawo do finansowej rekompensaty za swoją część, przeciwko czemu nie będę oponował. Ostatecznie musisz gdzieś mieszkać. Jednak zważywszy że jest to dom Matyldy i że to ja będę się nią opiekował, zostaniemy tu razem, ona i ja. Rozumiesz, co mówię?

Na mojej twarzy musi rysować się konsternacja. Przełykam głośno ślinę, wciągam i wypuszczam powietrze. Carl patrzy na mnie, jakby spodziewał się odpowiedzi. W końcu pytam:

– Chcesz, żebym się wyprowadziła?

– Tak, właśnie o tym mówię.

– I zamierzasz odebrać mi prawo do opieki nad Matyldą?

– Oczywiście. Chyba nie twierdzisz, że potrafiłabyś o nią zadbać? Przecież ty nie potrafisz zadbać nawet o samą siebie. – W jego głosie nie ma nic oprócz pogardy, nie ma nawet gniewu.

– Ale… ale ona mnie kocha. I potrzebuje. – Płaczę, po policzkach spływają mi łzy.

– Dobrze. Widzę, że muszę ci to wyłożyć punkt po punkcie.

Carl siada na podłokietniku fotela i nachyla się nad stolikiem. Myślałam, że kiedy nasze twarze znajdą się na tej samej wysokości, łatwiej mi będzie rozmawiać, lecz jego bliskość jeszcze bardziej mnie onieśmiela.

– Od czego by tu zacząć? – Bierze głęboki oddech.

Picie – ptaszek.

Ciągła nieobecność w domu – ptaszek.

Palenie – ptaszek.

Mój egoizm, praca w weekendy i wieczorami – ptaszek.

Moje samolubstwo emocjonalne – ptaszek.

Lista zarzutów jest miażdżąca. Momentalnie pojawia się strategia obronna: po porodzie musiałam wrócić do pracy, bo on stracił swoją. Nieodłączną cechą pracy adwokata jest to, że często dostaje sprawę w ostatniej chwili i musi przygotowywać się do niej do późnej nocy. Stres rozmów z klientami i nieustanne wpadki systemu sądowniczego powodują, że czasem lepiej jest wypić kielicha z kolegami, ludźmi, którzy to rozumieją, niż wracać do domu w ponurych oparach brudu i przemocy. Mogłabym to wszystko powiedzieć, ale Carl nie dopuszcza mnie do głosu.

– Powiesz pewnie, że robiłaś to wszystko dla kariery, ale mogłaś postarać się o pracę w prokuraturze albo otworzyć prywatną praktykę. Mogłaś to wszystko uprościć. Ale nie, jesteś uzależniona od uwagi, jaką na sobie skupiasz, występując w peruce i todze. Lubisz czuć się jak na scenie. Spójrz tylko, jak monopolizujesz każdą rozmowę, opowiadając wszem wobec o swoich sprawach i rozprawach. Pamiętasz, jak się puszyłaś, kiedy dostałaś swoje pierwsze morderstwo? – Słowa płyną coraz szybciej i szybciej, lata skrywanej urazy znajdują w końcu ujście.

– Carl, posłuchaj…

– Zamknij się! – krzyczy. – Ciągle tylko mówisz i mówisz! Teraz moja kolej!

Podnoszę ręce, zapadam się w sobie i podkurczam nogi. Chcę być jak najmniejsza.

– Żadna z tych rzeczy nie miałaby najmniejszego znaczenia, gdyby nie to, że mają zły wpływ na Matyldę. Jesteś koszmarną matką, Alison. Nigdy nie stawiasz jej na pierwszym miejscu, nie chodzisz z nią na basen, nie sprawdzasz, czy jest przygotowana do wyjścia do szkoły. Nie można ci ufać, bo nie potrafisz nawet odebrać jej na czas. Cholera jasna, wczoraj omal jej nie zgubiłaś!

– Ale ja ją kocham – mówię szeptem. – Kocham ją. Czy to się nie liczy?

– Nie, samo kochanie nie wystarczy. Ty ją niszczysz! Ale dość tego. Od samego początku powinienem był wiedzieć, że nie nadajesz się na matkę. Przynajmniej w porę to dostrzegłem i uchroniłem nas od kolejnej ciąży.

Początkowo to do mnie nie dociera i reaguję dopiero po chwili.

– Uchroniłem? Co to znaczy?

– Zrobiłem wazektomię, to chyba oczywiste. Nie zamierzałem ryzykować. Miałem polegać na tobie? Na tym, że nie zapomnisz wziąć pigułki? – Patrzy na mnie jak na wariatkę, której coś się uroiło.

– Zrobiłeś… wazektomię? Kiedy? Dlaczego mi nie powiedziałeś? A ja myślałam… – Potykam się o własne słowa.

– Zaraz po narodzinach Matyldy – mówi. – I zrobiłbym ją jeszcze raz. Szybko się zorientowałem, że jesteś beznadziejną matką. Z dwojgiem dzieci nigdy byś sobie nie poradziła. A teraz choć raz postąpisz tak, jak trzeba, i bez awantur dasz mi rozwód. Będziesz mogła widywać się z córką w weekendy, ale dopilnuję, żebyś zapewniła jej należytą opiekę.

– Nie możesz tego zrobić, nie pozwolę ci! – Oszołomiona jego słowami znajduję w końcu siłę i stanowczo protestuję.

– Ja nie daję ci wyboru, Alison. Ja mówię, jak będzie. Każdy czyn pociąga za sobą konsekwencje.

Nigdy go takim nie widziałam, nigdy nie był tak spokojny i jednocześnie tak wściekły. Każde słowo akcentuje gwałtownym ruchem głowy, jakby sam sobie przytakiwał. Jest oczywiste, że teraz się z nim nie dogadam.

– Co mam zrobić?

Usatysfakcjonowany siada w fotelu.

– Zabiorę Matyldę na lunch. Kiedy nas nie będzie, spakujesz się i wyjdziesz. Powiem jej, że musiałaś iść do pracy.

– Mogę się z nią pożegnać?

– Nie teraz, to zły pomysł. Jesteś za bardzo rozemocjonowana i tylko by się zdenerwowała. Umówimy się i zobaczysz ją w weekend.

– A moje rzeczy? – pytam, chociaż mam je gdzieś.

– Wszystko w swoim czasie. Część możesz zabrać już w weekend. Każdy czyn pociąga za sobą konsekwencje, pamiętaj. Sama się o to prosiłaś.

Wszystko przemyślał i dopracował. Idę na górę, biorę walizkę i pakuję ją byle jak. Nie mogę myśleć. Czego potrzebuję do pracy? Wpycham do walizki kilka białych bluzek do togi; same togi zostały na szczęście w kancelarii, więc nie muszę ich taszczyć. Słyszę, jak otwierają się i zamykają frontowe drzwi, słyszę cichnący w oddali głosik Matyldy. Rozglądam się i nagle zdaję sobie sprawę, że po raz ostatni jestem w sypialni, kiedy jest jeszcze nasza. Carl zawsze lubił się rozpychać i rozwalać na środku łóżka. Teraz będzie mógł robić to bezkarnie – sypialnia należy wyłącznie do niego. Ogrom tego koszmaru prawie mnie miażdży, jest jak siła grawitacji, która każe mi przysiąść bez tchu na brzegu łóżka. Już nigdy nie będę tu spała, już nigdy nie poczuję ciepła jego ciała. Mimo to biorę się w garść i pakuję swoje rzeczy.

Wzywam taksówkę i czekam na dole z walizką. Niedaleko Covent Garden jest Travelodge i chcę tam wynająć pokój. Kiedyś miałam przyjaciół, dawno temu, zanim do jednego małego worka udało mi się wcisnąć Matyldę, pracę, Carla i Patricka. Jednak od miesięcy nie rozmawiałam z nikim oprócz kolegów z kancelarii i rodziców ze szkoły Tilly. Myślę przelotnie, żeby zadzwonić do Ranii, ale jest za wcześnie, rozmawiałyśmy zaledwie kilka razy. Przecież nie mogę zwalić się do niej z walizką i swoimi kłopotami małżeńskimi.

Przyjeżdża taksówka i wsiadam. Ruszamy i wyglądam przez okno. Wszystko prześlizgnęło mi się między palcami, dom, córka, mąż. Kochanek też, chociaż teraz nie ma to prawie żadnego znaczenia. Przyjeżdżam do hotelu, wynajmuję pokój i z głuchym stukotem, stopień po stopniu taszczę walizkę na trzecie piętro, bo winda nie działa. W pokoju zalatuje smażeniną, a na wezgłowiu łóżka jest plama czegoś lepkiego. Nie zawracając sobie głowy zdjęciem ubrania, padam na łóżko, owijam się kocem i przez wiele godzin gapię się w ścianę. Gdy w końcu zasypiam, śni mi się Matylda, która biegnie tuż przede mną i nie daje się złapać.

20

Budzę się o trzeciej rano. Z zimna, bo spadł ze mnie koc, a klimatyzacja pracuje na pełnych obrotach. Idę do toalety, ściągam spodnie i bluzkę, przykręcam klimatyzację i znów się kładę. Próbuję zasnąć, ale nic z tego, bo mam gonitwę myśli. Wyjmuję z torebki telefon i włączam go, żałując, że byłam tak niechętna mediom społecznościowym. Może teraz pomógłby mi Facebook? Zmieniłabym status, pisząc mgliście, że mi smutno i nagle posypałyby się przyjazne wpisy od znajomych z całego świata. Wchodzę na stronę Facebooka, żeby się zarejestrować, lecz powstrzymuje mnie bezsens tego kroku. Moja teraźniejszość jest tak pusta, że grzebanie wśród znajomych z przeszłości wydaje się mało atrakcyjne.

Tymczasem przyszło kilka wiadomości. Opierając się nagłej pokusie, żeby wszystkie skasować, przeglądam je z nikłą nadzieją, że Carl napisał, iż popełnił straszny błąd: Proszę, wracaj do domu, kochanie, tęsknimy za tobą.

Jednak wiem, że już za późno. Nic z tego nie będzie. Wszystko się popsuło i to z mojej winy. Leżę, gapiąc się w sufit. W kącie świeci czerwona lampka czujnika dymu, za drzwiami żarzy się znak wyjścia ewakuacyjnego. Czas na szczerość. Kocham Matyldę. Zawsze ją kochałam, ale od samego początku nie radziłam sobie z macierzyństwem. Za szybko wróciłam do pracy, nie powinnam była tak się spieszyć. Dobrze, zgoda, Carl stracił swoją i potrzebowaliśmy pieniędzy, ale przecież jakoś byśmy sobie poradzili, prawda? Gdybym została w domu, mogłabym poświęcić mu więcej uwagi, a wtedy nie odwróciłby się ode mnie i nie czułabym się odtrącona i niekochana do tego stopnia, że kiedy w moim życiu pojawił się Patrick, tak rozpaczliwie łaknęłam czułości i bliskiego kontaktu, że wpuściłam go do swojego łóżka, a z czasem i do serca. Gdyby, gdyby, gdyby. Tyle zmiennych, a wszystkie prowadzą do tego samego wniosku. Gdybym była mniej samolubna, mniej skupiona na sobie, a bardziej na córce, pewnie udałoby się tego uniknąć.

Stopy mam już ciepłe, jednak brzuch zalewają czasem fale chłodu – przeświadczenie, że otaczający mnie chaos tylko się pogorszy. Tulę się do poduszki, zwijam w kłębek i w końcu zasypiam. Sny o Matyldzie są jeszcze bardziej plastyczne niż przedtem.

● ● ●

Budzi mnie dzwonek telefonu. Głęboko śpię, więc skołowana w pierwszej chwili myślę, że jestem w domu, i odruchowo wyciągam rękę, żeby podnieść słuchawkę, lecz natrafiam na pustkę. Telefon milknie, natychmiast dzwoni ponownie i znajduję go pod poduszką. Siadam i patrzę na ekran.

Patrick.

– Alison. Nareszcie.

Przez chwilę nie jestem w stanie mówić.

– Alison? Słyszysz mnie? – Długa pauza. – Coś się stało – dodaje Patrick.

– Ale co? Co się stało?

– Oskarżyli mnie. Zgarnęli wieczorem i zawieźli na posterunek. Pod zarzutem gwałtu. Wpłaciłem kaucję, ale przed domem czekał jakiś reporter. Będą mnie pokazywali w gazetach.

– Jezu Chryste… Przecież mówiłeś, że to przyschnie. – Zaciskam zęby tak mocno, że sztywnieje mi szczęka.

– Bo tak myślałem. Możemy się spotkać? Proszę. Przydałoby mi się czyjeś dobre słowo, przyjazna twarz.

W pierwszej chwili chcę powiedzieć nie. Powinnam powiedzieć nie. Powinnam uciec od tego, gdzie pieprz rośnie.

– Dobrze. Gdzie jesteś?

– W pubie na rogu twojej ulicy. Tym z restauracją. Pomyślałem, że będziesz w domu, i przyjechałem.

Oczami wyobraźni widzę, jak krąży wokół stacji metra Archway, jak wpada do taniej garkuchni na kawę, a potem czeka przed „moją" tawerną, aż ją otworzą. Potrząsam głową.

– Zaszły pewne komplikacje. Nie ma mnie w domu. Będziesz musiał przyjechać do Covent Garden. Spotkamy się w Delaunay, za czterdzieści pięć minut.

– Nie, tylko nie tam – mówi. – Tam jest... Wolałbym coś dyskretniejszego.

Dobra, czemu nie? Nie wiem, dlaczego wybrałam akurat tę restaurację. Pewnie dlatego, że jako pierwsza przyszła mi do głowy.

– Może spotkajmy się w Wetherspoon na High Holborn. Wiesz, gdzie to jest? Już idę do metra.

Tak, wiem. Zgadzam się i rozłączam. Zaczęliśmy to wszystko w Wetherspoon na Kingsway, czemu nie mielibyśmy skończyć w pubie tej samej sieci? Wydaje się, że to sensowne. Historia zatoczyła koło. To niemal miłe. Niemal.

Szybko się czeszę, wkładam dżinsy i obszerny sweter, który wyjęłam z walizki. Dwa razy owijam szyję szalikiem, zasłaniając dolną połowę twarzy. W drodze do pubu opadają mi rękawy, ale nie podwijam ich, żeby nie zmarznąć w dłonie. Patrick czeka przed tylnym wejściem. Jest nieogolony. Podchodzi bliżej, jakby chciał mnie pocałować, ale robię unik, zastygam bez ruchu i rezygnuje. Stoimy naprzeciwko siebie, lecz nie patrzę mu w oczy.

– Wejdziemy? Jest mnóstwo wolnych stolików.

Wzruszam ramionami i wchodzimy.

– Usiądźmy tam. – Wskazuję kąt sali.

– Czego się napijesz? – pyta zbyt spokojnie.

– Wszystko jedno. Wody. Czegokolwiek. – On idzie do lady, a ja czekam, skubiąc rękawy swetra. Wreszcie wraca. – Na jakich warunkach cię wypuścili?

– Zakaz kontaktu ze świadkami oskarżenia, zakaz opuszczania miasta, nakaz cotygodniowego meldowania się na posterunku. I pięćdziesiąt tysięcy funtów.

– Cholera. Ostro.

– Fakt. – Kupił sobie piwo i jednym haustem wypija jedną trzecią szklanki.

– Mają nowe dowody?

– Nie wiem. Mówiłem ci, co się stało. Ale teraz potraktowali mnie inaczej. Nie czekali, aż się zgłoszę i wieczorem mnie aresztowali. To trochę dziwne. Nie mam pojęcia, po co te zagrywki. – Cały czas patrzy na ekran telefonu.

– Co ty robisz? – pytam.

– Sprawdzam, czy o tym piszą.

– No tak. – Wyjmuję z kieszeni telefon. Mam parę służbowych mejli i wiadomość głosową od Pauline z kancelarii.

Patrick zaczyna coś mówić, lecz mu przerywam.

– Muszę odsłuchać. Ona nigdy do mnie nie dzwoni, może to coś ważnego. – Patrick milknie i sięga po szklankę.

Nie zawracając sobie głowy pocztą głosową, dzwonię bezpośrednio do Pauline. Natychmiast odbiera.

– Cześć, Alison. Dzięki, że…

– Nie odsłuchałam twojej wiadomości. Pomyślałam, że lepiej będzie, jeśli od razu zadzwonię. Wszystko w porządku?

– Nie, niestety. Boję się, że przeżyjesz szok.

– Ty skurwysynu! – syczę kilka minut później.

– Ale o co chodzi? – pyta Patrick.

– Ty skurwysynu pieprzony!

– Uspokój się. Co się stało? – Pociąga duży łyk piwa, pewnie dla kurażu. Szklanka jest prawie pusta.

– Caroline Napier kłamie, tak? Jesteś kozłem ofiarnym, którego nikt nie rozumie, i dałeś się sprowokować, tak? To twoja wersja wydarzeń?

– Tak, przecież ci mówiłem...

– Więc jak wytłumaczysz to, że na policję zgłosiła się kolejna kobieta, która oskarża cię o gwałt?

Patrick gwałtownie blednie.

– Alison, to nieporozumienie...

– Przed chwilą słyszałam zupełnie coś innego. Myślałeś, że się nie dowiem?

Drży mu podbródek, oczy wypełniają się łzami.

– Nie przypuszczałem, że mnie oskarżą...

– Kto? Która? Caroline Napier czy twoja aplikantka?

Ukrywa twarz w dłoniach, trzęsą mu się ramiona.

– To było nieporozumienie, myślałem, że tego chce. Miała ochotę cały wieczór...

Patrzę na niego z pogardą. Nawet nie próbuje zaprzeczać. Mam ochotę go spoliczkować. Jego i siebie. Jestem wściekła, jednocześnie mam wyrzuty sumienia. Ileż to razy źle myślałam o Alexii, kiedy siadała zbyt blisko niego i śmiała się z jego dowcipów? Zaślepiona zazdrością nie rozumiałam, co jest grane, nie zauważałam, że Patrick jest zbyt wielkim egoistą, żeby nie skorzystać z okazji. W ogóle nie powinien z nią zaczynać, nie mówiąc już o tym, że nie powinien robić tego, o czym Alexia opowiedziała Pauline, dowiedziawszy się, że go aresztowano.

Dwa miesiące temu on i Alexia upili się gdzieś na mieście i poszli do jej mieszkania, zapuszczonej nory przy Holloway Road. Zaczęli się całować. Ona chciała na tym zakończyć, on nie chciał przestać. I nie przestał. Nikomu o tym nie powiedziała, wiedząc, jak ważna jest dla naszej kancelarii współpraca z Patrickiem; aby zilustrować swój punkt widzenia, jako przykład podała mnie, to, że tydzień później dostałam swoją pierwszą sprawę o morderstwo. Nie chciała robić nikomu kłopotów. Myślała, że nikt jej nie uwierzy. Ale Pauline uwierzyła i długo płakały, zanim Alexia zadzwoniła na policję.

Ja też jej wierzę. Wiem, że w moim domu też omal nie doszło do gwałtu. Nie tylko wtedy, bo posuwał się za daleko już przedtem, ale byłam zbyt uparta i ślepa, żeby to dostrzec. „Lubisz na ostro" – ciągle to powtarzał, a ja nie protestowałam niczym tchórzliwie uległa Anastasia z *Pięćdziesięciu twarzy Greya*. Gardło ściskają mi mdłości i muszę zostać sama. Biegnę do toalety i zatrzaskuję drzwi. Mdłości ustępują, ale wciąż mam gorzki posmak w ustach. Spluwam, wycieram usta papierowym ręcznikiem, spluwam po raz drugi, trzeci i czwarty, aż gorycz znika. Opieram głowę o deskę klozetową i zamykam oczy. Mogłabym tak klęczeć w nieskończoność, ale muszę stawić mu czoło. Już ostatni raz.

Wracam do stolika i widzę, że wciąż płacze, nawet nie próbując wytrzeć kapiących z nosa glutów.

– Znam cię. – Kipiąc gniewem, staję obok niego. – Znam cię. I mam tego dość.

– Jeśli mnie znasz, a tak jest – szlocha, połykając słowa – to przecież wiesz, że nigdy bym tego nie zrobił. Proszę, pozwól mi się wytłumaczyć.

– Nie ma sensu. – Nie siadam, wciąż stoję. – Bo widzisz, ja naprawdę cię znam.

Płacze już na całego, smarka, łzy spływają mu aż na szyję. W pubie jest prawie pusto, lecz zerka na nas barman, brodacz w kraciastej koszuli, który uważnie wyciera kieliszki za ladą.

– Chyba już pójdę – rzucam.

– Tak, idź. Wracaj do swojej kochanej rodzinki i uroczego mężusia! – Miotany gniewem i rozpaczą Patrick podnosi głos. Nagle milknie. Ukrywa twarz w dłoniach i już myślę, że rozpacz wygrała, lecz kiedy opuszcza ręce, z jego nabiegłych krwią oczu bije czysta furia. – Idź! Spierdalaj do domu!

Wtedy coś we mnie pęka. Pochylam się nad stolikiem.

– Już nie mam domu. Nie mogę zobaczyć córki, a mój mąż chce rozwodu. I wiesz co? Mam cię gdzieś. Nawarzyłeś sobie piwa, to je wypij. Żałuję, że w ogóle cię poznałam.

Jego szara twarz szarzeje jeszcze bardziej.

– Alison, przepraszam, nie wiedziałem, przepraszam. Co się stało?

– Wczoraj na spacerze zgubiłam Matyldę i Carl dostał szału. I słusznie, bo przez te wszystkie lata byłam złą matką, kompletnie rozkojarzoną. A ten nasz... związek tylko pogorszył sytuację. Niepotrzebnie się w to angażowałam. Powinnam była przyjrzeć się sobie. I przyjrzeć się baczniej Alexii. – Jestem wzburzona, coraz bardziej podnoszę głos. Jego gniew przeciwko mojemu, bo jak mogłam być aż tak ślepa, żeby nie dostrzec, co z niego za człowiek?

– Alison, przepraszam. Usiądź, porozmawiajmy...

– Już porozmawialiśmy. Mam dość. Wychodzę. Nie dzwoń do mnie. Daj mi święty spokój.

Patrick milknie, po chwili wstaje i zbliża się do mnie.

– Proszę, Alison. Przecież dobrze nam razem. Wiem, że teraz jest syf, ale wszystko naprawimy.

– Jesteś oskarżony o gwałt na dwóch kobietach.

– To nie było tak – mówi błagalnie.

– Znam cię. Dobrze cię znam.

Próbuję nie płakać, lecz nie wytrzymuję. Patrick stoi blisko, dużo za blisko, więc się cofam, gdy chce wziąć mnie za rękę. Wpadam na krzesło, potem na stolik, nie chcę, żeby mnie dotykał, ale jest coraz bliżej.

– Wszystko w porządku? – pyta barman.

Patrick patrzy na niego i sięga po szklankę. Chce się napić, lecz zdaje sobie sprawę, że wszystko już wypił. Patrzy na nią, patrzy na mnie i na barmana, podnosi szklankę i ciska nią w stolik. Pryska szkło i obrywam odłamkiem w policzek. Barman rusza w naszą stronę, chcąc mnie obronić, ale Patrick już siada. Znów ukrywa twarz w dłoniach, znów trzęsą mu się ramiona.

– Proszę natychmiast wyjść albo wezwę policję – ostrzega go barman.

Patrick podnosi głowę, patrzy na niego i wybucha śmiechem. Chcę wyjść, ale boję się, że za mną pójdzie. Przenosi na mnie wzrok, wstaje i rusza w moją stronę. Barman zachodzi mu drogę, lecz on mija go, unosi moją twarz i całuje w usta.

– Teraz nie mam już nic – mówi. – Zupełnie nic.

Cofam się, a on, odpychając mnie, wychodzi z pubu. Stoimy w milczeniu, barman i ja. Mam mokrą twarz i wycieram ją ręką, myśląc, że to łzy. Barman idzie do lady, wraca i podaje mi garść serwetek. Wycieram nimi policzki i oczy, ścieram smak pocałunku z ust.

– Dobrze się pani czuje? Pani twarz…

Patrzę na serwetki – są czerwone od krwi. Stężenie adrenaliny słabnie i czuję coraz ostrzejsze pieczenie. Przyciskam serwetkę do policzka.

– Nic mi nie będzie. Pójdę już.

– Odprowadzić panią? On może czekać na ulicy.

Omal się godzę, ale nie, czuję, że nikogo tam nie ma, że Patrick odszedł. Kręcę głową i wychodzę.

• • •

Mijam stację Holborn ze spuszczoną głową, żebym nie zobaczyła kogoś znajomego. Naprzeciwko stacji jest stoisko z gazetami. Nagłówki krzyczą: ZNANY ADWOKAT OSKARŻONY O GWAŁT. Biorę gazetę i na pierwszej stronie widzę ziarniste zdjęcie Patricka zasłaniającego ręką twarz. Zaczynam czytać, ale wrzucam ją do pierwszego napotkanego kosza na śmieci. Wiem aż za dużo.

Resztę dnia spędzam w hotelu, próbując dodzwonić się do Carla, ale ma wyłączony telefon. Około piątej pojawia się sygnał i nabieram nadziei, zwłaszcza kiedy odbiera Matylda. „Halo", mówi zbyt blisko mikrofonu i cudownie jest ją usłyszeć, ale wtedy Carl zabiera jej komórkę i znów ją wyłącza. W moich uszach wciąż pobrzmiewa głos córeczki.

21

W środę rano dzwoni do mnie Mark, pytając, czy mogłabym pojechać do sądu koronnego w Inner London i zastąpić Sankara w sprawie o kradzież, bo rozprawa, w której bierze teraz udział, się przeciąga. Mam dość hotelu i chociaż sąd jest trochę za blisko mieszkania Patricka, nie mogę ciągle odmawiać, wiem, że to propozycja nie do odrzucenia. Biorę prysznic i ubieram się, nie zważając na powtarzające się dzwonienie komórki, na którą zerkam dopiero, czekając na windę.

Chloe, trzy razy z rzędu. Do cna wyczerpana wysiadam, ciągnąc za sobą torbę. To się nigdy nie skończy. Mam już tyle na głowie, rozstanie z Carlem, tęsknotę za Matyldą. Patricka. Nie dam rady wcisnąć tam niczego więcej.

– Tak, to ja – mówię, wychodząc na ulicę. Jest wcześnie, więc postanawiam iść na piechotę.

– Zdarzyło się coś strasznego – zaczyna Chloe.

– Ale co? – pytam, zastanawiając się, czy zdążę.

– Patrick… – Chloe milknie.

Od razu się najeżam.

– Nie chcę o nim rozmawiać. Nie chcę mieć z tym nic wspólnego.

– Alison, najpierw mnie wysłuchaj. On nie żyje. Patrick nie żyje. Wczoraj po południu rzucił się pod pociąg na stacji metra Holborn.

Zatrzymuję się. Ktoś na mnie wpada, przeklina i obchodzi mnie bokiem. Ktoś inny potyka się o moją torbę. Wciąż stoję na środku chodnika, próbując to zrozumieć.

– On nie żyje – powtarza Chloe. – Napisał do mnie, że przeprasza, a ja nie wiedziałam za co.

– Jesteś tego pewna?

– Tak. Siostra zidentyfikowała go po rzeczach osobistych, po portfelu i sygnecie. Niewiele z niego zostało, na pewno napiszą o tym w gazetach. – Zasypuje mnie gradem słów, które do mnie nie docierają. – Alison. Alison? Jesteś tam?

Opuszczam rękę. Nie rozumiem, co się dzieje. Znów ktoś wpada na mnie, ale tym razem z tak wielką siłą, że zatrzymuję się na ścianie baru z kanapkami.

– Dobrze się pani czuje? – pyta mnie jakaś kobieta.

Nie odpowiadam, bo gardło ściska mi szloch. Kobieta dotyka mojego ramienia, chce wziąć mnie pod rękę. Cofam się.

– Tak, dziękuję. Nic mi nie jest. – Odchodzę, wlokąc za sobą torbę.

– Na pewno? – Kobieta nie ustępuje.

Do-sądu, do-sądu – zagłuszam jej zatroskany głos rytmicznym stukotem butów. Wciągam smutek nosem i wycieram go rękawem.

Jest późno, a ja nie mam siły iść – muszę wsiąść do metra. Zawracam i skręcam w stronę stacji Embankment nad Tamizą. Czekam na pociąg linii Bakerloo i kiedy nadjeżdża, przyciąga mnie jak magnes: ruszam przed siebie, podchodzę coraz bliżej i bliżej torów, aż ktoś krzyczy i chwyta mnie za rękę. Wyszarpuję się i prawie biegnę na drugi koniec peronu, mając przed oczami Patricka, koła i tory, przecinający ciało metal. Udało im się zebrać wszystko, czy na stacji Holborn wciąż poniewierają się jego pominięte szczątki; dla szczurów posiłek dużo bardziej apetyczny niż resztki z McDonald's a i KFC? Potrząsam głową, żeby otrzeźwieć, mimo to nie zdążam wsiąść i pociąg odjeżdża.

Następny pojawia się już po kilku minutach i tym razem jestem gotowa. Odpędzam myśli o krwi i Patricku, wsiadam, opieram się o ścianę i całą drogę śledzę wzrokiem nazwy stacji na planie Londynu. London Bridge. Nie, nie zamierzam myśleć ani o moście, ani o tak niedawnym wieczorze, kiedy Patrick zaprosił mnie do siebie na kolację i kiedy byliśmy szczęśliwi. Biorę się w garść i idę do sądu.

W szatni panuje tłok i mogłabym przysiąc, że kiedy wchodzę, nagle zapada cisza, ale może to tylko nerwy, może dzwoni mi w uszach tak głośno, że nic nie słyszę. Dostrzega mnie Robert z izby adwokackiej. Podchodzi i kładzie mi ręce na ramionach.

– Straszne – mówi cicho. – Pewnie już słyszałaś.

Przytakuję skinieniem głowy.

– Wiem, że dużo dla niego zrobiłaś...

Sztywnieję. Przyglądam się uważnie, ale nie widzę w jego twarzy nic, co wskazywałoby na to, że to jakaś aluzja. Jest przybity, ma zaczerwienione, nabiegłe krwią oczy.

– Nie mogę w to uwierzyć – mówię.

– Ani ja. Posłuchaj, rozmawiałem z Sankarem i kumplami z kancelarii Patricka. Wieczorem idziemy do pubu. Żeby go powspominać. Wiem, że „Standard" wypuścił ten artykuł, ale...

Nie pozwalam mu dokończyć.

– Gdzie?

– Do Docka. Wpadniesz?

– Postaram się.

Podchodzi do nas adwokatka z innej kancelarii.

– Przepraszam, że przeszkadzam. Rozmawiacie o Patricku? Patricku Saundersie?

Robert bierze ją na bok i zaprasza na wieczór, a ja korzystam z okazji, żeby otworzyć torbę, włożyć perukę i togę i przybrać bardziej profesjonalną minę w lustrze. Biorę dokumenty od oskarżyciela świadoma, że jestem nieprzygotowana do rozprawy. Przeglądałam je, ale szczegóły wyleciały mi z głowy. Zerkam na nazwisko, skupiam się i idę do sali numer siedem.

Na szczęście to tylko przesłuchanie przygotowawcze, moment, w którym oskarżony przyznaje się lub nie przyznaje do winy. Wracam do rzeczywistości, wstaję i odczytuję podsumowanie aktu oskarżenia z nadzieją, że nikt nie będzie mnie o nic wypytywał. Obrońca, bardzo poważny, lecz niedoświadczony – niepotrzebnie powiela słowa sędziego, który zgodził się już na przygotowanie raportu osobowego: „Dobrze, panie mecenasie, ale zastrzegam, że rozważę wszelkie ewentualności" – zamyka się i siada dopiero wtedy, kiedy sędzia mówi, że usłyszał już tyle, że mógłby od razu wydać wyrok.

Zapisuję w aktach datę następnej rozprawy i potwierdzam ją swoim podpisem. W szatni dołącza do mnie Robert i idziemy do autobusu. Robert nie przestaje mówić o Patricku i jego głos nadweręża moją cierpliwość do tego stopnia, że mam ochotę paść na środek jezdni i wyć do końca dnia.

– Oby zarzuty się potwierdziły – mówi. – Nie dlatego, że którejś z nich życzyłbym, aby była zgwałcona, ale jeśli skłamały i jeśli przez to się zabił...

Nagle dociera do mnie, że albo go zaraz uderzę, albo obrzygam. Wstaję, mamrocząc, że mi duszno, przejeżdżam mu torbą po nogach i wysiadam na Waterloo Bridge.

Cofam się na środek mostu, patrzę na wodę, patrzę na Westminster i London Eye. Odwracam się i za Blackfriars widzę London Bridge, a dalej Tower Bridge. Trochę na prawo od Tower Bridge jest mieszkanie Patricka i właśnie tam powinien teraz być, blady i uległy, i potulnie zapewniać o swojej niewinności. Powinien być tam, cały i zdrowy, a nie leżeć w kawałkach w miejskiej kostnicy.

Znów patrzę na rzekę, zastanawiając się, dlaczego na balustradzie nie ma mosiężnej tabliczki z numerem telefonu do samarytan. Na innych mostach są. Ale teraz miałbym z niej tyle samo pożytku co ze mnie, kiedy nie chciałam z nim rozmawiać ani słuchać jego tłumaczeń.

Tuż obok przystaje jakiś mężczyzna. Patrzy na mnie, więc łypię na niego groźnie. I nagle dociera do mnie, że ma zaniepokojoną minę. Za długo tu stoję, za długo patrzę na rzekę.

– Nie, nie, to nie to – mówię i odchodzę z pochyloną głową. Jednym spojrzeniem okazał mi więcej troski, niż ja okazałam jej Patrickowi i ta świadomość bardzo mi ciąży.

• • •

Wchodzę do kancelarii i widzę Pauline.

– Dałam Alexii kilka dni wolnego – mówi. – To na sto procent nie jej wina, ale strasznie się czuje. Trzeba się nią zająć, wysłać na jakąś terapię.

– Straszne. Mam nadzieję, że się z tego otrząśnie. Jeśli uznasz, że to stosowne, przekaż jej moje najlepsze życzenia i powiedz, że zawsze będę ją wspierała.

Pauline przytakuje skinieniem głowy.

– Dobrze, powiem. Martwiła się, co o niej pomyślisz. Zapewniłam ją, że jesteś po jej stronie, ale nie była tego pewna. Szczerze mówiąc, miałam wrażenie, że jest wobec ciebie trochę wrogo nastawiona, ale cóż, to były trudne chwile.

Czuję się tak, jakby kopnęła mnie w brzuch. Zawsze uważałam się za ich sojuszniczkę i dopiero teraz widzę głębię swojej ignorancji, szkody, jakie wyrządziłam swoim egoizmem i głupotą. Nagle przychodzi mi do głowy inna myśl.

– Rozumiem, dlaczego tak myślała, ale w ciągu tych kilku dni dużo się nauczyłam. Powiedz jej, że zawsze może na mnie liczyć. Zastanawiam się tylko… Widzisz, dostaję ostatnio anonimowe SMS-y. Bardzo nieprzyjemne. Sądzisz, że…

Pauline długo nie odpowiada.

– Nie wiem. Z tego, co mówi, chyba nie można tego wykluczyć. Porozmawiam z nią, ale nie teraz. Teraz jest w kiepskim stanie.

– Tak, naturalnie. To nic pilnego. Chciałabym tylko, żeby przestały przychodzić.

– Rozumiem.

– Dziękuję. I koniecznie przekaż jej, że może liczyć na mnie w każdej sprawie.

– Cieszę się. Myślę, że powinniśmy przyjrzeć się uważniej temu, jak traktujemy naszych aplikantów. Chcę zorganizować specjalne spotkanie. Przyszłabyś?

– Jak najbardziej. Na pewno stać nas na więcej.

Żegnam się z Pauline i zaszywam w swoim pokoju, bo dostaję drgawek na myśl o tłoczących się wokół mnie ludziach. Ściska mnie w brzuchu i drżą mi ręce. Biorę komórkę, żeby odsłuchać wiadomości głosowe od Patricka, sprawdzić, czy zdradzają coś o stanie jego umysłu. Nagle przypominam sobie, że wszystkie skasowałam. Mejle i SMS-y też, nawet te prawie miłosne z krótkiego okresu między pożądaniem i śmiercią. Przypomina mi się, z jaką siłą mnie brał, jak długo mnie potem bolało. Myśl, że nie żyje, jest absurdalna, ale przeglądam skrzynkę odbiorczą i po raz kolejny stwierdzam, że nie ma tam śladu jego istnienia. Ani naszych zdjęć, ani wspólnie spędzonych chwil. Nie polecieliśmy do Paryża. Ale też nigdy na to nie zasługiwaliśmy.

Ktoś wali do drzwi. Robert. Tak, idę do pubu. Tak, już wychodzę. Nie, nie wiem, z nikim nie rozmawiałam.

Robert przystaje w drzwiach i mnie obejmuje.

– Wiem, że byliście blisko…

Odsuwam się i marszczę brwi.

– Przestań, nie w tym sensie. Nie sugeruję, że… Po prostu dał ci kilka dobrych spraw.

Kiwam głową. To prawda. Tylko tyle mi po nim zostało.

Jesteśmy pierwsi. Schodzimy na dół i siadamy przy zarezerwowanym stole. Tym, przy którym siedzieliśmy w dniu, kiedy dostałam sprawę Madeleine, kiedy pieprzyłam się z nim w kancelarii i stłukłam zdjęcie Matyldy. Cholera jasna, przecież to nie było lustro, tylko zwykłe szkło. Nic nie powinno się stać.

Stawiam butelkę czerwonego i pijemy, szybko. Robert ma ponurą minę i wiem, że ja wyglądam tak samo, że oboje zaciskamy zęby. Przychodzą koledzy z izby adwokackiej. Kanceliści, adwokaci, wszyscy zamawiają tanie wino. Kto by się przejmował rocznikiem, pijemy ocet. Po pierwszej butelce wciąż jestem trzeźwa i nie bełkoczę. Niektórzy oglądali dziennik i wiadomości rozchodzą się wokół stołu jak kręgi po wodzie. Biedny maszynista. Biedne kobiety. Biedny Patrick.

Powietrze drży, głowy mają świetliste aureole. Jest jak wtedy, kiedy w pubach można było jeszcze palić i lampy tonęły w nikotynowej mgle. Wychodzę z Robertem na papierosa i paląc, milczymy. Wracamy i okazuje się, że ktoś postawił butelkę whisky, famous grouse łagodną jak wino. Wciąż trzeźwa wypijam szklankę, zaraz potem drugą. Aureole są coraz wyraźniejsze, pulsują nad głowami jak świetliste meduzy. Sankar chce mi powiedzieć coś bardzo ważnego, ale zawisa w półmroku z otwartymi ustami. Mija nas Chloe, więc macham do niej, a ona odmachuje i siada przy drugim końcu stołu. Znów patrzę na Sankara, ale on zdążył już zamknąć usta, a Robert nalewa mi właśnie kolejną lufę. Piję i zapominam o rozmowie.

Wciąż drżące powietrze jest przesycone niepasującym do okazji spokojem. Patrick popełnił samobójstwo, więc jego grzechy zostały chwilowo odpuszczone i wokół stołu coraz częściej zaczynają krążyć anegdoty. Człowiek pełen wad, lecz człowiek kochany – kołyszemy się w rytm emocji, wspominając jego występy w sądzie i rozmowy z klientami. Każda dykteryjka jest inna, ale wszystkie zlewają się w jedną.

– ...każdy z tych bandziorów miał jego wizytówkę i to był jedyny dowód...

– A pamiętacie, jak kazał spadać tej Connor w Greenwich? Szkoda, że nie widzieliście miny sędziego.

– ...klient zaczął grozić mu nożem, pamiętacie? A on wybuchnął śmiechem i śmiał się, aż tamten zorientował się, jakim jest idiotą i odłożył nóż.

Na stole ląduje kolejna butelka whisky, tym razem lagavulin, i jej torfowy aromat szczypie mnie w gardle.

Wojennym opowieściom nie ma końca, a im dłużej siedzimy, tym bardziej się rozklejamy. Przekonana, że jestem trzeźwa, wstaję, żeby pójść do kibelka, lecz uginają się pode mną nogi i prawie siadam na kolana Robertowi, który podtrzymuje mnie ze śmiechem, dopóki nie odzyskuję równowagi. Idę ostrożnie, lecz do toalety jest strasznie daleko, dużo dalej niż myślałam, w dodatku zaczynają wirować ściany. Wchodzę do kabiny, spuszczam rajstopy do kostek i z opartą na łokciach głową siedzę tam jakiś czas, zastanawiając się, czy jeśli zamknę oczy, te przeklęte ściany przestaną wreszcie się kręcić.

– Alison. Alison? Jesteś tam?

Chloe. Wstaję i podciągam rajstopy.

– Tak, tak, już wychodzę. – Chwila samotności trochę mnie otrzeźwiła. Bolą mnie oczy, więc wyjmuję kontaktówki i choć widzę teraz jak przez mgłę, przynajmniej nie szczypie mnie pod powiekami.

Chloe czeka przy umywalkach. Podchodzi bliżej i obejmuje mnie; ja ją też, choć czuję się trochę nieswojo. Zapach jej perfum prawie mnie dusi, słodki i lepki. Jest bardzo silny, a po kilku sekundach czuję także zapach jej ciała, słodko-gorzki, jakby od paru dni nie brała prysznica. Delikatnie się odsuwam – ja też pewnie nie pachnę ładnie. Grzebię w torebce i wkładam okulary.

– Straszne. Po prostu straszne.

Bez słowa kiwam twierdząco głową.

– Przynajmniej nic nie poczuł – ciągnie Chloe. – To była szybka śmierć, ale ten biedny maszynista…

Staram się tego sobie nie wyobrażać.

– Cóż, musimy być dzielni i pracować dalej. Na pewno by tego chciał.

Z tym jestem w stanie sobie poradzić.

– Mówiłaś Madeleine? – pytam zaskakująco trzeźwym głosem.

– Tak, jest roztrzęsiona. – Chloe patrzy w lustro, nakłada szminkę i odwraca się do mnie z czymś, co bierze pewnie za uśmiech, choć tak naprawdę jest to upiorny grymas. Ale widzę, ile ją to kosztuje, więc nie zwracam jej nawet uwagi na ślady szminki na zębach. – Chce jak najszybciej przyjechać i porozmawiać.

– To dobrze.

– Umówię się z nią, ale najpierw wszystko ustalimy. – Chloe pudruje nos. – Boże, jak ja wyglądam. – Pociera palcem zęby.

– To bardzo trudne…

Ja też staję przed lustrem. Przesuwam okulary na czubek głowy i próbuję zetrzeć ślady tuszu do rzęs na zmarszczkach pod oczami. Białka mam nabiegłe krwią, tak jak ona. Wodnisty błękit oczu i klejące się do czoła włosy – odkręcam kran i ochlapuję wodą twarz, desperacko chcąc otrzeźwieć, pozbyć się tępego bólu w czole.

– To takie smutne… Miał tyle do zaoferowania, tyle do przeżycia. Gdyby tylko umiał lepiej nad sobą panować. Fatalna wada… I był takim dobrym szefem. Wkrótce miałam zostać starszym wspólnikiem.

Jej smutek, moje wyrzuty sumienia – ból mnie dobija. Jest mi ciężko, jest mi źle, chcę tylko znaleźć się w domu, zmyć z siebie opary whisky i papierosów, wziąć Matyldę na kolana i przeczytać jej bajkę, chłonąc jej ciepło i czysty zapach nieskalany smutkiem, zdradą i kłamstwem. Ale to ostatnia rzecz, jaką mogę teraz zrobić. Z trudem przełykam ślinę i obejmuję Chloe, starając się nie wdychać cuchnącego zapachu jej perfum.

– Jeszcze nie wszystko wiemy – mówię.

– Przestań. – Chloe nie musi dodawać nic więcej.

Przestaję sobie z tym radzić.

– Idę. To był ciężki dzień.

Chloe przyciąga mnie do siebie i odwraca twarzą do lustra.

– Ja naprawdę strasznie wyglądam – mówi. – Zwłaszcza stojąc obok ciebie. A ty nawet w takiej chwili jesteś piękna.

Wykrzywiam usta. Najwyraźniej patrzymy na dwa różne odbicia, bo według mnie obie jesteśmy równie skonane.

– Lecę z nóg – mówię. – Dziwne, że jeszcze stoimy.

– Nie, naprawdę. Masz jedną z tych twarzy. Patrick zawsze mówił, że jesteś śliczna. – Chloe przyciąga mnie jeszcze bliżej i wreszcie puszcza. – Ale jakie ma to teraz znaczenie…

Wychodzę z toalety i idę po torbę. Z naszej grupy pozostały jedynie niedobitki, podtrzymujący się wzajemnie Robert i Sankar i siedzący na uboczu dużo trzeźwiejszy Mark. Macham im na pożegnanie i idę na górę, powoli, żeby się nie potknąć. Ulica. Z zaskoczeniem stwierdzam, że jest już ciemno i świecą się latarnie, lecz gdy w ich pomarańczowym blasku patrzę na ekran komórki, widzę, że dochodzi ósma.

Z ciężką torbą, noga za nogą, wlokę się na szczyt wzgórza. Staram się iść prosto, ale jestem pijana, bardziej niż powinnam, a szukanie słów na pocieszenie Chloe wyssało ze mnie resztki sił i opanowania. Tańczą nade mną światła latarni, a ponieważ padało, pode mną, na mokrym chodniku, tańczą ich odbicia. Wracam do hotelu, padam w ubraniu na łóżko, tuż przed zaśnięciem przypominam sobie, że cały dzień nie dzwoniłam do Carla.

22

Przyjeżdżam do kancelarii o dziesiątej rano. Chloe prowadzi mnie do gabinetu Patricka i od razu przechodzi do rzeczy.

– Uważasz, że powinna się przyznać?

– Moim zdaniem nie, za łatwo by się poddała. Ucieszyłabym się, gdyby zmieniono zarzut na zabójstwo umyślne, ale nie sądzę, żeby oskarżenie chętnie na to poszło. Mimo to powinniśmy do nich napisać, zaproponować zmianę i zobaczyć, co powiedzą. Wiem, że Madeleine ma zastrzeżenia i nie chce, żeby jej syn zeznawał jako świadek.

– Właśnie.

Chloe szpera w papierach, znajduje czyjeś zeznanie i czyta. Siedzi przy biurku Patricka. Biurko jest posprzątane i odkurzone. Zwykle na wpół uchylone żaluzje w oknach i drzwiach są teraz całkowicie otwarte. Nie pamiętam, żeby kiedykolwiek było tu tak jasno.

– Wierzysz w te historie o jej mężu?

– Są bardzo prawdopodobne. Potwierdza je zeznanie lekarza. I jej blizny.

– Śmierć Patricka musiała wytrącić ją z równowagi. – Chloe pociera palcami powieki. Ma ciemne worki pod oczami. Już mam powiedzieć, że wygląda jak z krzyża zdjęta, lecz się powstrzymuję. Sama nie wyglądam lepiej.

– Przynajmniej zostawił w spadku plan.

– Plan?

– Chciał, żebym przejęła jego sprawy. W zeszłym roku, na wypadek, gdyby coś się stało. Organizacja przede wszystkim. Tylko że nikt nie spodziewał się czegoś takiego. – Pochyla głowę, głęboko oddycha i znów pociera oczy.

– To wszystko jest takie trudne – mówię świadoma, jak kulawo to brzmi.

– Cały ten ostatni tydzień… – Chloe wciąga powietrze i podnosi wzrok. – Wierzysz w te zarzuty? W to, co o nim piszą?

Przeszywa mnie spojrzeniem i nie wiem, jakiej oczekuje odpowiedzi. Z drugiej strony…

– Trudno powiedzieć.

Chloe kręci głową.

– Przestań, stać cię na więcej. Obie wiemy, jaki był.

Wciąż nie jestem pewna, czego ode mnie chce. Bezradnie wzruszam ramionami.

– Nie sądzę, żeby to zmyśliły – ciągnie Chloe. – Wczoraj udawałam, że wszystko jest w porządku i po prostu opłakujemy śmierć przyjaciela. Ale kiedy obudziłam się rano, od razu wiedziałam, że to bzdura.

Dobrze ją rozumiem. Wczorajszy wieczór był pełen zawirowań, momentów wesołego śmiechu ze wspominającymi go kolegami i chwil, kiedy przypominało mi się to, co podobno zrobił.

– Nie wiem, Chloe, ale znasz reputację Caroline Napier. Nie przypuszczam, żeby coś takiego zmyśliła. Nic nie jest warte tego, przez co musiała przejść.

Mówię do palców, które kurczowo splatam na kolanach. Nie chcę jej zdenerwować, ale naprawdę tak uważam. Podnoszę wzrok.

– Masz rację – mówi. – Wolałabym, żeby było inaczej, ale… Poza tym powiedział mi coś we wtorek po południu.

Nie przyszło mi do głowy, żeby spytać, czy widziała go, zanim rzucił się pod pociąg.

– Przepraszam, byłam zupełnie rozbita, nawet cię nie spytałam. Widziałaś się z nim?

– Rano nie mogłam go złapać, nie wiem, co robił.

Milczę. We wtorek rano rozmawiał ze mną, we wtorek rano go odtrąciłam. Nie chcę o tym mówić.

– Byłam wkurzona, chciałam go o coś spytać, służbowo. W końcu się dodzwoniłam i przyszedł. Odbyliśmy długą rozmowę, omówiliśmy wszystkie jego sprawy, bo chciał, żebym była na bieżąco. – Chloe szlocha, wyciera łzy.

– Tak mi przykro – mówię, nie chcąc jej przerywać.

– Nie, to głupie. Ale kiedy pomyślę, że tak to wszystko zaplanował i uporządkował...

– Uporządkował?

– Nie chciał, żeby jego klienci ucierpieli. Wprowadził mnie w swoje sprawy i się pożegnał. Podziękował mi za wsparcie, za wszystko, co dla niego zrobiłam. Objął mnie, przytulił i wyszedł. Ale przedtem odwrócił się i powiedział, że to tylko jego wina. Że zawsze był kretynem, a teraz wszyscy się o tym dowiedzą. – Tak długo powstrzymywała szloch, że przestaje nad sobą panować i wybucha płaczem.

Myślę o naszym ostatnim spotkaniu, o tym, jak źle wyglądał, jak go odtrąciłam.

– Ale wiesz, co jest najgorsze? – ciągnie Chloe, walcząc o oddech. – Absolutnie najgorsze?

Kręcę głową.

– To, że nie wierzyłam Caroline, że nie chciałam jej wierzyć. Boże, przecież pracowałam z nim tyle lat. Zawsze zachowywał się wobec mnie jak prawdziwy dżentelmen. Ale po tym, co powiedziała... Wtedy zmalał w moich oczach. I musiał to wyczuć. On mnie objął, ale ja nie oddałam uścisku. Jestem ostatnią osobą, z którą rozmawiał, ostatnią przyjaciółką, a nie chciałam go przytulić.

Pochylam głowę. Nie mogę dać jej rozgrzeszenia. Ja też go nie przytuliłam, nie oddałam mu ostatniego pocałunku. Ale to on stał samotnie na peronie, to on i tylko on podjął decyzję o skoku pod pociąg. I to on wykorzystał Alexię, dziewczynę połowę od niego młodszą, to on i tylko on nie przestał, kiedy Caroline go o to prosiła.

– To tylko jego wybór. To on to zrobił, to on wszystko odrzucił. Nie ty i nie Caroline Napier.

– Chyba że… – Chloe nie kończy, bo ktoś jej przerywa.

– Jego wybór? – Wchodzi Madeleine. Zaskoczone szybko bierzemy się w garść.

– Dzień dobry. – Wstaję, wyciągam do niej rękę, ona mocno ją ściska i idziemy do sali konferencyjnej. Wskazuję jej fotel i zaczynam.

– To dla nas wszystkich wielki wstrząs. Śmierć Patricka…

– Proszę nie kończyć – przerywa mi Madeleine. – Nie mogę tego znieść. Wiem, co o nim wypisują, ale dla mnie zawsze był bardzo miły.

Dopiero teraz widzę, że ma bardziej niż zwykle ściągniętą twarz i zaczerwienione oczy. Jej oczy, moje, oczy Chloe – płacze po nim pułk kobiet. Albo coś w tym rodzaju.

– Wiem. To straszne.

– To na pewno było samobójstwo?

– Podobno, ale nie ma jeszcze raportu koronera.

– Czytałam o tych zarzutach w „Standardzie", ale to chyba nieprawda? – mówi drżącym głosem, słyszę w nim nerwową nutę czegoś, o czym wolę nie rozmawiać.

– W tej chwili nic więcej nie wiem.

– Niczego się pani nie domyśla? – nie ustępuje.

– Nie, naprawdę. Jestem tak samo wstrząśnięta jak wszyscy.

Madeleine otwiera i zamyka usta. Mam dość tego przesłuchania.

– Musimy pomyśleć o pani sprawie.

– Po co? Wszystko mi jedno.

– Jest po co. Proszę pomyśleć, ile pracy włożył w nią Patrick. Na pewno by nie chciał, żeby się pani poddała. – Zaczynam się niecierpliwić. Skoro my znalazłyśmy siłę, żeby to ciągnąć, może znaleźć ją i ona. Poza tym znała go krócej niż my. Jeśli w ogóle można powiedzieć, że go znała.

– Chyba nie – mówi. – Ale bez niego nie dam rady przez to przejść. – Kurczowo zaciska dłonie. Nie udaje, jest naprawdę zdenerwowana. Wygniecione dżinsy i bluzka, plama na kołnierzyku; pierwszy raz widzę ją w takim stanie.

– My tam będziemy, ja i Chloe.

– Nie lubię jej. Ona nic nie rozumie. I to nie ona zajmowała się sprawą od samego początku. A mecenas Saunders odwiedził mnie już w areszcie, kiedy byłam w najgorszym stanie.

Ogarnia mnie gniew. Za mało mi za to płacą. Madeleine wciąż ma tę samą adwokatkę i kompetentną doradczynię, choć początkowo to nie ja prowadziłam jej sprawę.

– Niech pani posłucha. Rozumiem, że przeżywa pani szok, ale musimy podejść do tego pragmatycznie. Pod koniec tygodnia oficjalnie przedstawiamy nasze stanowisko. To głównie ja pracowałam nad tą sprawą. Śmierć Patricka napawa nas wielkim smutkiem, ale nie powinna mieć wpływu na pani los.

– Nie ma pani serca. Myślałam, że kto jak kto, ale pani to zrozumie. – Madeleine chce najwyraźniej jeszcze bardziej to udramatyzować, lecz nagle zaczyna płakać, cicho i szczerymi łzami. Powinnam chyba okazać jej więcej empatii.

– Przepraszam. Próbuję tylko to ogarnąć. To był silny wstrząs.

Madeleine poprawia się w fotelu i bierze w garść.

– Ja też przepraszam. Jestem beznadziejna. Ale nie chcę wywlekać tego wszystkiego w sądzie. Chodzi mi zwłaszcza o Jamesa. Zrobię wszystko, żeby go ochronić.

– Być może nie będziemy musiały go wzywać. Istnieje cień szansy, że oskarżenie zgodzi się z wnioskiem o zmianę zarzutu na zabójstwo umyślne. Będzie pani musiała porozmawiać z ich psychiatrą, jeśli się z nami zgodzą… Natomiast jeśli nie, to i tak zeznanie Jamesa jest spójne, więc nie będzie z naszej strony narażony na krzyżowy ogień pytań.

– W ogóle nie chcę, żeby ktoś go narażał. Ani my, ani nikt inny. Po prostu nie chcę, żeby zeznawał.

Kartkuję notes, aby zyskać trochę czasu i coś wymyślić.

– Co prawda, jest świadkiem oskarżenia, ale jego zeznanie jest dla nas decydujące. Potwierdza, że byliście ofiarami przemocy domowej. Dodatkowo to, że tamtego dnia mąż go pobił, ma kluczowe znaczenie dla sprawy. Dlatego...

– Nie, nie podoba mi się to – przerywa mi Madeleine. – Musiałby zeznawać przeciwko własnej matce, to by go zniszczyło. – Kręci głową. – Nie dopuszczę do tego, nie chcę. Nie chcę, żeby musiał kłamać.

– Przecież nie kłamie. Prawda? – Poprawiam się w fotelu. Nie całkiem to rozumiem. Patrzę na nią, ona na mnie. Coś zmienia się w jej twarzy i spuszcza wzrok.

– Madeleine...

Bierze głęboki oddech.

– Nie chcę, żeby James zeznawał – powtarza. – Muszę go chronić. Lepiej będzie, jeśli od razu się przyznam.

– Dobrze, rozumiem. Ale proszę tylko pomyśleć. Chce pani ochronić syna. To zupełnie zrozumiałe. Sąd, rozprawa, to dość przerażające. Zwłaszcza dla dziecka. Ale...

– Dość! Dość tego! – krzyczy Madeleine. – Już podjęłam decyzję! – Wstaje, odwraca się i patrzy w okno. Do sali wchodzi Chloe, ale Madeleine ją ignoruje.

Zapada cisza i słyszę uliczne odgłosy, syreny, klaksony, przytłumiony pomruk przelatującego samolotu. Madeleine wciąż patrzy przez okno ponad okalającym szybę brudem, na dachy domów i podwórza.

– Przykro mi, że się pani zdenerwowała – mówię. – Ale skoro już pracujemy nad zmianą zarzutu i stosowną linią obrony, trzeba szczegółowo rozważyć wszystkie wynikające z tego konsekwencje. Muszę mieć pewność, że je pani rozumie.

Madeleine odwraca się do mnie z zaczerwienioną twarzą. Robi to tak szybko i gwałtownie, że się cofam, myśląc, że zaraz mnie uderzy. Ale nie, w ostatniej chwili odsuwa się i siada.

– Rozumiem wszystko aż za dobrze – mówi to tak pogardliwie, że przypomina mi się Carl, głos, jakim przemawiał do mnie w niedzielę. – Mecenas Saunders też rozumiał, ale jego już nie ma.

Zerkam na Chloe. Jest tak samo skonsternowana jak ja. – Tylko on potrafił utrzymać to wszystko w ryzach. Bez niego nie ma żadnej nadziei. Dlatego dobrze, niech pani powie mi o tych konsekwencjach, a potem przyznam się do winy. Zgoda?

Robię, co mówi. Tłumaczę jej, że jeśli przyzna się do morderstwa, nie będę mogła powołać się na okoliczności łagodzące i wyrazić pełnej skruchy w jej imieniu, że nie będę mogła zrzucić winy na karb obecnej w jej małżeństwie przemocy, że po prostu będę miała związane ręce. Ale recytując prawnicze formuły i po kolei je wyjaśniając, myślę o czymś innym. To, jakich użyła określeń, upór, z jakim próbuje chronić syna. Udział Patricka, to, że zlecił tę sprawę akurat mnie, a nie komuś bardziej doświadczonemu. Eureka jest tuż, tuż, w zasięgu ręki, ale ja nie chcę nic odkrywać ani o nic pytać. Chcę tylko, żeby Madeleine zrozumiała moje wyjaśnienia i własnoręcznym podpisem potwierdziła, że jest w pełni świadoma, że jeżeli przyzna się do morderstwa, nie będę mogła nic zrobić. Ta linia obrony natychmiast padnie, natomiast ta druga ma tragiczny, wprost przerażający wymiar.

Jako matka mam nadzieję, że nigdy nie znajdę się w takiej sytuacji. Jako matka i powiernica innej matki wiem, że najlepiej jest dać temu spokój i pozwolić Madeleine złożyć macierzyńską ofiarę. Ale jako adwokatka… Czuję, że coś jest nie tak, że przeoczyłam jakiś szczegół, który wciąż widzę kątem oka. Przestaję mówić i biorę się w garść.

– Właściwie przed czym chce pani uchronić syna? – Zaskoczona Madeleine podnosi wzrok. – Nie chce pani, żeby zeznawał, czy chodzi o coś innego?

Stojąca za mną Chloe wpada w popłoch. Podnosi rękę, żeby mnie powstrzymać, ale ja się nie poddaję.

– Jaką rolę odegrał w tym Patrick? Bo to nie ma sensu, przynajmniej na razie, dlatego chciałabym lepiej zrozumieć, co tu właściwie robimy.

Madeleine ma kamienną twarz. Z jej oczu bije tak wielka furia, że w innej bajce padłabym pewnie trupem. Patrzę jej prosto w oczy, nie dam się pokonać jej gniewowi. Carl, Patrick – nie z takimi mierzyłam się wzrokiem. Klientka nie wygra ze mną, nawet jeśli cały czas oszukiwała.

– Zadam pani jeszcze jedno pytanie, już ostatnie – dodaję chłodno. – Potem postąpimy tak, jak pani zechce. Proszę dobrze przemyśleć odpowiedź i wynikające z niej konsekwencje.

Madeleine patrzy na mnie, spuszcza wzrok i zgadza się ruchem głowy.

– Czy to pani dźgnęła nożem swojego męża, czy zrobił to James?

Zapada cisza i trwa dłużej niż wszystkie inne razem wzięte. Znów słyszę uliczne odgłosy, słyszę oddech Chloe, chrobot moich butów i szelest rajstop, kiedy zdejmuję nogę z nogi i ponownie je krzyżuję. Chloe drapie się w rękę i brzmi to tak, jakby ulicą przejechał motocykl. Tylko Madeleine siedzi tak nieruchomo i spokojnie, że brak dźwięku i ruchu są wprost namacalne. Poruszam głową i kości trzeszczą głośniej niż wystrzał z pistoletu. Liczę uderzenia serca: jedno, drugie, trzecie – Madeleine wciąż ani drgnie. Chcę coś powiedzieć, jednocześnie cofnąć to, co już powiedziałam, wepchnąć te słowa z powrotem do gardła. Chloe przestępuje z nogi na nogę i szelest jej spódnicy brzmi jak trzask gwałtownie rozpinanego rzepu. Wstrzymuję oddech.

Czuję, że cisza zaraz mnie udusi, ale właśnie wtedy Madeleine podnosi głowę. Patrzymy sobie prosto w oczy i tym razem to ja odwracam wzrok. Zalewa mnie fala gorąca, chcę natychmiast wyjść, uciec, udać, że nigdy w życiu jej nie spotkałam. Madeleine głośno wciąga powietrze, a mnie przyspiesza serce. Wbijam paznokcie w dłonie. Czekam.

– Tak – mówi. – To James go dźgnął. To James zadźgał nożem własnego ojca. Edwin zbyt często mnie bił, a Jamesa skrzywdził ostatni raz. To James nie wytrzymał, nie ja. Więc słucham, Alison. Jako matka, co by mi pani teraz zaproponowała? – To tylko cichy syk, lecz przecina powietrze głośniej niż wystrzał.

Jedno pęknięcie w ciszy i wali się cały gmach. Chloe siada przy stole, a ja przesuwam się do tyłu i biorę głęboki oddech. Na to czekałam. To jedyne sensowne wytłumaczenie.

– Powiedziałam Patrickowi – ciągnie Madeleine. – Powiedziałam mu, kiedy przyszedł na posterunek. Wszystko wiedział. Dlatego podczas przesłuchania milczałam. Próbowaliśmy wypracować jakąś strategię.

– Patrick chciał okłamać sąd? – pyta Chloe.

– On tego tak nie postrzegał. Wiedział, że potrzebuję pomocy.

Chloe zerka na mnie, ja na nią. Staje się oczywiste, że Patrick siedział w tym głębiej, niż myślałyśmy.

– Ale ja nie jestem na to przygotowana – mówię. – Nie da się cofnąć tego, co zostało już powiedziane, dlatego musimy rozważyć dostępne opcje.

– Proszę bardzo, rozważmy, ale wiem, że wszystkie są do dupy.

Jestem zaszokowana, bo Madeleine nigdy dotąd nie używała takich słów. Próbuję się skoncentrować.

– Tak jak już mówiłyśmy, może pani przyznać się do morderstwa. Będę miała bardzo ograniczoną obronę i dostanie pani dożywocie. Może się pani nie przyznać, a wtedy, mimo braku skutecznej obrony, możemy zażądać, żeby oskarżenie udowodniło pani winę. To znaczy, że będą musieli przedstawić dowody i przekonać przysięgłych. Mnie wolno będzie tylko wytykać im błędy rzeczowe. Nie będę miała prawa przedstawić alternatywnych wersji wydarzeń ani faktów na pani obronę. Jeśli oskarżeniu nie uda się dowieść swego, istnieje cień, ale tylko cień szansy, że zostanie pani uniewinniona. Może też pani przyznać się do zabójstwa umyślnego, ale wtedy Chloe i ja nie będziemy mogły pani reprezentować. Albo może nas pani upoważnić do wykorzystania tego nowego dowodu i do zmiany stanowiska obrony na takie, w którym odrzuci pani zarzut, twierdząc, że przestępstwo popełnił pani syn, a nie pani. W tym przypadku James zostałby wzięty w krzyżowy ogień pytań. Przysięgli mogliby pani nie uwierzyć, ale byłaby to jakaś obrona.

Mówię to wszystko spokojnie i po kolei, z ulgą stwierdzając, że udało mi się zachować resztki profesjonalizmu. Jednak przerażająca sytuacja Madeleine ciąży mi na sercu niczym wielki głaz.

– A pani, Alison? Co by pani zrobiła? Jak by się pani zachowała?

Kręcę głową.

– Nie wiem. Przykro mi, ale nie mogę nic pani doradzić. Naprawdę nie wiem.

– A pani, Chloe?

Chloe też kręci głową.

Madeleine długo milczy.

– A zabójstwo umyślne? – pyta w końcu. – Co by było, gdybym się przyznała do zabójstwa umyślnego?

Znów chwila ciszy. Chloe i ja wymieniamy spojrzenia. To najdłuższa rozmowa bez słów, jaką kiedykolwiek odbyłyśmy.

– Powtórzyłaby pani w sądzie to, co powiedziała pani mnie, Patrickowi i psychiatrze. Ale to, co powiedziała pani nam teraz, musiałoby pozostać tajemnicą. – Pod moimi pachami zbiera się pot. W sali jest za gorąco, zbyt duszno.

– I reprezentowałybyście mnie, nawet gdybym…

Znam właściwą odpowiedź, wiem, jaki spoczywa na mnie obowiązek. Wiem, że jeśli skinę głową, złamię najważniejszą zasadę kodeksu adwokackiego. Nie mam prawa ingerować w kanony systemu sprawiedliwości, jednak na myśl o przemocy, strachu, gniewie i bólu, jakiego Madeleine doświadczyła wraz z synem, na myśl o mężczyznach, którym od wielu, wielu lat udaje się wyjść z tego bezkarnie…

– Mogłybyśmy spróbować – odzywa się Chloe. – Być może oskarżenie na to pójdzie i unikniemy procesu. Ale jeśli nie i jeśli nie chce pani ryzykować ani narażać syna na krzyżowy ogień pytań, musi pani przyznać się do morderstwa. I ponieść konsekwencje.

Chloe myśli tak jak ja, teraz już wiem. Przynajmniej siedzimy w tym razem.

– Będzie bardzo trudno – mówię. – Ale spróbujemy to jakoś ogarnąć.

• • •

Wkrótce potem Madeleine wychodzi. Jest wyczerpana, lecz wokół jej oczu maluje się dużo mniejsze napięcie. Przekazała swój niepokój Chloe i mnie z nadzieją, że opracujemy najlepszą strategię postępowania przed sądem.

– To jakiś koszmar – mówię.

– Tak. A jednak spytałaś. Czasem myślę, że był to jeden z największych atutów Patricka.

– Ale co?

– To, że zawsze wiedział, jakich pytań lepiej nie zadawać. Jak to leci? Nigdy nie zadawaj pytań, na które nie znasz odpowiedzi. Stare, ale jare.

– Albo na które nie chcesz znać odpowiedzi.

– Właśnie.

Chowam do torebki notes i długopis i wstaję. Ja też jestem wykończona. Sprawa Madeleine schodzi na dalszy plan. Powraca świadomość mojej własnej sytuacji.

Chloe zbiera papiery, przewiązuje je różową tasiemką i przez chwilę patrzy w dal. Bierze dokumenty i kładzie je ciężko na brzegu biurka, na stercie innych. Zaczyna przeglądać jakieś akta, po czym nagle odsuwa je tak gwałtownie, że spadają na podłogę wraz ze stertą tamtych.

Zdejmuje z półki zdjęcie Patricka w uniwersyteckiej todze.

– Spójrz na niego, tylko spójrz. Praca, praktyka, kariera, ale nie, to mu nie wystarczyło. Musiał flirtować, rżnąć się z kim popadnie, zmuszać kobiety do czegoś, czego nie chciały. Mógł mieć wszystko, a okazał się kolejnym gwałcicielem. Kurwa mać! – Chloe ciska zdjęciem w ścianę. Zdjęcie odbija się, spada na biurko, potem na dokumenty na podłodze.

Jestem tak wstrząśnięta jej słowami, tak zdumiona, że to właśnie ona je wypowiedziała, że parskam śmiechem. Próbuję się opanować, zasłaniam ręką usta, ale jest za późno.

– Nie, nie krępuj się, śmiej się, śmiej! – mówi Chloe. – Jest z czego. Adwokatka i jej prowadząca, obie u szczytu kariery i obie po uszy w gównie. Ryzykujemy cały dorobek zawodowy tylko dlatego, że ten kutas wziął taką sprawę. Strasznie mnie to wkurza.

Wychodzi zza biurka, zbiera papiery i zaczyna je układać. Potem podnosi zdjęcie. Jestem pewna, że wrzuci je do kosza na śmieci, ale ona patrzy na nie przez chwilę, krzywi się i chowa je do szuflady. Wciąż stoję nieruchomo przy drzwiach, nie wiedząc, jak to się potoczy. W końcu pytam:

– I… co teraz?

– Nic, pracujemy dalej. Mam od groma klientów, których muszę zawiadomić, że ich adwokat nie żyje. A ponieważ Madeleine wypuściła kota z worka, trzeba wypracować jakąś strategię działania.

– Będzie bardzo ciężko. Żałuję, że…

Chloe wzdycha.

– Dobrze zrobiłaś. W jej zeznaniach były wyraźne nieścisłości i prędzej czy później wszystko by się posypało. Prawda jest najważniejsza, bez względu na to, jak teraz pogramy. Zwłaszcza że nie ma już Patricka, który wziąłby to wszystko w garść. Martwią mnie jego pozostałe sprawy, bo diabli wiedzą, co po kryjomu wyczyniał.

– Też o tym myślałam. Będzie mnóstwo pracy.

Chloe przytakuje i obie wzruszamy ramionami. Wbrew wszystkiemu łączy nas poczucie więzi, świadomość, że należymy do jednej drużyny. Mamy za dużo do stracenia, dziesiątki spraw.

– Damy radę – mówię. – Jakoś to rozpracujemy. Ale jeśli to wyjdzie na jaw i okłamiemy sąd… Nie wiem, czy będę mogła dalej praktykować.

Chloe długo milczy.

– Takie sytuacje są na porządku dziennym, przydarzają się każdemu.

Kręcę głową.

– Ale nie mnie. Ja traktuję to poważnie. To nie przysięga Hipokratesa, ale jednak. Gdyby chodziło o jakąś drobnostkę… Jeśli na to pójdę, nie chcę już występować w sądzie. Coś za coś. Rozumiesz?

Chloe patrzy na mnie tak, jakby miała się zaraz roześmiać.

– Jakaś ty szlachetna.

– Wiem, wiem. Ale mówię serio. Mam dość łamania obietnic. Nie wiem, co będę robiła, ale coś znajdę. Skłamać w sądzie i następnego dnia wrócić tam jakby nigdy nic? Ja tego nie potrafię.

Chloe przygląda mi się uważnie i uśmiech znika z jej twarzy.

– Tak, rozumiem. Cóż, zawsze możesz dołączyć do mnie jako doradczyni prowadząca.

Teraz z kolei ja się śmieję.

– Boże, jakaś ty praktyczna!

– Nie, po prostu nie lubię, kiedy ktoś marnuje swój talent. Mam mnóstwo roboty i będę potrzebowała kogoś do pomocy. A jeśli nie chcesz reprezentować Madeleine, to ja ją wezmę. Mam prawo występować w sądzie, tylko rzadko z niego korzystam. Poza tym zawsze możemy poprosić kogoś z izby adwokackiej.

Zastygam bez ruchu. Ciekawy pomysł. Warty rozważenia. Stałe godziny pracy, biuro w centrum Londynu. Przewidywalność.

– A wiesz, to niezły pomysł. Całkiem niezły.

Ściskamy sobie dłonie i Chloe obejmuje mnie na pożegnanie.

– Pogadamy – rzucam, ciągnąc za sobą torbę. – Powiesz mi, co miałabym robić.

23

W połowie drogi do kancelarii zauważam, że z torbą jest coś nie tak. Daje się ciągnąć, ale nie toczy się gładko, co mnie coraz bardziej irytuje. Roztrącając ludzi, przepycham się do bramy obok jakiegoś pubu i odwracam torbę, żeby sprawdzić, co się stało. Na oś kółka nawinął się wielki kawał gumy do żucia, szarej, kleistej i obrzydliwej, pełnej włosów i popiołu papierosowego. Łatwiej by było pozbyć się psiego gówna, bo przynajmniej mogłabym je zmyć. Nie mam pojęcia, co z tym zrobić. Czytałam, że kiedy guma przykleja się do ubrania, można ją zamrozić i wtedy odpada, ale torba to nie ubranie. Choć już nie nowa, wciąż jest w dobrym stanie, nie licząc tego syfu. Klnę pod nosem i ruszam przed siebie, raz ją ciągnąc, raz niosąc.

W kancelarii idę prosto do swojego biura. Rzucam torbę na podłogę, rozpakowuję i przeglądam papiery, które powinnam była wyrzucić już dawno temu. Kompletny burdel. Woziłam stare zapiski i fragmenty sprawozdań, puste opakowania po papierosach, a nawet papier po kanapce z przyklejonym kawałkiem sałaty. Wrzucam dokumenty do niszczarki i dźgam gumę śrubokrętem, który znajduję w szufladzie. Guma ani drgnie, więc zniecierpliwiona zmieniam kąt natarcia. Wstrętna gula stawia opór, lecz nagle puszcza. Kółko odpada, a śrubokręt frunie na drugi koniec pokoju.

Podnoszę torbę i sprawdzam, czy da się ją ciągnąć. Trochę chyboce, ale toczy się całkiem nieźle. Przecież nie wyrzucę jej tylko dlatego, że nie jest doskonała. Siadam przy biurku i przeglądam dokumenty, notatki w sprawie Madeleine. Chloe ma rację, nic nie trzyma się kupy. Zbyt emocjonalne, bardzo męczące rozmowy, niespójne zeznania – ale czy na jej miejscu postąpiłabym inaczej? Wierzę, że mąż ją katował, i rozumiem, że pragnie ochronić syna. Ale to może nie wystarczyć. James będzie miał kłopoty tak czy inaczej, bo albo jego matka trafi do więzienia jako morderczyni, albo będzie musiał stanąć przed sądem jako zabójca własnego ojca. Policja, służby socjalne, krzyżowy ogień pytań – chłopak ma dopiero czternaście lat! Wyobrażam sobie, jak go przesłuchuję, jak przekonuję przysięgłych, że to on zabił własnego ojca. Robi mi się niedobrze. Madeleine i tak pójdzie do więzienia, nawet jeśli uda nam się zmienić zarzut na zabójstwo umyślne. Na krócej, ale pójdzie. W tej sprawie nie ma dobrych rozwiązań.

„Jako matka" – użyła tych słów, pytając mnie o radę. To niedobre określenie, źle odbierane, i zwykle wtyka się je na siłę, żeby usprawiedliwić wyjątkowo konserwatywny i represyjny sposób myślenia. Zawsze go unikałam, ale teraz celowo stawiam się na jej miejscu. Pewnie trzymałabym się swojej wersji i kłamałabym, ryzykując dożywocie. Stwierdzam, że jestem zła na Madeleine, wściekła, że nie zrobiła więcej, żeby go ochronić.

Przyglądam się uważniej swojemu gniewowi. Zgoda, można by pomyśleć, że Madeleine zawiodła. A ja? Carl powiedziałby pewnie, że „jako matka" zawodziłam codziennie, od narodzin Matyldy. I szczerze mówiąc, ja też tak uważam. Ale jedno wiem na pewno: zawsze ją kochałam, mimo że rzadko sprawdzałam się w roli matki. Przecież mogę się zmienić. Już zaczęłam: siedziałam dłużej w domu, gotowałam, odbierałam ją ze szkoły, nie piłam, żeby uciec od smutków. Tak, wszystko schrzaniłam, ale może nie jest za późno. Matylda też mnie kocha i wiem, że ja kocham ją. Kiedy jej nie ma, czuję dokuczliwy ból, który przesłania wszystko inne.

A Carl w roli ojca? Naprawdę jest tak dobrym rodzicem? Przecież to, że wyrzucił mnie z domu, nie służy najlepszym interesom naszej córki. Po prostu chce ją mieć tylko dla siebie. Nie powinnam tego robić, ale celowo sięgam pamięcią wstecz, żeby przypomnieć sobie, ile razy próbował podkopać moją relację z Tilly. Nie pozwolił mi nawet dać jej braciszka, kazał mi cierpieć i myśleć, że nie możemy mieć więcej dzieci. Gniew narasta. Przypomina mi się jedna z pierwszych opowieści Madeleine, to, że mąż po kryjomu podawał jej tabletki antykoncepcyjne. Carl postąpił bardzo podobnie. Obie pozwoliłyśmy mężom rozbudzić w nas poczucie winy za wszystkie możliwe niepowodzenia, podczas gdy tak naprawdę oni też nie byli święci.

Nie, nie dopuszczę do tego, żeby Carl mnie całkowicie odsunął. Byłam złą matką, ale to się zmieni. Dopilnuję, żeby Tilly była kochana i miała opiekę, na jaką zasługuje. Koniec z kłótniami i milczącymi wojnami pozycyjnymi. Stawię mu czoło, będę walczyła o to, co najlepsze dla mojej córki.

• • •

Zostawiam torbę, wychodzę z kancelarii i biegnę na przystanek. W środy Carl nie ma klientów, więc jest pewnie sam. Matylda jest jeszcze w szkole i będziemy mogli spokojnie porozmawiać, jakoś to wyprostować. Autobus utyka w korku, więc wysiadam i pędzę do metra. Odżyłam. Postanowiłam walczyć i odżyłam, niepokój i niezdecydowanie momentalnie zniknęły.

Biegnę całą drogę do Archway. Wyjmuję klucz i… chowam go do torebki. Nie, zachowam się kulturalnie, uprzedzę go, tak będzie stosowniej. Załatwię to spokojnie. Naciskam guzik dzwonka i czekam. Za drzwiami panuje cisza, więc dzwonię jeszcze raz i dopiero wtedy słyszę jego ciężkie kroki na schodach. Otwiera drzwi i patrzy na mnie bez słowa.

– Chcę porozmawiać – mówię. – Mogę?

Nie reaguje.

– Wiem, że jesteś zły, ale musi być jakiś sposób. Nie pozwolę ci tego zrobić.

Znów długa cisza i wreszcie:

– Chyba żartujesz.

– Nie, nie żartuję. Może w twoich oczach nie jestem idealną matką, ale są gorsze. Matylda mnie kocha, dobrze o tym wiesz – mówię coraz głośniej, więc próbuje uciszyć mnie gestem ręki. Bezskutecznie. – Nie możesz mnie tak po prostu odsunąć. Dotąd nie walczyłam, ale teraz będę. Nie pozwolę, żebyś ot tak, zniszczył naszą rodzinę. Musimy porozmawiać, zobaczyć, czy nie da się tego naprawić.

Carl rozgląda się. Wiem, że chodzi mu o sąsiadów, o to, co sobie pomyślą na widok żony krzyczącej na niego przed domem. Chce zamknąć drzwi, lecz blokuję je stopą.

– Jeśli nie chcesz awantury, to lepiej mnie wpuść, bo nie odejdę.

Napieram na drzwi ramieniem, on się cofa, puszcza klamkę i padam jak długa na podłogę. Zamiast mi pomóc, patrzy na mnie z czystą pogardą. Nie, dawnego Carla już nie ma. Wstaję i rozcieram ramię. Przynajmniej jestem w domu.

– Chyba lepiej będzie, jeśli przejdziemy do salonu. – Mówi do mnie jak do kogoś obcego, jakbyśmy się tu nigdy przez tyle lat nie pieprzyli.

Idę, sunąc palcami po ścianie, czując znajomą fakturę tapety i tynku. Widzę dziurę, którą zrobiłam, kiedy próbowaliśmy wnieść nową komodę, widzę poręcz schodów, którą tak fatalnie pomalowałam. Carl bez słowa wskazuje kanapę, wychodzi, wraca z laptopem i podłącza go do telewizora.

– Napijesz się herbaty? – pyta. – A może wody?

– Nie, dziękuję.

– Na pewno? Oj tam, przyniosę ci wody. – Idzie do kuchni, wraca i podaje mi szklankę.

Upijam łyk. Ożywa ekran telewizora.

– Telewizja? – pytam. – Po co?

Odwraca się do mnie ze smutną miną.

– Nie chciałem tego robić, ale nie dałaś mi wyboru. Tak jak wtedy, kiedy zdecydowałem się na wazektomię.

– Czego nie chciałeś robić?

– Zaraz zobaczysz. Patrz na ekran.

Patrzę, ale nie rozumiem tego, co widzę. To film z laptopa, Maca. Pulpit, otwarte okienka, zdjęcie Matyldy bawiącej się w ogrodzie – to rozumiem, ale nie dociera do mnie to, co dzieje się na ekranie telewizora.

– Co to jest? – pytam ogarnięta paniką.

– Przestań, Alison, przecież wiesz.

Tak, wiem, tylko nie mogę w to uwierzyć. Widzę nasz przedpokój, przedpokój, którym przed chwilą szłam. W niskim ujęciu od strony schodów.

– Cofnę, bo może coś ci umknęło.

Podnoszę wzrok. Carl uśmiecha się szyderczo.

– Opiszesz to, co oglądamy? Chciałbym wiedzieć, co o tym myślisz, bardzo mi na tym zależy.

– Nie. – W końcu odzyskuję mowę. – Przecież widzisz.

– Mów, Alison, opowiadaj. – Jego głos ocieka porażającą złośliwością. Zatrzymuje nagranie, siada, chwyta mnie za twarz, wbija palce w podbródek i wolną ręką naciska klawisz. Kobieta i mężczyzna na ekranie przytulają się, całują i odsuwają od siebie.

– Kto to jest, Alison? Powiedz, kogo tu widzimy. – Palce zaciskają się tak mocno, że z trudem otwieram usta. Carl sprawia mi ból.

– Mnie. I… Patricka.

– Kto to jest Patrick?

– Mój doradca prowadzący.

– O tak, wygląda na takiego, zdecydowanie. Czy to nie ten, który właśnie się zabił?

– Skąd wiesz?

– Zaraz zobaczysz. Jaka szkoda. Ale słyszałem, że był gwałcicielem. Ty też słyszałaś?

Próbuję pokręcić głową, lecz za mocno mnie trzyma.

– Nie? Dziwne, bo „Standard" się o tym rozpisuje. Nieważne. Mów, co widzisz. Opiszesz, co masz na sobie?

Nie chcę patrzeć na ekran, ale nie pozwala mi poruszyć głową i widzę siebie na stopklatce.

– Spodnie od dresu i podkoszulek.

– Nie wysililiśmy się, co? Plusem jest łatwy dostęp, jak się zaraz przekonamy. – Okrucieństwo bijące z jego głosu zapiera dech w piersi. Nigdy dotąd tak do mnie nie mówił. – A teraz, Alison? Co tam widzisz? – Znów puszcza nagranie.

– Patrick... Patrick zrywa ze mnie podkoszulek.

– A tak, rzeczywiście. Powiesz mi, co masz pod spodem?

Znów próbuję poruszyć głową, ale nie mogę, bo podnosi wolną rękę i ściska mi szyję. Już przedtem ledwo wytrzymywałam, bo ogarnięta paniką i zestresowana mogłam wciągać tylko małe hausty powietrza, ale teraz w ogóle nie mogę oddychać. Czując, że czerwienieje mi twarz, podnoszę ręce i szarpię za jego dłonie. Trzyma mnie jeszcze klika sekund, wreszcie puszcza.

– Następnym razem będzie dłużej. Mów, co masz pod spodem.

Z trudem oddycham, próbuję zapanować nad głosem.

– Chyba żaba siedzi ci w gardle, co? Napij się wody. – Podaje mi szklankę, a ja łapczywie piję. – Spróbujmy jeszcze raz. Co masz pod spodem?

Dalszy opór jest bez sensu.

– Nic – mówię. – Pod spodem nie mam nic.

– Jakież to wygodne dla naszego dżentelmena, prawda? A on? Co teraz robi?

– Ściąga mi spodnie.

– Nie, nie, przedtem. Co zrobił z podkoszulkiem?

Chcę spuścić głowę, zapaść się w sobie, zsunąć się pod kanapę i leżeć tam do końca świata. Przyszłam tu walczyć i wpadłam w sam środek koszmaru. Carl znów wyciąga rękę w stronę mojej szyi.

– Bawi się moimi... piersiami – chrypię.

– O właśnie. Grzeczna dziewczynka. Co nasuwa mi pewien pomysł... – Popycha mnie na kanapę, przytrzymuje i wolną ręką próbuje zdjąć ze mnie górę. Patrzę na niego, rozpaczliwie szukając w jego twarzy śladów Carla, którego kiedyś znałam, ale jest teraz kimś zupełnie innym, Sinobrodym bez maski.

Odsuwa się.

– A zresztą nie, nie warto. Widziałem to tyle razy, że wystarczy mi do końca życia.

Cofa się i każe oglądać. Siedzę sztywno, gotowa usłużnie opowiedzieć mu to, co widzę na ekranie. Tu Patrick mnie rozbiera, tu odwraca, tu wchodzi we mnie od tyłu. Ale Carl już o nic nie pyta. Kiedy film się kończy, wstaje z kanapy i siada w fotelu. Rozcieram policzki i podbródek.

– Skąd to masz? – pytam.

– Nieważne. Ale musisz przyznać, że nagranie jest całkiem niezłe, prawda?

Zamykam oczy, próbując odpędzić obraz moich piersi, tyłka i natrętnych rąk Patricka.

– To było tylko raz.

Carl kiwa głową, jakbym poczyniła drobne spostrzeżenie na temat działalności lokalnego samorządu. Klika klawiszami komputera.

– To prawda, bo na innych nagraniach was nie ma, ale mam tu coś, co wskazuje, że spotykaliście się znacznie częściej.

Na ekranie telewizora pojawiają się daty i godziny rozmów, moje SMS-y do Patricka i jego do mnie. Carl znów klika klawiszem, otwiera SMS, w którym umawiamy się na spotkanie po rozprawie, i widzę cały tekst.

– Dość przekonujące, nie uważasz?

– Skąd to wszystko masz?

– To był bardzo miły przypadek. Pamiętasz, jak się urżnęłaś i przespałaś noc w kancelarii?

Kiwam twierdząco głową. Pamiętam.

– I jak rozbiłaś ekran komórki?

Znów przytakuję.

– Ci serwisanci są bardzo pomocni, zwłaszcza jeśli przyjdzie do nich zatroskany tatuś krnąbrnej nastolatki. Pokazali mi dokładnie, co mam zrobić z telefonem, żeby śledzić każdy twój krok. Odczytywać każdy SMS, mejl, wszystko.

– To iPhone – mówię. – iPhone'a nie da się zhakować.

– Takie krążą opinie, ale jak sama widzisz, da się, i to skutecznie. Zhakować i zainstalować oprogramowanie szpiegujące.

Obracam telefon w rękach.

– To nielegalne, Carl, nielegalne. Nie można włamywać się do telefonów, to niedopuszczalny dowód.

– A kto mówi o dowodach? Nie zamierzam iść do sądu.

– Więc co chcesz zrobić? – Mam spiętą twarz i tak zimne palce, że z trudem utrzymuję telefon. Odkładam go na stolik i rozcieram dłonie.

– Jeśli się od nas nie odczepisz, od Matyldy i ode mnie, wyślę to nagranie do wszystkich twoich znajomych z książki adresowej. Nagie cycki, włosy łonowe, doradca prowadzący, który bierze cię od tyłu, kiedy męża i dziecka nie ma w domu: nie sądzisz, że byłoby spore zamieszanie?

– To szantaż, Carl, ty mnie szantażujesz. – Sięgam po komputer, ale jest szybszy i ze śmiechem podnosi go wysoko nad głowę.

– Tak, pewnie tak, ale co zrobisz? Pójdziesz na policję? Każdy czyn pociąga za sobą konsekwencje. Mogę cię zniszczyć, Alison.

Próbuję zabrać mu laptop, lecz dochodzę do wniosku, że to bezsensowne. Opadam na kanapę.

– Od kiedy wiesz? – Chcę być jak najmniejsza, więc zwijam się w kłębek w rogu kanapy.

– Odkąd zhakowałem twój telefon. – Dosadność, z jaką mówi o swoim postępku, otrzeźwia mnie bardziej niż wszystko inne. – To wtedy uzyskałem pewność. Ale podejrzewałem cię dużo wcześniej. Oczywiście teraz już wiem, kiedy to się zaczęło. Odbyliście pewną niezwykle nużącą rozmowę... – Przesuwa myszką listę na ekranie. – Jest, tutaj.

Klika na datę i pokój wypełniają głosy, mój i Patricka. Zatykam uszy. Carl się śmieje.

– Prawda w oczy kole, co?

Kręcę głową, nie chcę tego słuchać.

– Nie zrobisz tego, wiem, że nie zrobisz, jestem jej matką...

– Przemyślałem to i doszedłem do wniosku, że to nieważne. Tak jak nieważna była dla ciebie Matylda. Że wstyd? Jakoś to przeżyje. Dużo gorzej by było, gdyby musiała znosić cię przez całe życie.

– Nie rozumiem, jak możesz mi to robić. Przecież się kochaliśmy.

– Kiedyś, ale już się nie kochamy. Wiele razy wyraźnie dałaś mi to odczuć. Jesteś zepsutą, toksyczną kobietą, Alison. Niezwykle egoistyczną, niemal narcystyczną. Dla dobra Matyldy musisz zniknąć z jej życia i zrobię wszystko, co w mojej mocy, żeby tak się stało.

Wstrząs powoli mija. Pocieram oczy, żeby jeszcze bardziej otrzeźwieć. Wiem, że wiele razy Carl wpadał przeze mnie w gniew, ale dopiero teraz zdaję sobie sprawę, jak bardzo mnie nienawidzi. Patrzę na ekran, na listę moich SMS-ów i telefonów do Patricka, i mimo przerażenia coś do mnie dociera.

– Dlaczego nie powiedziałeś tego wszystkiego w niedzielę? Dlaczego zachowałeś to na dzisiaj?

– Nie przypuszczałem, że będę musiał. Myślałem, że w końcu zrozumiałaś, jak złą jesteś matką. Zgubiłaś w parku Matyldę. Sądziłem, że to wystarczy.

Wstaję.

– Tak, zgubiłam ją, ale potem to do mnie podbiegła najpierw, a nie do ciebie. Zawsze chce ze mną być. Może i nie jestem dobrą matką, ale Tilly mnie kocha. Nie możesz nas rozdzielać.

– Tak będzie lepiej, Alison. Tak będzie lepiej.

Odłącza kabel od telewizora. Już mam rzucić się na laptop, ale zerka na mnie i się śmieje.

– Zrobiłem mnóstwo kopii, są gotowe do wysłania. Nawet gdybyś zabrała mi laptop, i tak ich nie skasujesz. Spróbujesz i puf! Pofruną do twoich kolegów i wszystkich, których kiedykolwiek poznałaś. I będzie to wyłącznie twoja wina.

– Carl, proszę… – Za późno. Wychodzi z pokoju z komputerem pod pachą.

– Muszę odebrać Matyldę ze szkoły – rzuca. – Bądź tak dobra i wyjdź.

Patrzę na niego, ale w jego pustych oczach odbija się tylko światło wpadające przez okienko nad drzwiami. Nic w nich nie ma, ani cienia miłości czy sympatii, ani śladu dobrych uczuć, którymi kiedyś się darzyliśmy. Idę chwiejnie do drzwi, otwieram je i wychodzę. Na dworze jest jasno, dużo jaśniej niż w domu. Oczy pieką mnie i łzawią.

Jestem już przy furtce, kiedy Carl krzyczy coś o kluczu, ale odwracam się i biegnę, ciężko tupiąc i wciągając do płuc gęste od spalin powietrze. Zatrzymuję przejeżdżającą taksówkę, każę się wieźć do Covent Garden i wciskam się w kąt fotela z nadzieją, że Carl za mną nie pojedzie. Docieram do hotelu bez żadnych przeszkód.

Wchodzę do pokoju i odruchowo wyjmuję komórkę, ale na myśl, że Carl mnie śledzi, wyłączam ją i wkładam pod stertę ubrań. Dopada mnie zmęczenie i myślę tylko o tym, że lecę z nóg i nie pozostaje mi nic innego jak paść na łóżko, wpełznąć pod kołdrę i zniknąć wszystkim z oczu. Zdejmuję więc tylko buty i od razu się kładę. Sen przychodzi szybko, uwalniając mnie od koszmarów dnia.

24

Budzę się z ciężką głową. Zza żaluzji dochodzi światło i słyszę, że ulice już nie śpią. Sięgam po telefon, natrafiam na pustkę i wszystko mi się przypomina. Myśli przytłaczają mnie i dobijają, mam ochotę uciec pod kołdrę i znów zasnąć, lecz wiem, że to niczego nie rozwiąże. Patrzę na zegarek i ze zdumieniem stwierdzam, że jest bardzo późno, prawie dziewiąta. Wstaję, idę do łazienki i stojąc pod prysznicem, próbuję połapać się w wydarzeniach wczorajszego dnia.

Nigdy nie przypuszczałam, że Carl może mnie tak potraktować, ale teraz już wiem, jestem pewna, że nie odpuści. To samo zdecydowanie w jego oczach widziałam już przedtem, kiedy broniąc Matyldy, zaszedł drogę psu w parku i gdy wiele lat temu zaczepiła mnie grupa nastolatków. Nie ugiął się wtedy, nie ugnie i teraz. Jednak to, że zainstalował w moim telefonie oprogramowanie szpiegujące... To podłe, nawet jeśli tłumaczył się dobrem Matyldy. Albo moim romansem. Wychodzę spod prysznica, wycieram się i wkładam dżinsy.

Wciąż mam przed oczami obrazy z nagrania, które mi puścił. Staram się podejść do tego bardziej analitycznie, bo intryguje mnie, jak to zrobił. Ukrył kamerę w przedpokoju, to oczywiste. Pod jakim kątem filmowała? Z dołu, od strony schodów. Rozglądam się po pokoju. Tu też można by jakąś ukryć, dosłownie wszędzie. I to niejedną. Pęka mi głowa.

Idę do salonu Apple'a. Telefon zawinęłam w skarpetkę, bo Carl mógł także zhakować kamerę. Jak on to

263

wszystko nagrał? Nie mam pojęcia. Musiał zainstalować kamery w przedpokoju, tylko jak i gdzie? Wchodzę do salonu, przepycham się przez tłum zagranicznych studentów i szukam kogoś w koszulce z jabłkiem. Podchodzi do mnie jakaś dwudziestolatka, trzy kolczyki w prawym uchu, pięć w lewym. Liczenie kolczyków mnie uspokaja i kiedy pyta, w czym może mi pomóc, jestem już opanowana, choć wciąż się boję, że słysząc mój głos, weźmie mnie za wariatkę. Podaję jej skarpetkę i mówię:

– Ktoś zhakował mój telefon.

– Dlaczego pani tak myśli? Źle działa? – Dziewczyna nie wyciąga ręki. Dociera do mnie, że trochę dziwnie to wygląda, więc wyjmuję telefon ze skarpetki. Bierze go i ogląda.

– Można sprawdzić, czy ktoś w nim grzebał?

– Nie bardzo. Wygląda normalnie.

– Mówił coś o oprogramowaniu szpiegującym, że je zainstalował.

– Kto? – Dziewczyna przygląda mi się uważniej.

– Nieważne, ktoś. Da się to sprawdzić?

– To nie moja działka, ale jeśli zechce pani zaczekać, mogę umówić panią z kimś z Genius Bar.

– Nie mam na to czasu.

Dziewczyna znów przygląda się telefonowi.

– Trochę o tym czytałam. Nie gwarantuję, że to zadziała, ale niech pani spróbuje go zresetować do ustawień fabrycznych.

– Pomoże mi pani?

Dziewczyna potakuje i wskazuje mi taboret. Naciska coś, przesuwa palcem po ekranie, znów naciska i po chwili oddaje mi telefon. Jest teraz czysty i pusty, taki, jaki był, kiedy go kupowałam.

– Wie pani, jak go ustawić? – pyta.

– Tak. Macie tu jakiś laptop?

Dziewczyna otwiera ten stojący przede mną.

– Proszę. Na pani miejscu zmieniłabym hasła. Wszystkie. Zwłaszcza w telefonie.

– Właśnie to chcę zrobić. – Hasłem zawsze była data naszego ślubu. Nic dziwnego, że Carl tak łatwo je złamał.

Ściągam odpowiednie aplikacje i kiedy się instalują, wchodzę przez komputer do swojej skrzynki pocztowej i zmieniam hasło. Potem dzwonię do dostawcy usług telefonicznych i pytam, czy mogę zmienić numer. Kiedy czekam na odpowiedź, przychodzi SMS. Przełączam się na głośnik.

Możesz mnie odciąć, ale to niczego nie zmieni. Nagrania nie skasujesz.

Nie podpisał się, lecz nie musiał. Patrzę na ekran i doznaję olśnienia. Nareszcie dociera do mnie coś, co na pewno zrozumiałabym już wczoraj, gdybym nie była tak wstrząśnięta i zmęczona. Zastanawiam się przez chwilę i piszę: To ty?

Reaguje prawie od razu: Co ja?

Już znam odpowiedź, lecz chcę ją zobaczyć.

Piszę: To ty pisałeś do mnie te anonimy. Dlaczego?

Wysyłam SMS i w tym samym momencie łączą mnie z operatorem w sprawie zmiany numeru. Mówię mu, że już nie trzeba, że wszystko jest w porządku. Już wiem, kto za tym stoi. Carl odpowiada: Bo na to zasługiwałaś.

Dziękuję dziewczynie z kolczykami i wychodzę. Mogłabym zablokować jego numer, ale po co? Najgorsze już się stało.

• • •

Idę przez Covent Garden. Mijam ekskluzywny klub nocny, mijam uliczkę, gdzie usmarowałam sobie rękę gównem. Przechodzę przez Kingsway. Wszyscy są ubrani do pracy, niosą teczki i kubki z kawą. Ulica jest zakorkowana aż do Aldwych, więc przemykam między autobusami. Holborn. Tu Patrick postanowił odebrać sobie życie. Czy wiem, jak się wtedy czuł? Mam nadzieję, że nigdy się nie dowiem. Straciłam jego i Carla, moja reputacja wisi na włosku, lecz myśl o Matyldzie dodaje mi sił.

Park Lincoln's Inn Fields, przytłumiony zielenią ryk silników. Wstępuję do kawiarni, kupuję kawę i siadam na tarasie. Jest zimno, lecz pogodnie, a ja potrzebuję ciszy i spokoju. Patrzę na dachy Lincoln's Inn i przypomina mi się, że byłam tam na kolacji. Stare tradycje łacińskie, świece, porto i kaplica, gdzie John Donne wygłaszał kazania. Moja twarz odbijała się kiedyś w oczach Carla, a jego w moich, kiedyś byliśmy wobec siebie szczerzy i uczciwi, ale teraz odbicia te są zniekształcone jak w krzywym zwierciadle. Otwieram Google'a, żeby poszukać praw rodzicielskich i prawa do opieki nad dzieckiem, ale szybko odkładam telefon. Wiem, że prawo jest po mojej stronie i żaden sędzia nie pozbawi mnie możliwości wspólnej opieki nad Matyldą, ale wiem też, że Carl może spełnić swoją groźbę, kiedy tylko mu się postawię. Pocieram ręką twarz, głowa boli mnie od sprzecznych myśli.

– Alison.

Ktoś wypowiada moje imię. Rozglądam się.

– Alison.

W pierwszej chwili nie wiem, kto to jest, bo wieje lekki wiatr i włosy opadają mi na oczy.

Podchodzi bliżej i dotyka mojego ramienia. Odgarniam włosy i widzę Caroline Napier. Otwiera się pode mną przepaść i chwieję się na krawędzi. Ale nie, szybko odzyskuję równowagę. Ona nie wie, że ja wiem. Wszystko w porządku.

– Caroline? Cześć. Przepraszam, zamyśliłam się.

– Zobaczyłam cię i chciałam odejść, ale muszę z tobą porozmawiać.

Przyglądam się jej uważnie. Źle wygląda, ma tłuste włosy i plamy na podbródku. Jakbym patrzyła w lustro.

– Wszystko dobrze? – pytam z nadzieją, że mój głos brzmi bardziej profesjonalnie i obojętnie niż to, co teraz czuję.

– Tak, dobrze… – Caroline waha się i urywa. – Nie, nieprawda, nie jest dobrze. Mogę się przysiąść?

Chcę powiedzieć „nie", lecz nie jestem w stanie.

– Oczywiście, wpadłam tylko na kawę.

Caroline siada naprzeciwko mnie. Ma szyję szczelnie owiniętą szalikiem i jest w mitenkach. Kreśli coś palcem w rozlanej wodzie.

– Pewnie zastanawiasz się, o czym chcę porozmawiać.

– Hm, tak. Chyba tak. – Rozglądam się i skupiam wzrok na małym chłopcu z balonem. Robię wszystko, żeby na nią nie patrzeć.

– Chodzi… chodzi o to, że… Boże, jakie to trudne. Chodzi o to, że ja wiem. I wiem, że ty wiesz. Miał ci powiedzieć.

Przepaść znów rozwiera paszczę, mimo to patrzę jej prosto w oczy.

– Nie mam pojęcia, o czym mówisz. – Mój głos zmieniłby każdego w sopel lodu.

– Przestań, to już nie ten etap. Patrick zadbał o to, rzucając się pod pociąg.

Drgają mi usta.

– Co ci powiedział? – Nie ma sensu dłużej zaprzeczać.

– Że macie romans. Że jesteś najważniejszą osobą w jego życiu. – Caroline kręci głową, jakby ta myśl ją zdumiewała. – Było w nim coś bardzo samotnego, chociaż wtedy nie zdawałam sobie z tego sprawy. Byłam zbyt pijana.

– Chryste…

– Pewnie powiedział ci, że tego nie zrobił, że było zupełnie inaczej. Tak?

Bez słowa potwierdzam skinieniem głowy.

– Zrobił. Nie przypuszczałam tylko, że tak się to dla niego skończy. Gdybym wiedziała…

– Zawiadomiłabyś policję? Mimo wszystko?

Caroline patrzy na dłonie i bezwiednie zsuwa mitenkę. Ma na palcu obrączkę ślubną, bardzo prostą, ze srebra.

– Tak. Chyba tak. Zgoda, to, co zaszło, było bardzo niejednoznaczne, ale uznałam, że powinnam. Potem rozmawiałam z moim terapeutą, który nie miał wątpliwości, że skoro uważam, że doszło do gwałtu, to rzeczywiście doszło. Każdy czyn pociąga za sobą konsekwencje. Patrick wiedział, że mam problemy z mężem i jestem rozbita.

Wskazuję jej dłoń.

– Nosisz obrączkę.

– Mąż okazał mi dużo zrozumienia. Teraz już wie, jaką zrobił mi krzywdę, że moje pijaństwo i nietypowe zachowanie było wołaniem o pomoc. Bardzo mu z tym źle. Wrócił do domu.

– Więc się nie rozwodzicie?

– Nie wiem. Ale pójdziemy na terapię małżeńską.

– To dobrze. Bardzo dobrze. – Waham się, czy powinnam o to pytać, lecz nie mogę się powstrzymać. Biorę głęboki oddech. – Chcesz porozmawiać o tym, co się wtedy stało?

Caroline spuszcza głowę.

– Było w tym dużo mojej winy. Upiłam się. Nikt nie kazał mi pić tyle wina ani wchodzić do tego ogrodu. Chciałam go pocałować, chciałam pójść krok dalej. I nagle przestałam chcieć. On nie przestał. Też był pijany. Powiedziałam „nie", lecz nie posłuchał, a potem nie miałam już wyboru.

Wyciągam do niej rękę i po chwili podaje mi swoją. Ma zimne palce.

– No, a potem nas aresztowano, zaciągnięto na posterunek. To była najbardziej upokarzająca chwila w moim życiu. Odespałam to i kiedy się obudziłam, wiedziałam już, co muszę zrobić. Zgłosiłam gwałt.

Marznie mi ręka, więc delikatnie ją zabieram.

– Prawie od razu chciałam wszystko odwołać, ale poszłam do terapeuty. Naprawdę nie wiedziałam, czy dobrze zrobiłam, ale po wizycie poczułam się dużo lepiej. Byłam gotowa wycofać zarzuty, ale psycholog otworzył mi oczy. Jeśli uważam, że doszło do gwałtu, to rzeczywiście doszło. Każdy czyn pociąga za sobą konsekwencje. Powtarzam się, wiem, ale to jego ulubione powiedzenie i chyba warto je zapamiętać.

Zimno wpełza z ręki na ramię i ogarnia całe ciało. Nogi wrastają w ziemię, dzwoni mi w uszach. Coś przeoczyłam, tylko nie wiem co.

– To jakiś koszmar. – Przypomina mi się to, co Patrick mówił o anonimowości, lecz nie chcę tego powtarzać. To nie fair. Może i coś w tym było, ale myślę, że Caroline nie kłamie.

– Faktycznie. To koszmar. A potem jeszcze śmierć Patricka... Ale ta druga kobieta też się zgłosiła, wszystkie gazety o tym pisały. To był koniec jego kariery. – Zasłania usta i zwiesza głowę.

Chowam ręce do kieszeni. Milczę.

– Przepraszam, Alison. Nie musisz tego wysłuchiwać. – Podnosi wzrok i mruży oczy. – Ty też źle wyglądasz. Wiem, jak ci ciężko.

Może i kłamie, ale dobrze znałam Patricka. I nie wierzę, żeby Alexia zmyślała. Nawet ze mną zawsze poruszał się na krawędzi tego, co dopuszczalne. Niewyraźne granice. Tak, jasne. Wypuszczam powietrze.

– Jest ciężko. Ale zgadzam się z twoim terapeutą: dobrze zrobiłaś. Każdy czyn pociąga za sobą konsekwencje. – I nagle dostrzegam to, co ciągle mi umykało.

Przecież znam to powiedzenie. Słyszałam je nie dalej jak wczoraj. Kręci mi się w głowie.

– Nie chcę się rozwodzić – mówi Caroline. – Nie miałabym siły wywlekać tego wszystkiego w sądzie.

– Ja nie mam chyba wyjścia. Moje małżeństwo właśnie się rozpada.

– Tak mi przykro.

Wreszcie to do mnie dociera.

– Ale wiesz, może i mnie przydałaby się wizyta u terapeuty. Albo nam. Jak się nazywa ten twój? Udziela sensownych rad.

– Mam tu jego... – Caroline grzebie w torebce, wyjmuje portfel i podaje mi wizytówkę. – Proszę. Jest bardzo dobry, na pewno ci pomoże.

– Dziękuję. – Nie czytam. Od razu chowam wizytówkę do kieszeni. – Na pewno o tym pomyślę.

Caroline zerka na komórkę.

– Lecę. Zaraz muszę być w Southwark. Może się kiedyś spotkamy? Albo pójdziemy na lunch?

Przytakuję, mówię, że chętnie. Możliwe, że pójdziemy, chociaż w to wątpię. Caroline dotyka mojego ramienia i słyszę jej oddalające się kroki.

• • •

Siedzę tam jeszcze jakiś czas, potem idę do kancelarii. Krótką chwilę tkwię zawieszona między wiedzą i niewiedzą. Odpowiedź widnieje na małym kartoniku w mojej kieszeni. Próbuję to ignorować, udaję, że jest normalnie, choć nie wiem, jak długo wytrzymam. Wchodzę do pokoju, siadam przy biurku i kilka razy głęboko oddycham.

Stracę Matyldę. Na wiele sposobów już ją straciłam. Chyba, że trochę zhardzieję. Wiem, co zrobiłam Carlowi, ale to, co on zrobił mnie, też jest straszne. Okłamywał mnie, szpiegował i dręczył, kryjąc się za tarczą anonimowości – czy na pewno chcę, żeby ten człowiek wychowywał moją córkę? Może mogłabym porwać ją ze szkoły? Gdybyśmy uciekły na północ Szkocji, na którąś z tamtejszych wysp, nigdy by nas nie znalazł. Albo do Nowej Zelandii czy Australii – jestem adwokatką, chętnie by mnie przyjęli, już sprawdziłam. Ale nie, Carl by nas zatrzymał. Ma w ręku broń ostateczną.

Jeszcze jeden oddech, już czas. Wyjmuję wizytówkę z kieszeni i czytam. Czytam jeszcze raz. Kładę ją na biurku równolegle do krawędzi. Rozpłaszczam dłonie na blacie i zaciskam pięści tak mocno, że bieleją mi kłykcie. Pora stanąć do walki.

25

Słowa tańczą mi przed oczami.

Carl Bailey – Psychoterapeuta
Psychoterapia małżeńska/Uzależnienie od seksu

Był terapeutą Caroline. Terapeutą Caroline Napier i to on namówił ją do tego, żeby oskarżyła Patricka. Kiedy opowiedziała mu, co się stało, doskonale wiedział, o kogo chodzi, i zamiast zachować bezstronność, powołać się na konflikt interesów i odmówić dalszej terapii, udzielał jej rad. Nie powiedział jej, że ma powody nie lubić Patricka, utrzymywał ją w przekonaniu, że składając zawiadomienie, postąpi słusznie. Boże, jaką musiał mieć z tego radochę! Robi mi się zimno na myśl, jak dużo wie, jak daleko sięgają jego macki.

Chwytam zepsutą torbę na kółkach, rzucam ją na podłogę, otwieram, zaglądam do środka i szukam dziur, rozdarć, jakichkolwiek otworów. Jak szalona przewracam ją, sprawdzam z zewnątrz i w końcu jest, na samej górze, dziurka na tyle mała, żeby nie zwrócić na nią uwagi, i na tyle duża, żeby spełniła swoje zadanie. Kładę torbę płasko na podłodze, szarpię i obiema rękami rozrywam podszewkę. Jest. Małe i czarne. Z mrugającą czerwoną diodą na obudowie. Kamera. Miniaturowa kamera z wystającym przez dziurę obiektywem. Wyrywam ją i wybiegam z pokoju.

Pędzę korytarzem, odpycham Roberta, zatrzaskuję Markowi drzwi przed nosem. Roztrącając przechodniów, gnam do autobusu. Ktoś za mną krzyczy, lecz nie zwracam na to uwagi. Autobusu nie ma, ale jest taksówka.

– Do Archway – rzucam.

Odruchowo napieram nogą na podłogę, żeby przyspieszyć.

Nie obchodzi mnie, co Carl na mnie ma, wszystko mi jedno. Kilka świńskich zdjęć i jakieś nagranie? No to co? No to, kurwa, co? Patrick był moim doradcą, a nie przeciwnikiem. Oboje dorośli, w pełni świadomi swoich czynów. Milenialsi codziennie pokazują światu cycki w mediach społecznościowych, więc jakoś to zniosę. Nie ma mowy, żeby Carl wychowywał moją córkę. Jestem trudna, jestem zapatrzona w siebie, kłamałam, zdradzałam, piłam i paliłam, zamiast bawić się z córką, czytać jej bajki i być wzorową matką. Ale nie jestem pokręcona. Carl cały czas wiedział o moim romansie i milczał. Szpiegował mnie i wykorzystał szansę, żeby zemścić się na facecie, który pieprzył się z jego żoną.

Pewnie wpadł w ekstazę, kiedy Caroline powiedziała mu, co się stało. Pewnie jak na zatroskanego, zafrasowanego terapeutę przystało, nachylił się ku niej i spytał: „Jak? Jak się nazywa? Tak, potworna sytuacja. Gwałt. Bez dwóch zdań. To gwałt". A w duchu rechotał na myśl o ciosie, jaki może zadać. Ale nie do końca postąpił źle, choć o tym nie wiedział, bo przecież nie mógł wiedzieć, że na policję zgłosi się też Alexia. Ale miał to gdzieś, zależało mu tylko na jednym. Nie był ramieniem sprawiedliwości, tylko intrygantem pociągającym zza kulis za sznurki mojego życia.

Na Highbury Corner jest korek i z trudem nad sobą panuję. Carl nie wie, że jadę, może go nawet nie być. Ale jeżeli go nie będzie, usiądę, zaczekam i kiedy wróci, powiem: Śmiało, wysyłaj te zasrane mejle. Powiem, że zostaję w domu, że nie może mnie wyrzucić, że jestem i będę matką mojej córki. Powiem, że pójdę do władz stowarzyszenia terapeutów i doniosę na niego, udowodniając nieuczciwość i ukrywanie konfliktu interesów, że zgłoszę na policję, że mnie szantażuje, powiem, że nielegalnie zainstalował oprogramowanie szpiegujące w moim telefonie i bez mojej wiedzy filmował mnie w domu. Ukrył kamerę w mojej torbie. Mojej pieprzonej torbie, doskonale wiedząc, że jest to jedyna rzecz, z którą prawie nigdy się nie rozstaję. Bóg wie, ile innych zamontował ukradkiem w domu.

Taksówka zatrzymuje się przed domem. Podaję kierowcy pieniądze, dziękuję mu i szybko wysiadam. Taksiarz coś woła, ale tylko macham ręką i wyjmuję klucz. Zamek nie chce się otworzyć, ale to nic, nie szkodzi, taki drobiazg mnie nie powstrzyma, po prostu usiądę na schodach i zaczekam, aż Carl wróci ze szkoły z Matyldą. Wezmę ją w ramiona, odepchnę tego sukinsyna, wejdę do środka i nie wyjdę. Ale nie, wszystko w porządku, zamek ustępuje i już jestem w domu. Trzaskam drzwiami.

Słyszę głuchy stukot i zapada cisza. Weszłam. Jestem. W powietrzu unosi się silny zapach dymu papierosowego, z salonu dochodzi muzyka.

Zaglądam przez drzwi, ale nikogo nie widzę.

Zasłony są zaciągnięte, w pokoju jest mroczno. Świeci się tylko ekran telewizora, który znów jest połączony kablem z laptopem. Laptop stoi na stoliku, widzę jego niewyraźny zarys. Oczy przywykają do ciemności i blasku bijącego z ekranu. Mrużę je, próbując zrozumieć, co oglądam.

Kobieta jest chyba martwa. Mężczyzna przesuwa ją to w jedną stronę, to w drugą, potem układa na brzuchu na łóżku. Kamera robi zbliżenie od tyłu i jej ciało wypełnia cały ekran. Prawie naga, ma na sobie tylko stanik i podwiązki. Jest bez majtek. W tle słychać muzykę, jakiś ostry kawałek, i mężczyzna zaczyna klepać kobietę po pupie, rytmicznie, najpierw delikatnie, potem mocniej. Śmieje się. Znam ten śmiech. To Carl.

Na ekranie pojawia się jego ręka, rozczapierzone palce, którymi gwałci kobietę na coraz większym i większym zbliżeniu.

Zaciskam zęby. Obrazy migają mi przed oczami, pędzą i dudnią jak krew w moich uszach. Zasłaniam twarz i na siłę odrywam od niej dłonie. Nie, muszę patrzeć, muszę widzieć.

Zaspokojony Carl podnosi kobietę z łóżka, zarzuca sobie jej ręce na szyję i zaczyna tańczyć, kołysząc nią na boki. Kobieta jest martwa, bezwładnie opada jej głowa, a on śpiewa: bada-bada-bada-ba, bada-bada-bada-ba, bada-bada...

Nie mogę oderwać od niego wzroku.

Piosenka się kończy i Carl sadza kobietę, a potem ją układa, tym razem z szeroko rozrzuconymi nogami i głową opadającą za brzeg łóżka. Tak, jest martwa. Musi być martwa.

Tylko że nie może.

Nie może być martwa, bo to ja, tylko że to nie mogę być ja, bo ja jestem tutaj, a nie na ekranie, bo pewnych rzeczy nigdy nie pozwoliłabym sobie zrobić, poza tym to się dzieje w Brighton, w tym hotelu, a ja nic z tej nocy nie pamiętam, bo nie mogłam nawet dźwignąć głowy, nie mówiąc już o tym, że nie mogłam płakać, tak jak płaczę teraz, orząc twarz paznokciami, kurczowo obejmując się rękami, kołysząc się wciąż, by w końcu wrócić do rzeczywistości. Jestem bezpieczna, przynajmniej w sensie fizycznym, ale głowa pęka mi od natłoku oszalałych myśli.

Muzyka jest głośna. Dochodzi z głośników stereo, nie z telewizora. Za głośna, nie do zniesienia. Wchodzę do salonu, żeby ją ściszyć, jakoś się pozbierać. I wtedy go widzę.

Carla.

Jest tam.

Wdech, wydech, próbuję się uspokoić. Nie jestem martwa, wciąż żyję. Jestem świadkiem. Daję świadectwo temu, co zrobił kobiecie z ekranu, mnie, która nie jest mną, tylko bezwładną kukłą, marionetką.

Włączam światło. I widzę, co poszło nie tak. Nie wiem, ile razy to robił, ale teraz coś nie wypaliło.

Bo teraz to on jest marionetką, półnagą kukłą, która osunęła się z kanapy i wisi na sznurze przymocowanym do stojącej pod ścianą półki: ma groteskowo przekrzywioną głowę, pętlę na szyi i wykrzywione usta, z których coś wystaje. Podchodzę krok bliżej. Twarz jest czerwona, wybałuszone oczy leciutko się poruszają, jedyny znak, że jeszcze żyje. Próbuje oprzeć się rękami o stolik i prawie go dosięga, lecz to za mało, żeby przestać się dusić.

Nie jestem martwa, myślę. Żyję i nad wszystkim panuję. Nikt nie będzie już mną manipulował.

Zdesperowany Carl jęczy. Patrzę na ekran telewizora. Gdyby tylko oderwał ode mnie wzrok, choć na chwilę.

Chwytam za brzeg stolik i przesuwam go w moją stronę. Carl wyciąga ręce, lecz traci siły. Nie jest w stanie pokonać grawitacji i opada bezwładnie na pętlę. Musiał przedtem strącić popielniczkę, bo na podłodze walają się niedopałki i czuję zapach dymu. Dymu i czegoś cierpkiego, cytrusowego. Połówka, ćwiartka, ósemka – na stoliku leży krwawa pomarańcza. Jej kawałek sterczy mu z ust.

Nagranie jest zapętlone, to jego trofeum. Zastanawiam się, ile razy mogło do tego dojść, przypominają mi się te wszystkie noce, kiedy myślałam, że za dużo wypiłam i urwał mi się film.

Pokój wypełnia smród odchodów. Carlowi sinieje twarz.

Mija czas. Kucam i czekam. Już niedługo. Potem wezwę karetkę i zawiadomię policję.

• • •

Trwa to tylko chwilę.

PIĘĆ MIESIĘCY PÓŹNIEJ

– Tatuś mi się śnił – mówi Matylda przy śniadaniu.

– Tak? – pytam. – Co to był za sen?

– Fajny. Spacerowaliśmy plażą, budowaliśmy zamki z piasku i powiedział, że musi iść, ale niedługo wróci.

Podchodzę do stołu i obejmuję ją. Tilly odwraca się i przytula.

– Tęsknię za nim. – Ma przytłumiony głos, bo mówi do mojego brzucha. – Chciałabym go zobaczyć, ale tak naprawdę.

– Wiem, skarbie.

Tulę ją, aż zły nastrój mija i Tilly zaczyna jeść. Ma nawroty smutku, uprzedzono mnie, że tak będzie. Jestem z nią prawie cały czas i jej stan się poprawia.

Idziemy razem do szkoły.

– Dzisiaj idziesz do Salmy. Odbiorę cię o szóstej. Dobrze?

– Lubię do niej chodzić. I lubię jej koty. Czy możemy mieć kota?

Odruchowo chcę powiedzieć „nie", bo przedtem zawsze tak odpowiadaliśmy. I nagle mi się przypomina: to Carl był temu przeciwny. Przystaję i kucam.

– Byłoby miło. Poszukam i zobaczę, co da się zrobić. Może od razu weźmiemy dwa, żeby miały towarzystwo?

Tilly rozpromienia się i obejmuje mnie za szyję.

– Naprawdę?

– Naprawdę. Myślę, że będą u nas szczęśliwe.

Odprowadzam ją do szkoły i idę do metra. Chloe jest już w kancelarii, porządkuje papiery.

– Gotowa? – pyta.

– Gotowa. To mój ostatni występ w sądzie.

– Tak, tak, już mówiłaś.

– Serio – mówię stanowczo. – Już nigdy nie zabiorę głosu w sali rozpraw.

Mierzymy się wzrokiem i pokonana Chloe śmieje się wesoło.

– Cóż, i tak kocham cię tylko dlatego, że umiesz przekładać papierki.

Wiem, że to dla niej nie problem. Uwielbia występować w sądzie, a ja lubię kierować kancelarią i nadzorować prowadzone przez nas sprawy. Dużo pracuję w domu, co jest prawdziwym darem niebios. Mogę być z Tilly i jednocześnie zarabiać na życie. Prawie mi się udaje.

– Ten kostium zaraz z ciebie spadnie.

Ciągnę za pasek spódnicy. Fakt. Schudłam prawie dwanaście kilo od dnia, kiedy znalazłam Carla. Od dnia, kiedy pozwoliłam mu umrzeć... Nie dawał mi spać ani jeść. Noc w noc siedziałam przy łóżku Matyldy, patrząc, jak śpi, analizując nasze ostatnie dwa lata i zastanawiając się, czy i co mogłam zrobić, żeby nasze życie potoczyło się inaczej. Powinnam była się domyślić? Coś przeoczyłam? Nie, ani razu nie dostrzegłam w nim tego mrocznego oblicza. Ani razu, dopiero wtedy, gdy było już za późno. Nigdy się nie dowiem, kiedy to się w nim zalęgło, kiedy wychynęło z mroku. Tyle lat myślałam, że mnie kocha, a teraz nie mogę już go spytać, kiedy przestał. A może nienawidził mnie od samego początku? Może nienawiść czekała tylko na odpowiedni moment?

Z zamyślenia wyrywa mnie przybycie Madeleine. Proponuję jej kawę, lecz kręci głową. Stoi w drzwiach z torbą na kółkach przy nodze.

– Widzę, że jest pani spakowana.

– Tak, spakowana i gotowa.

Madeleine obejmuje Chloe na pożegnanie i idziemy do Old Bailey. Kiedy jesteśmy na miejscu, zadzieram głowę i patrzę na stojący na kopule złocisty posąg bogini sprawiedliwości. Lady Justice ma zazwyczaj przepaskę na oczach, nasza jej nie ma. Waży dowody, jest bezstronna. I dzierży w ręku miecz.

– No to się zaczyna – mówi Madeleine.

– Wszystko w porządku? Jest pani zadowolona z naszych uzgodnień?

– Tak. Dziękuję, Alison. Za wsparcie i wszystko, co pani dla mnie zrobiła.

Wchodzimy do izby zatrzymań i Madeleine oddaje się w ręce strażnika.

– Do zobaczenia na sali – rzucam i macham jej na do widzenia.

• • •

Miesiąc wcześniej zadzwoniła do mnie Chloe. Byłam akurat na basenie i obserwowałam, jak Tilly radzi sobie z kraulem. Wymknęłam się na dwór, żeby spokojnie porozmawiać.

– Kupili to! – zaczęła entuzjastycznie Chloe.

– Ale kto? I co?

– Oskarżenie. Pójdą na zabójstwo umyślne.

– Żartujesz? Poważnie?

– Poważnie. Kojarzysz tego Flynna, dupka, który miał ją oskarżać? Zawiesili go za jazdę po pijanemu i odebrali mu wszystkie sprawy. Madeleine trafiła do Alexandry Sisley. Znasz ją?

– Tak. – Co za ulga. Karma potrafi być wredna.

– Bardzo rozsądna kobieta, doradzałam jej w kilku sprawach. Tak czy inaczej, przejrzała akta Madeleine i się zgodziła. Mówiłam ci, że ich psychiatra potwierdził spostrzeżenia naszego?

– Tak, mówiłaś.

– No więc wszystko wypaliło. Będzie dobrze.

• • •

Zaczyna Sisley. Zgodnie z naszymi sugestiami przedstawia fakty i dodaje, że „oskarżenie nie ma wątpliwości, iż podsądna była ofiarą przemocy domowej".

Zerkam przez ramię na Madeleine. Lekko trzęsą się jej ramiona i wiem, że płacze, lecz jest opanowana. Chociaż grozi jej więzienie, wygląda dużo lepiej niż przedtem, ma pełniejszą twarz i mniej spiętą szyję. Wie, że James jest bezpieczny, i pewnie dlatego jest spokojniejsza.

Nadchodzi moja kolej, więc wstaję. Wciąż pobrzmiewają mi w uszach słowa: „Tak, przyznaję się", które wypowiedziała, gdy odczytano jej zarzut zabójstwa umyślnego. Mówię swoje, sędzia kiwa z aprobatą głową i po chwili konkluduję:

– Jak Wysoki Sąd wie, zabójstwo umyślne, do którego dochodzi na skutek utraty panowania nad sobą, wciąż jest względnie nowym aktem prawnym, aktem, za który moja klientka jest niezmiernie wdzięczna. Podobnie jak ja, oskarżona rozumie, że Wysoki Sąd miałby kiedyś związane ręce i musiałby ją skazać na dożywocie za morderstwo. Jednak postępowe przemiany w prawie umożliwiają Wysokiemu Sądowi wydanie bardziej litościwego wyroku. Moja klientka jest świadoma, że nie uniknie więzienia, i przyszła tu dziś w pełni przygotowana na takie rozstrzygnięcie. Jednakże proszę Wysoki Sąd, by mając w pamięci nie tylko ten jeden pojedynczy czyn, ale i wszystkie wydarzenia, które do niego doprowadziły, wydał jak najłagodniejszy wyrok.

● ● ●

Madeleine płacze, gdy po ogłoszeniu wyroku odwiedzam ją w celi, i rzuca mi się na szyję, wycierając nos w rękaw togi. Wszystko mi jedno.

– Pięć lat – mówi. – Pięć lat! A mogłam dostać dożywocie.

– Jest się z czego cieszyć, prawda?

– Tak. Parę dni temu widziałam się z Jamesem.

– Jak sobie radzi?

– U niego też dobrze. Mówi, że czasem brakuje mu ojca, choć cieszy się, że…

– Będzie teraz mieszkał u pani siostry?

– Na pewno będzie ją odwiedzał, ale ma w internacie przyjaciela i jego rodzina zaprasza go do siebie. Poznałam ich, mama jest urocza. Psy, koty, konie, duży padok, las… Dom, jaki my też mogliśmy mieć.

– Stworzy pani swój własny, z synem. Jeśli nie będzie pani rozrabiać, to wyjdzie pani za niecałe trzy lata.

– Tak… A co słychać u pani? Jak układa się pani z córką?

– Dobrze. U nas też bardzo dobrze.

• • •

Oczywiście Madeleine wie. Wśród moich znajomych nie ma nikogo, kto by nie wiedział. Wiadomość o śmierci Carla rozeszła się lotem błyskawicy. KOLEJNY STEPHEN MILLIGAN – krzyczały nagłówki wszystkich gazet. Policja nie wyjawiła jednak szczegółów.

Odtwarzałam ten dzień tysiąc razy. Próbowałam z nim porozmawiać, próbowałam zrozumieć, o czym myślał, zakładając pętlę na szyję, obierając pomarańczę i zapalając papierosa. Grzebałam w internecie, przeczytałam wszystkie artykuły, jakie tylko mogłam znaleźć.

Asfiksja autoerotyczna. Metoda intensyfikacji podniecenia seksualnego poprzez ograniczanie dostępu tlenu do mózgu. Praktyka powszechniejsza, niż można by pomyśleć.

I bardziej śmiertelna.

Może to głupie, ale najbardziej fascynuje mnie otoczka, te wszystkie przygotowania. To, że specjalnie wzmocnił półkę i przytwierdził ją do ściany. Dokładnie przyciął sznur, tak że dopóki siedział w ściśle określonym miejscu na kanapie, sznur odpowiednio się napinał i jedynie go podduszał, zamiast udusić. Nawet pomarańcza – musiał czytać to samo, co ja. Zebrał i przeanalizował wszystkie niezbędne artykuły. Nie lubił ryzykować. Ilekroć nadgryzał kawałek pomarańczy, goryczkowaty smak cytrusa przywracał świadomość, zanim było za późno.

Sposób musiał działać za każdym razem. Dopóki nie trzasnęłam drzwiami. Dopóki zaskoczony nie drgnął i nie zsunął się z kanapy.

Jak wisielec na szubienicy.

● ● ●

Skąd się to u niego wzięło? Kiedy normalny seks przestał mu wystarczać? Czytałam o uzależnieniach seksualnych – może na to właśnie cierpiał, może zwyczajny seks mu spowszedniał i potrzebował coraz silniejszych bodźców, coraz bardziej ekstremalnych sytuacji. Może.

Ale wiem na pewno, że nienawidził mojej pracy, tego, że jest ode mnie zależny finansowo. Chciał odzyskać władzę.

Policja zabrała laptop. Pytali, czy chcę obejrzeć pozostałe nagrania ze mną w roli głównej, ale podziękowałam, prosząc, żeby je zniszczyli. Powiedzieli, że w laptopie są i takie, w których występują inne kobiety. Prześwietlają członków jego grupy terapeutycznej. Dokonano kilku aresztowań. Jednak większa część mnie nie chce o tym wiedzieć.

To marne pocieszenie, ale najwcześniejszy film, na którym mnie gwałci, nakręcił rok przed tym, jak zaczęłam sypiać z Patrickiem. To, co robiłam, było złe. To, co robił on, było jeszcze gorsze.

Teraz staram się z całych sił zrekompensować wszystko Matyldzie. Być matką, jaką powinnam była być od samego początku.

● ● ●

– Dokładnie w tej pozycji pani go znalazła? – spytali, kiedy wpuściłam ich do domu.

– Tak – odparłam.

– Wiedziała pani o tych kamerach? – spytali kilka dni później, wskazując dziury w ścianach, które odkryli, schowki za książkami i zdjęciami. Kamera była nawet w kubku termicznym, tym, który zawsze stał na kuchennym stole.
– Nie, nie wiedziałam.
Bo naprawdę nie wiedziałam.

• • •

Być może przejrzeli nagrania ze wszystkich kamer, być może widzieli godzinę. Być może wiedzieli, że przyszłam wcześniej. Tylko odrobinę wcześniej. Krótką chwilę. Być może zauważyli też odciski nóg stolika na wykładzinie, stolika, który nie wrócił dokładnie w to miejsce, gdzie zawsze stał.
Być może.

• • •

Ale nigdy mnie o to nie spytali. A ja nikomu o tym nie powiem.

• • •

– Mamusiu, mamusiu! – Tilly wybiega mi na spotkanie, gdy przychodzę ją odebrać.
– Dobrze się bawiłaś?
– Tak!
Patrzę na Ranię.
– Dzięki, że ją zaprosiłaś. Uwielbia bawić się z Salmą.
– Cała przyjemność po naszej stronie. Mówi, że będziecie miały... dwa koty?
– Tak, kiedy tylko wszystko zorganizuję. Przy odrobinie szczęścia za parę tygodni. Taki jest plan. Będziecie musiały nas odwiedzić.

– Chętnie.

Machają nam na do widzenia i wracamy do domu.

– Głodna? – pytam, kiedy wchodzimy do kuchni.

– Trochę. Ale nie bardzo. Mamy pomarańcze?

– Tak.

Kładę jedną na talerzyku. I podaję jej nóż.

Patrzę, jak wbija go w skórkę, jak zakreśla czubkiem kółko na górze, po czym robi dwa dodatkowe, krzyżujące się ze sobą. Pracuje powoli i pewnie. Już umie.

Tym razem nie ma krwi.

Podziękowania

Jestem winna podziękowania wielu osobom. Mojej agentce Veronique Baxter za to, że od samego początku niezachwianie wierzyła w tę książkę oraz Henry'emu Suttonowi za wnikliwe uwagi i bezwarunkowe wsparcie. Moim wspaniałym redaktorkom, Kate Stephenson z Wildfire i Lindsey Rose z Grand Central Publishing, ich zespołom redakcyjnym, a także Aleksowi Carklowi i Elli Gordon. Georginie Moore, Andy'emu Doddsowi, Jennifer Leech oraz zespołom redaktorskim z Headline i Central Grand wielkie dzięki za ciężką pracę. Jasonowi Bartholomew, Nathanielowi Alcarezowi-Stapletonowi oraz ekipie z Hachette Subsidiary Rights Team za to, że tak fenomenalnie poradzili sobie ze sprzedażą mojej książki zagranicznym odbiorcom. Daliście mi możliwość zrealizowania marzenia mojego życia i jeszcze raz Wam wszystkim bardzo dziękuję.

Dziękuję także Laurze Joyce i Tomowi Bennowi z wydziału twórczego pisania (powieści kryminalnych) na Uniwersytecie Wschodniej Anglii oraz kolegom i koleżankom z rocznika 2015: Caroline Jennett, Trevorowi Woodowi, Kate Simants, Geoffowi Smithowi, Suzanne Mustacich, Merle Nygate, Marie Ogée, Jenny Stone, Stevenowi Collierowi i Shane'owi Horsellowi. Dziękuję również Emily Pedder i Jill Dawson za to, że od początku mnie wspierali.

Jestem bardzo wdzięczna Danowi Brownowi i Helen Hawkins za inspirujące sugestie przy wyborze tytułu. Daniel Murray i Richard Job byli niezwykle tolerancyjni i szczodrzy, odpowiadając na moje niezliczone pytania dotyczące procedur prawnych – wszelkie błędy w tej książce są moje i tylko moje. Nigdy nie byłam dobrą adwokatką...

Dużego wsparcia udzielili mi także przyjaciele i pierwsi czytelnicy: Sarah Hughes, Pinda Bryars, Louise Hare, Maxine Mei-Fung Chung, Anya Waddington i Petra Nederfors. Katie Grayson, Sandra Labinjoh, Norma Gaunt, Susan Chynoweth-Smith, Russell McLean i Neil Mackay regularnie zaopatrywali mnie w wino i podtrzymywali na duchu. Amanda Little i Liz Barker kazały mi chodzić na spacery i regularnie ćwiczyć, a Jaynee San Juan i Viktoria Sinko udzielały wielkiego wsparcia praktycznego. Serdecznie Wam wszystkim dziękuję. Wam, a także Damienowi Nicolowi i Mattowi Martysowi za to, że nie pozwalali mi zwolnić.

Tak jak mojej rodzinie. Moim rodzicom za miłość, lektury i nieprzemijającą fascynację literaturą kryminalną oraz prawem karnym, mojemu bratu za to, że jest niezawodnym źródłem motywacji. Moim teściom za to, że są uroczy i nigdy nie przestawiają moich bibelotów. Ale przede wszystkim dziękuję mojemu mężowi i dzieciom, mojemu sine qua non, podstawowej recepcie na wszelkie smutki i dysfunkcje mojego fikcyjnego świata. Bez Was nigdy bym tego nie zrobiła.